소로의 야생화 일기

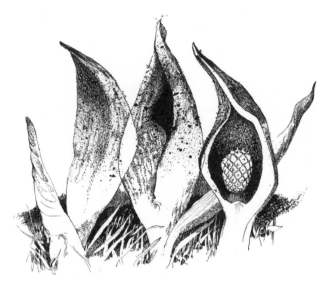

습지의 얼음이 녹으면서 앉은부채의 뿔 모양 꽃봉오리가 눈에 띄었다.
푸르스름한 꽃이 피는 초록색 꽃망울을 매단 앉은부채는
상처 하나 없이 서서 태양을 느낄 준비를 하고 있었다.
그 어떤 식물보다 봄을 바라볼 준비를 단단히 하는 녀석이었다.

– 내가 이 길을 걷도록 이끌어준 조엘 포트 교수를 기억하며

소로의 야생화 일기

월든을 만든 모든 순간의 기록들

헨리 데이비드 소로 지음·제프 위스너 엮음·배리 모저 그림
김잔디 옮김·이유미 감수

위즈덤하우스

식물학자들은 모두 식물을 좋아할까? 대부분은 식물이 좋아서 공부를 시작했을 테지만, 그렇다고 식물학자들이 모두 식물만 생각하면 설렘과 행복감을 느낀다고 말하기는 어렵다. 식물이 연구대상이다 보니 찾아내고 분석하고 논문을 쓰는 등 연구 성과를 만들어내야 하는 숙제를 함께 안고 있기 때문이다. 게다가 요즈음 식물분류학이라는 학문은 주로 DNA를 통해 연구가 이루어진다. 유전체분석까지 하면 우리가 헤아릴 수 있는 범위를 넘어서는, 오랜 시간에 걸쳐 식물들이 어떻게 분화되어 왔는지까지 거슬러 올라가는 대단히 본질적이고 심오한 연구를 하게 된다. 이렇듯 실험실에서의 시간이 많아지다 보니 아쉽게도 식물들이 살고 있는 그 모습 그대로 자연에서 만나는 기회를 갖기는 무척이나 어려운 일이다.

언젠가 식물학자로서의 의무를 내려놓게 되면, 그때부터는 온전하게 그들을 만나고 그 공유의 시간만큼 행복을 느끼고 싶다는 생각을 오래전부터 하고 있었다. 나름 전문적이지만 여유로운 시선으로 그들을 관찰하고 표현하여 기록하면 좋겠다는 막연한 기대를 품고 있을 때 만난 책이 바로《소로의 야생화 일기》다. 식물학자로서 내가 항상 꿈꿔오던 일의 고전판이라 할 수 있겠다.

절대 남이 쓴 책, 특히 번역서의 감수는 하지 않겠노라고 결심한 지 오래인데, 이렇게 아름답고 의미 있으며 매력적이기까지 한 야생화에 대한 소로의 기록을 본 순간 포기하기 어려워 감수를 맡게 되었다. 전체적인 책의 감수라기보다는 책에 등장하는 식물들을 우리말로 어떻게 표현하는 것이 좋을지에 대한 도움을 조금 담게 되었다.

우리나라에 살지 않는 낯선 땅의 식물들, 그래서 우리말 이름이 없는 식물들은 어떻게 표현해야 할까? 라틴어 학명이나 영어 이름을 그대로 쓰면 그 식물의 이야기가 마음에 닿기 어렵다. 그렇다고 완전히 새 이름을 붙여주는 것은 더 큰 혼란을 가져올 수 있으니 이래도, 저래도 정답은 없다.

이 책에서는 '국가표준식물목록'을 기준으로 식물 이름을 정리했다. 다행히 이미 붙여진 이름이 있는 식물은 그 이름 그대로 실었다. 붙여진 이름이 없는 식물은 국가표준식물목록을 작성할 때의 기준처럼, 우리나라에 유사한 종류 즉 속(屬)이 있으면 속명을 따서 앞에 학명의 형용사를 붙였다. 글라우카가문비가 그 예이다. 우리나라 식물과 무관한 종류의 식물은 저자의 표현 그대로 실었다. 읽기에는 다소 불편할 수 있으나 그만큼 우리 식물과는 다른 종류라고 짐작하며 읽으면 좋을 것이다. 간혹 지금은 쓰지 않는 학명도 등장하지만, 그 학명마저 정리하는 것은 또 하나의 새로운 연구가 되기 때문에 그 역시 그대로 두었다.

이 책이 나오면 책장 가장 잘 보이는 곳에 꽂아두고자 한다. 이 책을 감수하는 내내 들었던 생각, 우리들만의 방식으로 식물과 공유한 시간들을 기록했으면 하는 그 바람을 잊지 않기 위해서다. 또한 이토록 따뜻한 야생화에 대한 소로의 기록들은 마음이 쓸쓸할 때, 답답할 때, 혹은 그저 식물의 삶이 궁금할 때 꺼내 읽기에 더할 나위 없이 아름다운 기록이다.

이유미 국립수목원장

차례

감수의 글 4

책을 엮으며 8

감사의 말 11

서문_소로가 남긴 아름다운 야생화의 기록 12

일러두기 22

식물학자 소로에 대하여 26

SPRING 사나운 겨울 끝에 찾아온 우아한 봄의 속삭임 53

SUMMER 세상을 초록으로 물들이며 절정에 이르는 꽃의 계절 167

FALL 황금빛 들판에 오묘하고 풍부한 향기를 퍼뜨리는 꽃들 351

WINTER 무채색으로 변해가는 겨울, 홀로 우뚝 솟아 빛을 발하는 야생화 429

옮긴이의 말 440

주석 442

식물 용어 445

지명 448

콩코드 지도 449

참고문헌 450

찾아보기 453

책을 엮으며

헨리 데이비드 소로는 오랜 기간 고향 콩코드의 숲과 초원, 늪을 누비며 동물과 식물, 날씨, 그리고 이웃을 관찰하여 일기에 기록했다.

33세가 되던 1850년에는 더욱 체계적으로 식물을 관찰하기 시작했다. 채집한 식물을 밀짚모자에 눌러 담아 집으로 가져와서 연구를 계속했다. 특정 식물이 언제 꽃을 피웠는지 일기에 일관되게 기입하고 라틴명을 표시했다. 구할 수 있는 모든 식물학 권위자의 저서를 탐독하고 분류체계를 공부했으며, 사람들의 관심을 끌지 못하고 전문 식물학자도 간과하기 마련인 풀과 사초까지 포함해서 콩코드에 자라는 모든 식물을 알고자 했다.

식물에 대한 전문지식이 증가하면서 예술적 감수성도 풍부해졌다. 1850년 소로는 월든 호수에 머물렀던 2년을 뒤로하고 자기 경험을 다듬어 미국 신화를 다룬 고전 작품에 녹여 넣는 작업을 했는데, 일곱 번이나 원고를 통째로 수정했으며 1854년

《월든》을 출판할 때까지도 완성하지 못했다. 콩코드의 꽃에 대해 10여 년 동안 기울인 관심은 과학적일 뿐 아니라 심미적이고 철학적이다.

이 책은 소로의 《일기Journal》에서 발췌한 기록들로, 그가 이해하고 사랑하고 또 세밀하게 관찰했던 수백 종의 개화식물과 나무에 대한 생생한 기록이 풍부하게 실려 있다. 순서는 날짜를 기준으로 했다. 각 이야기마다 그날의 날씨, 식물의 출현, 소로 자신의 기분과 철학적 사색 등이 담겨 있다. 그 결과 소로를 둘러싼 자연 세계의 전경이 1년 동안 시간의 흐름에 따라 변화하며 펼쳐진다. 또한 콩코드의 자연사에 대한 설명뿐 아니라 야생화에서 발견한 정신적 의미를 담고 있으며, 소로 정신의 중심 주제인 '기대'를 잘 보여준다. 소로가 겨울에 발견한 이른 싹은 봄과 생명이 다시 찾아오리라는 사실을 암시한다. 그는 주변의 생명들과 자신을 조화시킴으로써 계절의 변화뿐 아니라 자기가 탐구하는 특정 식물의 습성을 예측할 수 있다는 사실을 발견했다.

소로는 야생화를 관찰할 때 초본식물과 나무, 풀에 피는 섬세한 꽃은 물론 '유령 같은' 기생 개화식물인 수정난풀이나 구상난풀 따위에도 똑같이 관심을 기울였다. 또한 단풍나무나 진홍참나무가 공중에 휘장처럼 드리운 가을 나뭇잎에서도 꽃을 느끼고 반응했다.

이 책이 의도하는 바를 잘 드러내기 위해 꽃을 연상시키는 자연현상과 야생식물, 소로의 말에 따르면 "재배종이었다가 숲으로 잘못 들어선" 귀화식물 등에 대한 이야기도 삽입했다. 물론 소로가 사랑해 마지않는 야생 사과도 포함되어 있다. 1년 동안 변화하는 콩코드의 식물군에 초점을 맞추기 위해 소로가 케이프 콧과 메인 주, 뉴햄프셔 주, 버몬트 주 등을 여행하면서 관찰한 식물은 생략했다.

이 책에 들어갈 삽화는 저명한 화가이자 삽화가 배리 모저Barry Moser의 작품이다. 이 그림들은 1979년 매사추세츠 대학 출판부에서 발간한 버논 아흐마지안Vernon Ahmadjian이 쓴 《매사추세츠의 개화식물Flowering Plants of Massachusetts》에 처음 삽입되었다. 이 책은 오랜 세월 수십 권의 책을 작업하며 명예로운 경력을 이어온 모저의 첫 작품이다. 그가 작업한 책으로는 모비딕으로 유명한 아리온 프레스에서 출판한 페니로열 캑스턴 판 《성경》, 로버트 리처드슨이 쓴 에머슨 전기 《불타는 정신A Mind of Fire》과 소로의 전기 《정신의 삶A Life of the Mind》 등이 있다. 모저가 작품을 사용하도록 허락해준 덕분에 전례 없는 식물학 전문 지식과 멋진 예술작품이 조화를 이룰 수 있었다.

감사의 말

이 책을 준비하는 데 도움을 준 브루클린 식물도서관의 개리 폴 나반, 마르코 윌킨슨, 케이시 크로스비와 월든 숲 소로 협회의 제프리 크레머, 메튜 번에 감사드립니다. 진 톰슨 블랙, 사만다 오스트로브스키, 로라 둘리를 비롯해 예일 대학 출판부 직원들과 함께 작업하면서 무척 즐거웠습니다.

멋진 글 〈식물학자 소로에 대하여〉를 써준 레이 안젤로, 《매사추세츠의 개화식물》에 있던 작품을 소로의 글귀와 짝지을 수 있게 해준 배리 모저에게도 감사합니다. 그레이트 초원의 식물과 관련해서 경험이 녹아 있는 전문적인 설명은 물론 이 책이 진행되는 동안 조언해주고 세심하게 식물학적 검토를 해준 체리 코리, 고맙습니다.

언제나 인내하고 사랑해주는 젠에게 고맙다는 말을 전합니다.

서문

소로가 남긴 아름다운 야생화의 기록

1917년 프랭클린 벤자민 샌본Franklin Benjamin Sanborn이 쓴 소로 전기에 따르면, 소로는 어느 날 산책을 하다가 땅바닥에 무릎을 꿇고 뭔가를 뽑더니 헨리 워렌이라는 소년에게 이것이 보이냐고 물었다. 헨리 워렌은 "그는 현미경을 가져와서 식물을 확대해 보여주면서 이 조그만 식물은 이제 막 꽃을 피우기 시작한 완벽한 꽃이라고 말했다"라며 그때를 회상했다.

소로가 꽃에 대한 교육을 받은 것은 어린 시절 콩코드 아카데미의 식물 수업이 처음이었고 하버드 대학에서는 간단한 식물 교육만 있었을 뿐이다. 이후에 소로는 "내 첫 식물학 책은 20년 전에 보기 시작했던 제이콥 비겔로Jacob Bigelow의 《보스턴과 인근 지역의 식물》로 기억한다. 당시 식물에 대해 그다지 관심이 없었고, 주로 그 지역 식물의 속명과 간단한 해설을 찾아보았다. 많은 명칭을 알아냈지만 전혀 체계가 없었고 곧 잊어버렸다. 심지어 꽃을 꺾지도 않았다. 원래 자리에 있을 때 가장 좋아 보여서 그대로 남겨두기를 원했기 때문이다"라고 기록했다.

소로 주변의 사람들은 꽃에 대한 그의 애정을 일찌감치 알아차렸다. 소로가 월든 호수에 살 무렵(1845~1847) 아직 어린아이였던 소설가 루이자 메이 올컷Louisa May Alcott은 이후 그 시절에 대해 글을 남겼다.

"가끔 소로는 '숲 속의 향기로운 캐나다철쭉'을 찾아 먼 길을 떠났고 그 외로운 꽃을 발견하면 오랜만에 만난 친구처럼 반가워했다."

나다니엘 호손Nathaniel Hawthorne은 함께 얼음을 지치곤 하던 친구 애기를 적었다.

"호수 가장자리를 따라 수련이 풍성하게 피어 있었다. 소로 말에 따르면 첫 햇살이 내리쬘 때 그 향기로운 꽃은 따뜻한 입맞춤의 마법으로 순결한 가슴을 열고 완벽해진다. 햇빛이 꽃에서 꽃으로 건너갈 때 차례차례 꽃잎을 펼치는 꽃밭을 바라보았다. 시인이 외부의 생명을 향해 내면의 눈을 올바르게 맞추어야만 볼 수 있는 광경이다."

1850년을 전후로 소로는 콩코드 식물을 본격적으로 연구하기 시작했다.

"나는 각 식물명을 찾아보고 외우면서 더욱 체계적으로 식물을 관찰했다. 가운데가 움푹 들어간 밀짚모자에 식물상자라는 이름을 붙였고 여기에 꽃을 담아 집에 가져왔다. 어느 집에 방문해서 현관 입구의 탁자에 그 모자를 올려두었는데, 집주인이 다 낡아빠진 모자를 보고 깜짝 놀란 것 같았다. 나는 이것이 모자라기보다는 식물상자라고 알려주었다."

소로는 아버지의 오래된 음악책《제1플루트Primo Flauto》에 몇 송이의 꽃을 꽂아두기도 했다. 소로는 아주 계획적으로 꽃을 관찰했다. 언제 싹이 트고 꽃이 피고, 열매 맺고 시드는지 아는 것은 콩코드의 자연세계가 하루하루 어떻게 변하는지를 조사해 책력을 만들겠다는 계획의 핵심요소였다.

"나는 곧 식물의 꽃이 언제 피고 잎이 돋는지 관찰하기 시작했고 이르든 늦든, 가깝든 멀든 몇 년을 연속해서 관찰했다. 마을 곳곳을 뛰어다니기도 하고 30~50킬로미터 떨어진 이웃마을을 하루 만에 가보기도 했다. 6~8킬로미터 떨어진 곳에 있는 특정 식물이 정확히 언제 개화하는지 보려고 보름 안에 열 번 넘게 방문한 적도 많았다. 그와 동시에 그만큼 먼 다른 장소에 자라는 수많은 식물을 살펴봤다. 새를 비롯해서 그 밖에 눈에 보이는 많은 것들도 함께 관찰했다."

1851년 이미 소로는 거대한 계획에 착수하여 첫 장을 엮기 시작했다. 소로 연구가 브래들리 딘Bradley P. Dean은 이를 "철새의 이동주기나 식물의 전엽, 개화, 결실과 파종에 이르기까지 상상할 수 있는 모든 계절 현상과 셀 수 없이 많은 식물 계절적 목록과 도표"라고 불렀다. 그는 1860년에서 1862년까지 계절별 식물 관찰결과를 여기에 통합했다. 하지만 이 프로젝트는 소로가 사망하면서 미완으로 남았다.

눈이 녹는 3월 앉은부채의 첫봉오리 관찰로 시작하는 소로의 발자취를 1년 동안 따라가다 보면 이 분야의 일류 형사를 지켜보는 느낌이 든다. 하지만 이 과정을 직접 목격한 이는 거의 없다. 레이 안젤로가 〈식물학자 소로에 대하여〉에 적었듯 에드워드 호어와 마이넛 프랫, 소로의 여동생 소피아만이 소로와 식물학에 대해 교류했던 유일한 콩코드 주민이었다. 셋 중 누구도 정기적으로 산책에 동행하지는 않았다.

소로와 가장 자주 다닌 사람은 절친한 친구지만 식물학자는 아니었던 저명한 보스턴 가문의 건달 윌리엄 엘러리 채닝William Ellery Channing이었다. 채닝은 이 책에도 몇 번 등장한다. 소로 연구가 월터 하딩Walter Harding에 따르면 그는 "시를 끄적이긴 했지만 기억에 남는 글귀는 거의 남기지 못했다. 별나고 기이한 성격이라 자기 부인과 아이들, 특히 그에게 진저리를 쳤던 소로의 어머니를 포함해서 아는 사람 거의 모두와 다퉜다. 하지만 무슨 이유인지 채닝과 소로는 죽이 잘 맞았고 1843년 채닝이 콩코드로 이사했을 때 둘은 함께 자주 산책을 했다.

소로는 본인 말에 따르면 자기 지역 꽃을 적어도 400여 종 알고 있었다(1853년 6월 26일 "내 생각에 올해 필 꽃은 지금까지 열에 아홉이 다 핀 듯하다"라고 적은 후 5일 뒤에 "내가 아는 꽃 중에 올해 아직 피지 않은 꽃은 40여 종이 채 되지 않는다"라고 썼다). 그는 이 식물들을 꽃뿐 아니라 마른 깍지, 향으로도 구분할 수 있었다.

꽃을 관찰한 소로의 글에서 기분 좋게 느껴지는 한 가지는 향기에 대한 관심이다. "부드럽고 향긋한 봄내음"을 풍기는 버드나무 꽃차례, "럼주 냄새"가 나는 세로티나벚나무, 순결하고 달콤한 향을 지닌 수련. 그는 매자나무에서 "달걀만 잔뜩 넣고 조미하지 않은 덜 익은 버터 푸딩처럼 역한 냄새"가 나고 헤르바케아청미래덩굴에는 "벽 틈새에 죽어 있는 쥐와 똑같은" 냄새가 난다고 했다.

이 위대한 탐정을 놀라게 한 신비로운 향기도 있었다. 소로는 1852년 5월 16일 이렇게 썼다.

"올봄에 맡은 것 중 가장 달콤한 향이 둑길에 풍긴다. 최근 침수한 초원에서 날아오는 향이다. 무엇이 이런 향을 내는지 상상이 가지 않는다(소로가 말하는 '초원'은 보통 한 해 일정 기간 침수되는 습지를 의미한다)."

이듬해 그는 같은 향을 맡았다.

"페어 헤이븐으로 돌아오는 길에 휠러 초원의 독특한 향기가 포터네 울타리에 확 풍겼다."

1859년에 이르러 우불라리아 페르폴리아타Perfoliate bellwort를 꺾으면서 비로소 답을 찾았다고 생각했다. "꽃을 꺾자마자 숲 속인데도 내가 기억하는 초원 향기가 혹 끼쳤다. 하지만 꽃에서 독특한 향이 난다는 사실을 발견했고, 지난번에 초원의 향기라고 생각했던 냄새가 바로 이것이었다는 생각이 들었다."

1856년 5월 랄프 왈도 에머슨과 소로가 함께 소밀 개천을 산책했다. "소로는 물속을 헤쳐가며 펜실바니아제비꽃과 버지니아조름나물을 찾았고 검토 끝에 꽃이 핀 지 5일 되었다고 결론지었다. 꽃을 찾은 후에 가슴께 주머니에서 일기를 꺼내 오늘, 5월 20일쯤 꽃이 피었어야 하는 식물 이름을 모두 읽었다. 은행원이 만기가 돌아오는 어음을 챙기듯 소로는 그 장부를 챙겼다." 그로부터 6년 후, 젊은 친구가 죽었을 때 에머슨은 그 주머니 일기를 추억하며 이렇게 적었다. "소로는 특정 식물에 유독 관심을 기울이며 소중히 여겼다. 무엇보다 수련이 우선이었고 그 다음에는 겐티아나와 미카니아, 왜떡쑥, 매년 7월 중순 꽃필 무렵이면 찾아갔던 미국피나무 등이었다."

에머슨이 분명히 언급했듯 소로는 매일 같은 길을 다니며 단순히 보이는 꽃을 기록하는 데 만족하지 않았다. 그는 꽃이 일찍 필 수 있도록 해가 비치고 주변 환경이 갖춰진 장소를 찾아 다녔다. 캐나다매말톱꽃과 버지니아범의귀가 바위틈에 자라는 코낸텀 절벽이 그런 장소 중 하나였다. 1857년에 이렇게 썼다. "가장 이른 꽃을 찾으려면 어디를 봐야 하는지 알기 위해서는 몇 년 동안 믿음을 가지고 연구해야 한다."

'믿음'이라는 단어는 아주 중요하다. 야생화를 비롯한 식물들 사이에서 살아가는 소로의 삶에는 영적인 의미가 있다. 그는 소나무에 영혼이 있다고 주장하여 논란을 불러일으켰다. 유고작에 《씨앗의 희망》이라는 제목이 붙은 계기는 다음 구절이었다.

"나는 씨앗이 없는 데서 식물이 자라리라 생각하지 않으며, 씨앗에 큰 믿음을 갖고 있다. 어디든 씨앗이 있는 곳에는 틀림없이 경이로운 세계가 펼쳐진다."

소로는 계절이 끊임없이 순환하고 봄과 새 생명이 다시 오리라는, 가끔은 흔들리는 믿음을 다잡기 위해 꽃을 바라보았다고 일기에 적었다. 1853년 1월 미나리아재비를 뽑다가 줄기 아래 깊숙이 숨어 있던 조그만 흰색 꽃봉오리를 발견했다. "꽃봉오리는 그곳에서 세계가 보지 못한 봄을 알아채고는 확신에 차서 참을성 있게 앉거나 잠들어 있었다. 봄을 약속하고 예언하는 꽃봉오리 돔이 꼭대기를 덮은 모습이 동양의 사원과 비슷한 느낌이다."

다른 어떤 작품보다 야생화에 대한 글은 '기대'라는 소로 정신의 핵심 주제를 잘 보여준다. 그는 《월든》에 다음과 같이 적었다. "일출과 새벽뿐만 아니라 가능하다면 대자연 자체를 기대하라!" 역사학자 페리 밀러Perry Miller 교수는 1858년 《콩코드의 의식Consciousness in Concord》에서 그 인용문을 잣대로 삼고 한 장 전체를 기대라는 주제에 할애했으며 이를 《월든》과 《일기》의 중심으로 생각했다.

밀러는 이렇게 썼다. "철로변의 언 모래와 진흙이 녹아내리는 절정의 순간으로 노련하게 연장해나가는 기대감이 《월든》의 전부다. 《월든》을 완성하기 이전에는 간곡하게, 이후에는 더욱 거침없이 드러나는 기대를 통해 추운 겨울을 나려는 전략이 《일기》의 전부다. … 《일기》를 여러 번 읽어보면, 겨울은 준비된 진지로 후퇴하는 행위임을 알 수 있다. 봄을 기대하는 정신이 유일한 요새다."

봄이 오리라는 기대감이 있어야 믿음을 가질 수 있다는 생각은 우리가 준비되었을 때, 즉 기대하고 있을 때만 희귀한 꽃을 발견할 수 있다는 생각과 연결된다.

소로는 이렇게 적었다.

"설레고 흥분되는 상태일수록 멋진 식물을 발견하는 경우가 많다. 마을에서 멀리 떨어진, 발견한 지 얼마 되지 않은 외딴 늪을 거닐 때일 가능성이 높다. 어째서인지 희귀한 식물은 눈길을 끄는 특이한 장소에 있는 것 같다. 그러다가 어느 순간 모습을 드러낸다. 뭔가가 나타날 듯한 기대감이 내 안에서 무르익는다. 얼마든지 이상한 일을 맞이할 준비가 되어 있다."

소로의 달력에서 가장 음산한 시기에 해당하는 1858년 11월, 그는 코낸텀 절벽에서 눈을 떼지 못했다. 단풍나무의 불타오르는 빛깔은 사라졌고 아스터와 쑥국화 따위 몇 안 되는 꽃들만 남아 있었다. 하지만 그는 곳곳에서 진홍참나무 잎이 빛나는 것을 발견했다. 마지막까지 가을의 색을 잃지 않은 이 나무들은 "숲 속 군대의 영국군"처럼 서 있었다.

그는 깨달았다. 숲 전체가 "철늦은 장미색으로 타오르는 꽃의 정원이다. 하지만 소위 '정원사'들은 저 아래 여기저기서 삽과 물뿌리개를 들고 일하면서 시든 잎사귀 사이로 아스터나 몇 송이 볼 것이다. 이 색조는 나뭇잎 사이에 숨어 있기 때문에 그 거리에서는 보이지 않기 때문이다."

더 이상 볼 만한 꽃이 남아 있지 않을 듯한 이런 가을에 소로는 '꽃'들이 머리 위로 높이 솟아 있다는 사실을 발견했다. "숲의 늦꽃은 모든 봄꽃과 여름꽃을 능가한다. 이들은 멍하게 바라봐선 감흥이 일지 않는 희귀하고 우아한 반점이다. 이제 그 꽃들이 숲이나 산비탈, 또는 사람들이 매일같이 오고 가는 곳에서 꽃망울을 터뜨렸다."

소로는 드디어 준비를 마쳤기 때문에 진홍참나무를 볼 수 있었다. "감사할 준비가 된 만큼만 풍경 속에서 아름다움을 발견할 수 있다." 준비가 되었을 때 이 광경은 아주 강력한 힘을 발휘한다. 식물학 지식과 내면의 통찰력이 합쳐져서 풍경과 풍경의 아름다움에 대해 더욱 깊이 이해하게 되었다.

"당신이 걸어갈 때 진홍참나무는 어떤 형태로든 당신의 망막에 맺힐 것이다. 하지만 그 대상을 생각하지 않으면 볼 수 없으며 다른 것들도 거의 눈에 들어오지 않는다."

소로는 1851년 9월 이렇게 적었다.

"내 삶에도 이런 따뜻한 가을이 부족하지 않기를. 가을은 겨울이 오기 전에 사냥하기 좋게 맑고 온화한 날씨가 이어지는 계절이다. 봄처럼 안심하고, 오히려 그보다 더 평온한 마음으로 다시 한 번 바닥에 드러누울 수 있는 계절이다." 하지만 이는 이뤄지지 않을 희망이었다.

헨리 데이비드 소로는 44세이던 1862년 사망했다. 콩코드 제1교구 교회의 현관 대기실에 배치된 그의 관은 야생화로 덮였다. 장지석남속 화환이 관에 들어갔다. 루이자 메이 올컷이 조문을 왔고 그녀는 이후에 쓴 편지에서 당시 교회 묘지에 때 이른 제비꽃이 피었다고 적었다.

소로의 사후 콩코드의 가게 주인이자 사진작가 알프레드 호스머Alfred Hosmer는 콩코드의 책력을 엮으려 했다. 먼저 1878년 지역식물의 개화시기를 기록했고 10년 후 1888년 관찰을 재개하여 1902년까지 정기적으로 작업했다.

100년이 지난 2003년에서 2006년, 생물학 교수 리처드 프리맥Richard B. Primack과 당시 대학원 학생이던 아브라함 밀러 러싱 Abraham J. Miller-Rushing이 이 작업을 재개하여 3월부터 10월까지 콩코드를 일주일에 두세 번 방문했다. 500종이 넘는 식물들의 첫 개화시기를 관찰한 후 소로와 호스머도 살펴봤던 공통식물종의 개화시기를 비교했다. 그들은 하버드 대학의 아놀드 식물원Arnold Arboretum에서 발간하는 아놀디아Arnoldia에 관찰결과를 발표했다. 43종의 식물들이 소로의 생시보다 평균 일주일 일찍 개화한다. 원인은 도시화와 지구 기후변화에 따른 온난화였다. 특히 큰 영향을 받은 종들도 있었다. 블루베리는 소로가 발견했을 때보다 21일 일찍 개화했다. 선괭이밥(옥살리스 스트릭타Oxalis stricta)은 소로의 책력보다 32일 일찍 꽃을 피웠다.

랄프 왈도 에머슨은 유명한 소로 추도사 말미에 자신의 젊은 친구가 에델바이스를 찾아 스위스의 가파른 산을 오르는 멋진 사진을 보여주었다. 소로의 삶을 그대로도, 은유적으로도 잘 보여주는 사진이었다.

"소로는 당연히 자기 꽃이라는 듯 이 식물을 가져오겠다는 희망에 사는 것 같았다. 그는 오랜 시간이 걸리는 광범위한 연구를 진행했지만, 미처 보낼 준비도 못한 우리 곁을 훌쩍 떠나버렸다. 이 나라는 얼마나 위대한 아들을 잃었는지 모를 것이다."

소로가 남긴 식물 기록의 아름다움과 중요성을 인식하기 시작하면서 오늘 이 순간까지 다시 한 번 그의 위대함을 깨닫는다.

일러두기

이 책의 기록은 소로가 콩코드 식물을 관찰한 결과를 정기적으로 기록하기 시작한 1850년부터 시작되지만, 이 시점에는 식물에 많은 시간을 쏟지는 않았다. 또한 이 무렵 그는《일기》를 그저 다른 책이나 수필의 소재를 발굴할 채석장이 아니라 하나의 예술작품으로 보기 시작했다.

《소로의 야생화 일기》는 1906년 브래드포드 토리Bradford Torrey와 프란시스 알렌Francis H. Allen이 편집한 열네 권 분량의《헨리 데이비드 소로의 일기》The Journal of Henry D. Thoreau》에서 발췌했다. 1850년 5월 31일부터 1954년 8월 3일까지의 기록은 지금까지 여덟 권 출판된 프린스턴 대학 출판부판《일기》와 대조 작업을 거쳤다. 그 이후의 기록은 캘리포니아 산타 바바라 대학 도서관에서 온라인으로 제공하는《일기》의 무편집본과 대조했다.

괄호로 묶은 부분(대부분 식물명)은 토리와 알렌, 그리고 내가 덧붙인 것이다. 생략된 부분은 괄호 없이 생략부호로 표시했다. 1906년 판에서 각주로 표시된, 소로가 연필로 덧붙인 글은 괄호에 넣었다. 이탤릭체 단어나 문장은 원문에 강조된 부분이다.

프린스턴 판과 무편집본은 오기나 조각난 문장, 특이하게 사용된 대문자나 구두점 등 소로가 실제로 쓴 글에 가장 가깝다. 나는 1906년판을 참고해서 잘못 해석된 부분을 고치고 잘린 문단을 복원하고, 철자와 구두점 등은 최대한 소로가 쓴 원문에 가깝게 고쳤다.

《월든》이 출간되었던 1854년과 소로의 《일기》 완결판(또는 거의 대부분)이 출간되었던 1906년 편집자들은 대중이 선호할 원고에 대해 명확한 기준을 갖고 작업했다. 오늘날 읽기에는 지나치게 야단스러운 구두점 사용이 한 가지 사례다. 마이클 메이어Michael Meyer는 《새로운 소로 안내서The New Thoreau Handbook》에서 《월든》의 문장 하나에 단어 350개, 쉼표 40개, 세미콜론 10개, 대시 1개가 있다고 언급했다. 1906년판《일기》역시 이와 비슷한 쉼표, 세미콜론, 심지어 쉼표 더하기 대시로 무장하고 있다. 그 결과 글 전체가 느긋하고 명상적이며 좀 졸리기까지 하다.

프린스턴판과 무편집본 《일기》에 보이는 소로의 원래 스타일은 이와 전혀 다르다. 에밀리 디킨슨Emily Dickinson의 시가 그렇듯 소로가 가장 좋아하는 문장 부호는 대시였고 쉼표나 세미콜론, 문단 분할 대신 대시를 사용했다. 디킨슨의 문장처럼 대시를 자주 사용할 경우 19세기에 '불안하다'고 표현되었던 긴박

감과 번뜩이는 느낌을 준다. 소로는 관찰에서 촉발하는 갑작스러운 통찰력을 터뜨리기 위해 대시를 자주 사용했다. 그는《일기》에서는 쉼표를 별로 사용하지 않았고 세미콜론을 쓰는 경우는 거의 없었다. 또 문장 조각내기를 전혀 기피하지 않았다. 사실《일기》의 문체는 놀라울 정도로 현대적이다.

소로의 철자 역시 불규칙적이긴 하지만 토리와 알렌이 쓴 단어보다 더 현대적이고 미국적이었다. 소로가 'today'와 'tonight'이라고 쓴 부분을 토리와 알렌은 'to-day'와 'to-night'이라고 썼다. 소로가 'cornfield'와 'cardinal flower'라고 쓴 부분을 토리와 알렌은 'corn-field'와 'cardinal-flower'라고 썼다. 또한 그들은 'center'를 'centre'로, 'gray'를 'grey'로 바꾸는 등 철자를 영국식으로 바꾸기도 했다. 짧은 단락들을 통합하고 감탄부호를 덧붙이는 바람에 어조가 가끔 부적절해 보일 정도로 과장스러워졌다. 나는 이렇게 바뀐 부분을 되돌리고 원본의 다양한 철자들을 통일했다(예를 들어 'catnep' 대신 'catnip'으로).

프린스턴판보다 1906년판이 더 낫다고 느낀 부분도 있다. 예를 들어 1851년 6월 22일, 1906년판에 "초원 한쪽에 애기미나리아재비가 별처럼 흩어져서 낙농장의 번영을 알렸다"라는 구절이 있다. 프린스턴 편집자들은 '낙농장Dairy'을 '데이지Daisy'로 고쳤다. 그편이 더 합리적으로 읽히겠지만 소로는 1년 후 둥근동의나물에 대한 글에서 노란 둥근동의나물 꽃이 젖소의 버터를 물들이리라고 생각했다. 소로가 둥근동의나물을 보고 젖소를 떠올렸다면, 미나리아재비나 좁은잎해란초를 보고도 비

24

숫한 생각을 했을 가능성이 높다. 이와 비슷하게 1851년 9월 28일, 1906년판은 "이끼는 건조한 편이었지만 물기를 잔뜩 머금은 자주사라세니아를 쓰러뜨리지 않고는 걸을 수 없었고 결국 발이 젖었다"라고 적었다. 프린스턴판은 이 부분을 "수분은 건조한 편이었지만"이라고 썼는데 내 생각에는 개연성이 낮은 듯하다. 말 자체가 괴상할 뿐 아니라 소로가 그 앞 문장에서 거칠고 붉은 이끼 사이를 걸었음을 언급했기 때문이다.

식물학자 소로에 대하여

_레이 안젤로

레이 안젤로는 콩코드의 식물 역사와 관련하여 가장 저명한 권위자다. 그는 1974~1998년 매사추세츠 주 베드포드에 있는 콩코드 지역연구소Concord Field Station와 연구협력을 했다. 또한 1979~1984년 뉴잉글랜드 식물학 협회New England Botanical Club에서 관다발 식물 부문 부관장으로 일했으며 1984~2008년 관장으로 재직했다. 1990년 이후 하버드 대학 허배리아Harvard University Herbaria에서 연구원으로 일하고 있다. 안젤로는 데이비드 보포드David Boufford 박사와 함께 뉴잉글랜드 식물지도를 거의 완성했으며(http://neatlas.org/), 〈북미 식물군Flora of North America〉 프로젝트의 지역 검토자이기도 하다.

그는 2012~2014년 자기 연구 영역과 콩코드 식물에 대한 학술연구를 엮어 현재까지 나온 자료 중 가장 종합적인 결과를 보여주는 《매사추세츠 주 콩코드의 관다발 식물》을 온라인에 게재했다. 그의 관련 저작으로는《하버드에서 보낸 소로의 편지 두 장Two Thoreau Letters at Harvard》,《소로의 팔마튬실고사리 재발견Thoreau's Climbing Fern Rediscovered》,《콩코드 지역 나무와 관목Concord Area Trees and Shrubs》,《헨리 데이비드 소로 일기의 식물색인Botanical Index to the Journal of Henry David Thoreau》,《리처드 제퍼슨 이튼을 기리며In Memoriam: Richard Jefferson Eaton》등이 있다. 콩코드 식물 192종의 현황을 기록한《기후 변화에 따른 매사추세츠 콩코드의 식물군 멸종 주장에 대한 검토Review of Claims of Species Loss in the Flora of Concord, Massachusetts, Attributed to Climate Change》는 온라인 잡지 〈파이토뉴런Phutoneuron〉의 2014년 84호 1~48쪽에서 확인 가능하다.

이 글은 1984년 〈소로 계간지Thoreau Quaterly〉 15호와 솔트레이크 시티의 깁스 스미스 출판사에서 발간한《헨리 데이비드 소로 일기의 식물색인》에 처음 실렸다. 식물색인의 온라인판은 'www.ray-a.com/ThoreauBotIdx/'에서 확인가능하다.

매사추세츠 주 콩코드의 식물을 연구한 것이 소로가 처음은 아니다. 소로 이전 세대인 에드워드 자비스Edward Jarvis 박사와 찰스 자비스Charles Jarvis 박사는 소로가 하버드를 졸업하기 전에 콩코드에서 많은 표본을 수집했다. 물론 소로가 마지막 연구가도 아니었다. 하지만 그의 글은 콩코드 식물에 대한 흥미를 촉발시켰고 150년이 지난 오늘날까지 관심이 이어지고 있다. 뉴잉글랜드에서 이만큼 오랫동안 지속적으로 지역 식물에 관심을 기울여온 곳은 드물다. 강, 풀이 무성한 초원, 연못, 습지, 석

회절벽으로 장식된 이 유서 깊은 이주민 정착지는 다른 뉴잉글랜드 지역과 비교할 수 없을 정도로 다양한 꽃을 식물학자에게 선물했다.

소로는 피니어스 알렌Phineas Allen이 식물학 과목을 가르치던 콩코드 아카데미(1823~1833)에서 처음 식물학을 접했다. 이 무렵 콩코드 문화회관에서 진행하는 식물학 강의도 들었다. 소로가 하버드 대학에 다닐 때(1833~1837) 완전한 식물학 강좌는 없었지만 저명한 곤충학자 새디어스 해리스Thaddeus W. Harris가 강의한 자연사 강좌에 식물학 강의가 포함되어 있었다. 소로의 집에서 하숙했던 프루던스 워드Prudence Ward는 식물학 연구에 대한 관심사를 소로와 교류했다. 소로는 이 무렵 제이콥 비겔로의《보스턴과 인근 지역의 식물》(1824년 발행된 제2판으로 보인다)을 참고하기 시작했다고 훗날 회상했다(《일기》, 1856년 12월 4일). 주로 지역 식물의 속명과 간단한 설명을 찾아보았고, 체계가 없었기 때문에 이때 외운 라틴명은 곧 잊어버렸다.

소로는 하버드 대학을 졸업한 뒤 고향에서 학생들을 가르쳤다. 그때 가르쳤던 과목 중 하나가 자연사였다. 그는 제자들에게 자신이 이 지역 식물의 개화시기를 잘 알기 때문에 무슨 꽃이 피었는지 보면 지금이 몇 월인지 알 수 있다고 말했다. 1842년에는 〈다이얼The Dial〉 지에서 매사추세츠 주에서 의뢰받은 자연사 보고서를 검토해달라는 요청을 받았다. 체스터 듀이 목사 Rev. Chester Dewey가 쓴《매사추세츠의 초본식물 연구Report on the Herbaceous Plants of Massachusetts》가 그 연속물에 포함되었다. 〈매사추세츠의 자연사Natural History of Massachusetts〉라는 제목이 붙은 겉핥기식 보고서에는 아마 의도적이겠지만 라틴명은 단 하나도 표시되지 않았다. 소로는 식물명을 나열한 것에 불과한(사실 듀이가 한 작업의 본질이다) 이 보고서가 매사추세츠의 식물 자원을 표현하기에는 부족하다는 점을 걱정했다.

보고서의 기술적 가치를 구체적으로 지적하고 싶었지만 이 무렵 소로의 식물학 지식은 부족했다. 더구나 보고서의 완성도를 판단할 만큼 매사추세츠 지역을 널리 돌아다닌 경험도 아직 없었다.

1840년대 소로의《일기》와 편지글에 과학적 식물학 연구를 시작한 정황이 드러난다. 그는 1843년 5월 22일 스태튼 섬에서 동생 소피아에게 보낸 편지에 이렇게 적었다. "워드 양에게 내가 현미경을 더욱 잘 활용할 생각이고, 새롭거나 표본으로 만들 만한 꽃을 발견하면 비망록에 끼워두겠다고 전해주려무나." 소로가 처음 라틴명을 사용한 것은 1842년 9월 12일《일기》(프린스턴판 2권 9쪽)의 "미카니아 스칸덴스Mikania scandens, climbing hempweed"였다. 같은 구절이 1849년에 출판된 소로의《콩코드와 메리맥강에서 보낸 일주일A Week on the Concord and Merrimack Rivers》(프린스턴판 44쪽)에 약간 변형되어 나타난다.

소로가 출판물에 자생식물의 학명을 처음 사용한 것은 1848년이다. "피누스 니그라Pinus nigra"라는 명칭이 그해 〈종합 문예지Union Magazine of Literature and Art〉에 실렸던 에세이 〈크타딘 Ktaadn〉 원본에 등장한다. 피누스 니그라는 비겔로의 설명서에 등장하는 검은가문비Black spruce(Picea mariana)의 다른 이름이다. 이후 출판된《크타딘Ktaadn》에서 소로는 이 명칭을 식물학자 아사 그레이Asa Gray의 지침서에 나오는 명칭 "니그라전나무Abies nigra"로 바꾸고 라틴명 "바키니움 비티시다이아Vaccinium vitisidaea"를 덧붙였다. 고전 언어에 박식하고 어원 찾기를 좋아했던 성향은 자연스럽게 라틴어와 그리스어 학명에 대한 관심으로 연결되었다.

1840년대 후반에 일어난 두 사건이 소로가 체계적인 자연사를 연구하기 시작하는 데 결정적인 역할을 했다. 첫 번째, 동식물학자 루이 아가시Louis Agassiz가 하버드 대학 교수직을 수락하면서 학계에 '진정한 거인'이 나타났다. 역사학자 헌터 듀프리A.Huner Dupree는 이렇게 말했다. "아가시는 학문적 성과 못지않게 두드러진 인격으로 지역 학자들 사이에서 커다란 반향을 일으켰다." 바로 다음 해 소로는 아가시의 조교 제임스 엘리엇 캐벗James Elliot Cabot과 서신을 주고받으며 동물 표본 수집을 논의하면서 학명을 자주 사용했다.

두 번째, 1848년 아사 그레이가《식물학 지침서Manual of Botany》를 출간했다. 이 책의 출간으로 비교적 초보적 수준에 머물렀던 뉴잉글랜드 지역 식물학의 오랜 역사가 새로운 전기를 맞았다. 미 북동부 지역의 초본식물과 선류, 태류를 식별할 수 있는 이 지침서는 듀이 보고서나 비겔로 지침서처럼 건조하게 기술되었지만 그보다 훨씬 종합적이고 정확했다.

그로부터 2년 전에는 조지 에머슨Gerge B. Emerson이 〈매사추세츠 숲에서 자생하는 나무와 관목 연구〉를 출간했다. 이 보고서는 범위가 훨씬 좁긴 했지만 이전에 나온 지침서보다 각 식물종의 분포와 효용에 더욱 관심을 기울였고 설명이 자세했다. 그레이 지침서와 에머슨 보고서는 식물종 분류에서 비겔로가 채용한 린네식 인위적 체계보다 더 자연스러운 체계를 사용했다. 뉴잉글랜드에 새롭게 등장한 책 두 권은 소로가 더욱 체계적인 연구를 하는 데 결정적인 기여를 했다.

이런 일이 있은 후 소로는 1849년 자연사를 다룬 첫 작품《콩코드와 메리맥강에서 보낸 일주일》을 출간했다. 그는 이 책에서 드디어 자연 관련 서술, 특히 물고기에 신중하게 라틴명을 삽입하기 시작했다. 심지어 아가시도 언급한다. 하지만 식물의 경우 8종에만 학명을 기재했고 모두 비교적 흔하고 구분하기 쉬운 식물들이었다.

1906년판《일기》에서 자생식물에 처음으로 라틴명을 표기한 것은 1850년 5월 "프루누스 데프레사(수스쿠에하나에자두Prunus susquehanae, sand cherry, 오늘날 프루누스 수스쿠에하나이)다." 그해 8월 31일부터《일기》에서 봄, 여름, 가을에 규칙적으로 학명을 사용했다. 소로는 나중에 그 무렵 예전보다 요령 있게 식물을 연구하기 시작했다고 회상했다(《일기》, 1856년 12월 4일). 1850년 그는 식물 표본집의 체계를 갖추고 첫 표본을 모으기 시작했다.

이후 소로는 2~3년간 콩코드 식물을 숙지하기 위해 집중적인 작업에 착수했다. 그는 프랑스와 앙드레 미쇼François André Michaux, 에드워드 터커맨Edward Tuckerman, 존 클로디우스 루던John Claudius Loudon, 아사 그레이Asa Gray, 칼 린네Carolus Linnaeus 가 쓴 식물학 저서를 탐독했다.《일기》에서 인위적인 린네식 분류법과 자연적 분류법을 몇 번 비교했지만 두 방법 모두 식물의 시적인 측면을 다루지 않았다고 항상 지적했다. 식물에서 과학보다는 문학을 찾고 있었던 소로는 동식물 연구가이자 하버드 대학의 사서 새디어스 해리스에게 도서관에는 더 이상 소로가 읽을 만한 책이 없다는 말을 듣고 실망했다.

당시 그는 지나치게 식물학 관찰에 몰두하여 불평을 늘어놓기도 했다.

"나는 감각이 쉬지 못할 만큼 지나치게 집중하는 버릇 때문에 끊임없이 중압감에 시달린다. … 스스로 항상 아래쪽만 쳐다보고 시선을 꽃에만 가두는 모습을 발견했을 때 이를 바로잡기 위해 구름을 관찰해볼까 생각했다. 하지만, 아아. 구름 연구도 그에 못지않게 나쁜 생각이다(《일기》, 1852년 9월 13일)."

"너무 관찰에만 집중하느라 나 자신이 없어지는 느낌이다. … 머리까지 조금 아플 정도다(《일기》, 1853년 3월 23일)."

하지만 1852년 겨울, 관찰할 꽃이 없어지자 소로는 지의류를 연구하기 시작했다.

당연히 예술가 소로와 과학자 소로가 충돌했다. "이해를 높여주면서 상상력을 앗아가니, 도대체 어떻게 된 과학이 이 모양인가(《일기》, 1852년 12월 25일)?"

"애석하지만 나는 과학적 인간이 되었다(〈소피아 소로에게 보낸 편지〉, 1852년 12월 25일)."

1850년 책력 프로젝트를 시작할 무렵, 소로는 특히 목본식물에 대해 놀라울 정도로 무지했다. 월든 호수에서 떠난 지 3년후 제일 먼저 봄에 꽃을 피우는 은단풍Acer saccharinum을 구분하지 못했고(《일기》, 1852년 5월 1일) 콩코드의 유일한 가문비나무종 검은가문비Picea mariana를 몰랐으며(《일기》, 1857년 5월 25일), 라디칸스옻나무Poison ivy와 베르닉스옻나무Poison sumac를 구분하지 못했다(《일기》, 1851년 5월 25일). 그리고 카시노이데스분꽃나무Common witherod도 몰랐다. 나중에 그는 이렇게 무지했던 상태를회상했다.

"예전에 이 식물에 익숙해질 수 있을까 의구심을 품고 흥미로운 눈으로 늪을 본 적이 있다. 나뭇가지와 잎만 보고 무슨 종인지 알아야 하고 잡초나 민꽃식물을 제외하면 여름이건 겨울이건 내 눈에 보이는 모든 식물을 잘 알아야 한다. 꽃은 거의 모두, 어느 늪을 가든 관목들도 대여섯 종을 제외하면 다 알지만수없이 많은 괴상한 식물들 때문에 숲이 미로처럼 보이곤 했다. 늪 한쪽 끝부터 시작해서 전체를 다 알아낼 때까지 꼼꼼하게 둘러볼까 하는 생각까지 했다. 그만큼 품을 들여도 1~2년안에 원하는 만큼 알 수 있을지 확신은 못했다(《일기》, 1856년 12월 4일)."

1850년대 초반 소로는 목본식물의 개화시기와 전엽기를 열정적으로 기록하기 시작했다. 특정 꽃이 피는 정확한 날짜를알아내기 위해 "마을의 곳곳을 뛰어다니기도 하고 30~50킬로미터 떨어진 이웃마을을 하루 만에 가보기도 했다(《일기》, 1856

년 12월 4일)"라며 얼마나 열심이었는지 묘사했다. 그리고 합당한 지적을 남겼다. "온 힘을 다해 관찰해야 꽃들이 잇따라 피는 모습을 따라갈 수 있다(《일기》, 1852년 6월 15일)." 개화시기에 대한 그의 열정은 지칠 줄 몰랐다. 더 일찍 개화하는 식물의 위치를 찾아내는 일은 항상 승리나 마찬가지였다. "어디에서 가장 먼저 꽃이 피는지 알아내려면 반평생은 걸릴 듯하다(《일기》, 1856년 4월 2일)." 소로는 말년에 식물의 개화기를 포함해서 갖가지 생물계절적 정보를 월간 도표로 정교하게 정리했다. 콩코드의 한 해가 어떻게 펼쳐지는지 신중하게 묘사한 책의 뼈대가 된 셈이다.

식물학 지식이 빠르게 늘어나면서 그는 마을 식물학자 직위를 받아들였다. 특히 중요하게 생각한 것은 콩코드 희귀식물이 자라는 장소였다. 1851년 11월 식물 조사를 하다가 콩코드에서 찾기 힘들고 특유의 매력이 있는 팔마툼실고사리Climbing fern를 발견하는 성과를 올렸다. 1853년 5월에는 화려한 페인티드컵 Painted-up을 발견하고 감탄하며 말했다. "이토록 눈에 띄는 꽃이 근면하게 걷는 이의 눈을 어떻게 피해 가는지 불가사의한 일이다. 꽃이 보내는 신호에 맞춰 그 주나 다음 주까지 그 장소를 방문해야만 한다." 같은 달 《일기》에 마을 사냥꾼이 가져온 향기로운 프리노필룸철쭉Pinxter-flower의 서식지와 관련하여 재미있는 이야기가 등장한다. 소로는 "스스로 꽃을 제법 잘 안다고 생각하고 있을 때 사냥꾼이 보여준 예쁜 자줏빛 아잘레아, 즉 프리노필룸철쭉(《일기》, 1853년 5월 31일)"에서 우의적인 중요성을 느꼈다. 소로는 "나는 식물학자이니 알아야겠다"라며 사냥꾼을 설득했다.

콩코드 식물에 대한 관심은 고향 마을 밖을 여행하면서 자연스럽게 확대되었다. 《크타딘과 메인 숲Ktaadn and the Maine Woods》 (1848), 《콩코드와 메리맥강에서 보낸 일주일》(1849), 《짧은 캐나다 여행An Excursion to Canada》(1853) 등 초기 여행을 묘사한 작품에는 대부분 흔한 식물종만 언급했고 라틴명은 비교적 적게 사용했다. 《월든》에서도 마찬가지다. 《일기》에서는 1854년 10월 매사추세츠 주 와추셋 산에 갔던 경험을 적었고 나무와 관목의 보통명 위주로 언급했다.

이는 광범위한 라틴명 위주 목록의 첫걸음이자 다음 여행을 위한 준비 격이었다. 예를 들어 1856년 9월 버몬트 주와 뉴햄프셔 주를 여행하면서 수집한 식물을 《일기》에 신중하게 열거했다. 마찬가지로 1855년 7월 케이프 콧을 여행하면서 《일기》에 남긴 기록에는 해안가에 서식하는 꽃의 라틴명이 다수 등장한다. 이와 대조적으로 〈퍼트남 매거진Putnam's Magazine〉에 실은 케이프 콧 관련 글에는 2개 학명만 보인다.

1857년 소로는 확실히 초보 수준을 넘어섰고 매사추세츠 주 아마추어 식물학자 중에서도 꽤 유능한 축에 속했다. 그해 메인 주의 알레가시 강에 갔을 때는 여행 중 만든 목록 중에서 가장 상세한 식물 목록을 작성했다. 이는 《일기》에 수록되었고 (1906년 판에는 발표되지 않았다), 《메인 숲Main Woods》(1864)에 부록으로 삽입되었다. 1853년 9월 메인 주 체선쿡Chesuncook 호수를 여행하면서 발견한 식물종도 이 목록에 포함했다.

1858년 7월 소로는 뉴잉글랜드 식물학에 자신의 식물학자 경력에서 가장 중요하다고 꼽을 만한 기여를 했다. 뉴잉글랜드 지역에서 가장 높은 산인 뉴햄프셔 주의 워싱턴 산을 오르면서 그 지역에서 가장 상세한 식물 목록을 작성했다. 20세기가 될 때까지 더 자세한 목록은 나오지 않았다. 뉴햄프셔 주 모나드 녹 산에서도 비슷한 목록을 작성했고 1860년 재차 방문했을 때 식물학 정보를 추가해서 이 목록을 보완했다. 이 지역별 식물 목록은 알렉산더 폰 훔볼트Alexander von Humboldt가 설명하여 유명해진 고도와 위도에 따른 식물 분포의 상관관계에서 영향을 받았을 것이다.

1861년 미네소타 주를 여행할 때 소로의 식물학 지식은 상당한 수준이었지만 건강은 악화되었다. 당시 열의에 찬 동행인이었던 젊은 동식물학자 호러스 만 주니어Horace Mann, Jr.는 하버드 대학의 식물학 분야에서 전도유망한 청년이었지만 여행 후 10년 내에 결핵으로 사망했다. 여행 중에 작성한 소로의 노트에는 옛 학명과 새 학명이 자유롭게 흩어져 있다. 보이는 식물마다 습관적으로 적은 명칭도 포함했다. 이 여행은 본질적으로 소로가 식물 탐사목적으로는 마지막으로 떠난 여행이었다.

여행하면서 발견하는 식물에 지대한 관심을 쏟았지만 소로에게 가장 소중한 존재는 콩코드 식물이었다. "내게는 여기 있는 잡초들이 커다란 캘리포니아 나무보다 삶의 더 많은 부분을 설명한다(《일기》, 1857년 11월 20일)." 1858년 24일에는 콩코드에서 노봉백산차Labrador tea를 발견하고 깜짝 놀랐다. 하지만 1년 반 전에 이 식물을 발견하리라 예상했다. "어째서 이곳 야생식물이 잉글랜드 버크셔나 캐나다 래브라도에 못 미친다고 하는가? … 콩코드의 외딴 곳에는 래브라도보다 더 멋진 야생이 살아 숨 쉰다(《일기》, 1856년 8월 30일)."

소로는 노봉백산차가 있던 늪에 자라던 검은가문비에 기생하는 흥미로운 식물을 발견했다. 하지만 당시 학계에 알려지지 않았기에 설명하지는 못했다. 콩코드에서 찾아보기 힘든 기생 식물 난쟁이겨우살이Dwarf mistletoe였다.

1858년부터는 본격적으로 풀과 사초를 연구하기 시작했다. 현대 식물학자에게도 상대적으로 낯선 종류다. 소로는 2~3년 내에 콩코드의 풀과 사초에 대해 상당한 지식을 쌓았고 콩코드에서 100여 종 가까이 수집했다(현재까지 알려진 품종의 절반에 가깝다). 지의류Lichens, 이끼류Mosses, 균류Fungi 등 난해한 식물군은 참고할 만한 지역 지침서가 없어서 연구하지 않았다. 지의류를 제외하면 이들 식물을 과학적으로 언급한 부분은 극히 드물다. 하지만 지의류 역시 관다발 식물 정도로 전문적 수준에는 전혀 이르지 못했다. 지의류학자 레지널드 헤버 하우 주니어Reginald Heber Howe, Jr는 〈지의류학자 소로〉라는 짤막한 글에 논평을 남겼다. "종에 대해 약간 지식이 있을 뿐 기술적인 이해는 전혀 없었다." 하지만 소로보다 60여 년 늦게 콩코드의 지의류를 연구했던 하우는 소로가 다양한 형태학상의 지의류 유형을 인지하고 지의류가 자연에서 진정 어떤 역할을 하는지 이해했다고 지적했다(1912년 발행된 〈자연 안내서The Guide to Nature〉 제5권 17~20쪽 참고). 하지만 소로가 수집한 지의류, 이끼류, 균류가 남아 있다고는 전해지지 않는다.

소로가 관찰을 하면서 의견을 교류할 만한 지역식물학자는 당시 적은 편이었다. 가장 저명한 뉴잉글랜드 식물학자는 하버드 대학의 아사 그레이였지만 접근하기 어려웠던 것으로 보이고 사실 그레이는 기본적으로 현장보다는 표본실 식물학자였다. 그레이의 전기를 썼던 헌터 듀프리는 경험주의자였던 그레이가 초월주의에 적개심을 가졌기 때문에 랄프 왈도 에머슨도 소로도 그와 마주친 적이 없었다고 언급했다.

아사 그레이를 제외하고 당시 뉴잉글랜드 식물학자들은 사실상 모두 비전문가였다. 소로가 만난 이들 가운데 가장 박식한 사람은 매사추세츠 주 세일럼의 존 러셀 목사Rev. John L. Russell(1808~1873)였다. 유니테리언교 목사였던 러셀은 매사추세츠 원예협회Massachusetts Horticultural Society에서 40년간 식물학과 식물생리학 교수로 일했으며 미국 예술과학 아카데미American Academy of Arts and Sciences의 회원이었다. 그리고 새 식물 종을 소개했거나 본인 이름을 따서 식물명이 붙은 사람들과 친분이 두터웠으며 특히 이끼류와 태의류, 지의류에 관심이 많았다. 랄프 왈도 에머슨의 동생 찰스와 하버드 대학 동급생이었으니 소로가 에머슨을 통해 러셀을 처음 만났을 가능성이 높다. 그는 1838년 9월 에머슨을 방문했다. 당시 에머슨은《일기》에 러셀을 가리켜 "상점이나 수납장의 진열순서가 아니라 인과 관계에 따라 생각이 배열된" 사람이라고 적었다.

소로와 러셀은 1854년 8월 콩코드에서 처음 만난 것으로 보인다. 러셀과 함께 팔마툼실고사리를 찾으러 가는 등 그에게 2~3일간 마을을 구경시켜주었을 때 남긴 기록을 보면 소로가 공신력 있는 식물 계통 분류를 추구했음이 드러난다. 러셀은 1956년 7월 23일 미트로필라개연Kalmiana lily을 보기 위해 두 번째로 콩코드를 방문했다. 이때 소로의 식물학 지식이 증가했음을 눈치챘을 테고, 1858년 9월 21일 마지막으로 만났을 때는 풀과 사초에 대한 소로의 관심을 확실히 알아차렸다. 그날 소로와 러셀은 매사추세츠 주 세일럼에 있는 케이프 앤과 에섹스 협회 Essex Institute에 들렀다. 아침에는 협회의 수집품을 보고 오후에 야외로 나갔다. 이때 소로는 버드나무와 지의류 같은 헷갈리는 식물종을 식별하는 데 시간을 대부분 할애했다.

보스턴 지역에서 활동했던 하버드 대학 약물학과 교수 제이콥 비겔로와 조지 에머슨 등 식물학 저서를 낸 학자들은 소로와 개인적으로 교류하기에는 사회적으로 동떨어져 있었다. 교사이자 식물학자였던 에머슨은 1850년 소로가 보스턴 자연사 학회Boston Society of Natural History에 참매 한 마리를 기부해서 준회원 자격을 얻을 당시 학회장이었다. 헌터 듀프리에 따르면 에머슨은 보스턴 학계의 대부였고 1842년 아사 그레이가 하버드 대학에 채용될 때 영향력을 행사했다. 소로가 학회 표본실과 도서관에 자주 가기는 했지만 보스턴 자연사 학회의 주 관심사는 동물이었다. 정회원이 아니었던 소로는 그레이, 비겔로,

에머슨과 가까이 어울리지 않았다. 따라서 소로가 만났던 사람들 중에 전문 식견을 지닌 식물학자에 가장 가까운 인물은 러셀이었다.

벤자민 마스턴 왓슨Benjamin Marston Watson은 엄밀히 말하면 원예가였지만 소로는 왓슨과 교류하면서 유용한 식물학 정보를 얻었다. 왓슨은 1845년 매사추세츠 주 플리머스에 '올드 콜로니 묘목장Old Colony Nurseries'을 설립했다. 이 묘목장은 콩코드의 초월주의자들이 가장 즐겨 찾는 장소가 되었다. 같은 해이자 월든 호수에 터를 잡은 지 한 달이 지났을 때 소로는 왓슨에게 콩코드의 희귀한 나무와 관목에서 채취한 열매와 씨앗을 보냈다. 왓슨의 원예 사업을 도우려는 목적이 분명하다. 왓슨은 보답으로 자기 묘목장에서 채취한 특별한 식물 표본을 보냈고 농장을 조사해달라고 고용했으며 플리머스에서 강의를 해달라고 초청했다. 소로는 《일기》에 플리머스에 있는 왓슨을 정기적으로 방문해서 뉴잉글랜드에서는 낯선 식물의 생생한 사례를 확인했다고 적었다.

교사였던 조지 브래드포드George P. Bradford는 소로와 마스턴 왓슨이 함께 알았던 친구로 왓슨과 함께 플리머스에서 원예사업을 했고 브룩 팜[1] 실험에 동참했다. 그는 1830년 플리머스에서 여학교 학생들에게 식물학을 가르쳤다. 소로는 《일기》에서 희귀한 식물을 발견한 일화를 중심으로 간단히 그를 언급했다. 브래드포드가 초월주의적 관점으로 식물을 대했다는 암시도 있다. 에드워드 호어가 브래드포드에게 팔마툼실고사리 잎을 보내서 "미국에 여전히 태양이 빛나고 있음을 알려주자"고 말했다고 한다(《일기》, 1854년 8월 14일). 이상한 일이지만 출판된 소로의 편지글에는 브래드포드에 대해 단 한 번 사소한 언급만 등장한다.

조지 에머슨은 〈매사추세츠 숲에서 자생하는 나무와 관목 연구〉의 서문에 브래드포드, 러셀, 네이틱 지방의 오스틴 베이컨Austin Bacon 등에게 감사를 표한다고 적었다. 이 서문은 사실 1846년 매사추세츠의 식물학자 명부에 가깝다. 오스틴 베이컨은 측량사이자 동식물 연구가였다. 소로는 1857년 8월 24일 베이컨을 만나 함께 네이틱 지방의 흥미로운 동식물을 구경했다. 희귀한 식물 목록이 등장하는 올리버 베이컨Oliver N. Bacon의 《네이틱의 역사A History of Natick》를 읽고 네이틱에 관심을 가졌음이 틀림없다(《일기》, 1856년 1월 19일).

콩코드 주민 중에 식물학에 대해 소로와 깊이 있는 대화를 나눈 이는 에드워드 호어와 마이넛 프랫, 여동생 소피아뿐이었다. 에드워드 호어Edward S. Hoar는 은퇴한 변호사로 소로가 뉴햄프셔 주에 있는 화이트 산맥과 메인 주의 알레가시 강, 페놉스콧 강을 여행할 때 동행했다. 또한 1844년 콩코드의 페어 헤이븐 숲에서 소로와 함께 실수로 불을 낸 적도 있다. 그는 소로처럼 식물 표본을 수집하여 눌러두었다. 사실 호어가 수집한 표본은 자료의 가독성과 상세함 측면에서 질적으로 훨씬 우수했다. 대부분 1857~1860년에 수집되었으며 풀과 사초가 많이 포함됐다. 그 무렵 소로도 이 난해한 식물을 조사하기 시작했는데 이상하게 《일기》에는 둘이 함께 연구했다는 언급이 없다. 《일기》를 보면 확실히 호어가 진기한 식물을 발견해서 소로의 관심을 끌었음을 알 수 있다. 소로는 자연사에 대한 열정, 특히 식물 다양성에 대한 열정을 보고 호어를 북부 여행의 동반자로 선택했을 것이다.

농부이자 원예가 마이닛 프랫Minot Pratt은 브룩 팜 실험이 끝나고 4년 후에 콩코드로 이사했다. 콩코드의 야생화에 소로만큼 친숙했던 사람이 있다면 바로 그였다. 하지만 《일기》에서는 프랫에 대해서도 콩코드의 희귀식물의 위치와 관련한 제한적인 대화만 언급하고 있어 둘의 연관성을 찾아보기 힘들다. 프랫은 폰커티셋 언덕과 근방에서 특히 식물이 무성한 지역에 해당하는 이스터브룩 숲 등 자기가 사는 곳 근처를 소로에게 세 번 안내해주었다(《일기》, 1856년 8월 17일, 1857년 5월 18일, 1857년 6월 7일). 이후 프랫은 현대 식물학자로부터 혹독한 악평을 받은 계기가 된, 콩코드에 외래종을 도입하는 작업에 참여했다. 소로는 이런 일을 거의 하지 않았지만 물냉이Nasturtium officinale를 옮겨 심었던 것을 한 가지 사례로 볼 수 있다(《일기》, 1859년 4월 26일).

콩코드 공공 도서관에 있는 소피아 소로의 식물표본실로 판단해보면 식물에 대한 그녀의 관심은 오빠보다 과학적인 면이 훨씬 덜하고 심미적인 면이 강했다. 압착 표본은 대부분 예쁘게 보이도록 배열되었다. 각 식물이 무엇인지, 어디에서 채취했는지 기록을 찾아보기 힘들다. 소로는 소피아의 식물 표본 중에 자기가 콩코드에서 보지 못한 식물을 언급한다. 베르티킬라 타방울새란Whorled pogonia, 운둘라툼연영초Painted trillium, 우불라리아 페르폴리아타Uvularia perfoliata 등이다(《일기》, 1852년 9월 22일). 모두 콩코드의 희귀식물 들이다. 이상하게도 콩코드에서 (소피아가 발견했던 장소에서) 소로가 이 식물들을 찾았다는 언급은 없다. 남매 간에 약간 경쟁의식이 있었던 것이 아닐까 생각되는 대목이다.

소로가 활동하던 당시 뉴잉글랜드에 식물학자가 부족했던 이유는 지역 식물군을 다룬 삽화가 있는 지침서나 대중적인 식물도감이 없었기 때문이다. 이런 자료는 19세기 후반에야 등장했다. 소로는 이런 현실을 영국과 비교하며 에둘러 불평했다. "식물 부위를 그림으로 그리고 학명을 표시하는 것이 몇 권에 걸쳐 설명을 늘어놓는 것보다 낫다(《일기》, 1852년 2월 17일)." 그는 식물 묘사가 부실하다고 생각했다. "식물학자들이 버드나무 등 식물 종을 설명한 자료를 놓고 씨름을 했다. … 해당 식물 종의 특이점이 강조되지 않았고, 설명만 읽고 차이점을 알아내려면 아주 세심한 검토와 비교가 필요했다(《일기》, 1853년 5월 25일)."

"오랫동안 경험을 쌓지 않으면 과학적 설명을 보고 식물을 명확하게 구분할 수 없다(〈벤자민 와일리에게 보낸 편지〉, 1857년 4월 26일)."

1957년 월터 하딩이 나열한 소로의 장서 목록을 보면 당시 식물학 서적이 부족했던 현실이 짐작된다. 소로는 콩코드의 관다발 식물과 관련된 거의 모든 서적을 보유했지만 대다수가 의미 없는 책들이었다. 월터 하딩에 따르면 소로의 장서 목록은 다음과 같다.

채핀Chapin, 《식물계의 초목과 과실 편람Handbook of Plants & Fruits of the Vegetable Kingdom》

듀이와 에몬스Emmons, 《매사추세츠 동물과 식물 개관Massachusetts Zoological and Botanical Survey》

에머슨, 《매사추세츠 삼림지역에서 자생하는 교목과 관목 연구Report on Trees and Shrubs Growing Naturally in the Forests of Massachusetts》

플린트Flint, 《초본식물 재배Culture of the Grass》

그레이, 《식물학 지침서(초판, 제2판)》

린제이Lindsay, 《영국 지의류 일반사Popular History of British Lichens》

루던Loudon, 《영국 수목과 관목Arboretum et Fruticum Brittanicum》, 《식물 백과사전Encyclopedia of Plants》

로벨Lovell, 《약초 총람Sive Enchiridion Botanicum, or a Complete Herbal》

소워비Sowerby, 《영국 양치식물The Ferns of Great Britain》

스타크Stark, 《영국 선류 일반사A Popular History of British Mosses》

이 목록에 제이콥 비겔로의 〈보스턴과 인근 지역의 식물(다양한 판본)〉을 추가해야 한다. 소로가 일기에 자주 언급했던 만큼 보유했던 것이 확실하기 때문이다. 소로가 가끔 참고했던 유명한 지침서로는 아모스 이튼Amos Eaton의《미 북부와 중부 식물 지침서A Manual of Botany for the Northern and Middle States(다양한 판본)》, 존 토리John Torrey의《미 북부와 중부 식물군Flora of the Northern and Middle Sections of the United States》, 토리와 그레이의《북미 식물군Flora of North America》등이다. 하지만 셋 중 어느 책에도 그레이 지침서 이상의 정보는 없었다. 토리와 그레이가 쓴 책은 나무를 가장 상세하게 분석했지만 미완성이었고 편의성 측면으로 보면 지나치게 넓은 지역 범위를 포괄했다. 소로가 현대 식물학 도감과 지침서를 접할 수 있었다면 더 일찍 전문 지식을 습득했을 것이다. 하지만 그가 달성한 수준도 놀랍다.

잘 식별된 식물 표본은 항상 최고의 식물학 참고문헌이다. 불행히도 지역 식물 표본실 역시 소로 시대에는 초기 단계였다. 물론 소로는 보스턴 자연사 학회(《일기》, 1856년 6월 19일)나 에섹스 협회(《일기》, 1868년 9월 21일)도 빠짐없이 들러서 빈약한 식물 표본들을 조사했다. 하지만 정말 훌륭한 표본집은 개인이 소유하고 보관했다.

소로가 수집한 식물 표본집(최종 표본 번호가 900번 이상이었다)은 의심할 여지없이 당시 동부 매사추세츠 지역에서 최고 수준이었다. 소로 자신도 이를 인지하고 1858년 4월 23일 메리 브라운에게 쓴 편지에 이를 언급했다. "꼭 내 식물 표본실을 보여드리고 싶습니다. 아주 크거든요." 오늘날 관점에서 보면 그가 표본에 기록한 정보는 전체적으로 빈약하다. 식물종 약 절반에 명칭만 기재했고 가장 중요한 정보인 서식지는 누락했다. 그

때문에 표본의 과학적 가치가 크게 떨어졌다. 까다로운 풀과 사초, 버드나무는 전반적으로 다른 표본들보다 훨씬 낮지만 연필로 작게 설명을 휘갈긴 탓에 해독하기가 어렵다. 또한 밀짚모자를 식물 상자 삼아 들판에서 채집한 식물을 집으로 가져왔던 버릇 탓에 표본의 크기가 작고 불충분해진 경향이 있다.

가장 날짜가 이른 표본으로 판단하면 소로는 분명 1850년쯤 식물 표본을 체계적으로 수집하기 시작했다(비망록이나 메모지에 붙여둔 임시 표본과는 달랐다). 그가 식물학을 본격적으로 연구하기 시작한 시기와 일치한다. 소로가 식물 표본을 수집한 목적은 콩코드에서, 그리고 여행하면서 발견했던 식물들을 더 잘 분류하기 위함이었지 향후 식물학자로 명성을 남기려 함은 아니었다(보통 이런 이유로 개인 표본실을 만든다).

소로의 사후, 그의 뜻에 따라 식물학자 동료였던 에드워드 호어에게 풀과 사초 표본 100여 종, 보스턴 자연사 학회에 나머지 식물 표본 800여 종이 넘어갔다. 호어가 소유한 소로의 풀과 사초 표본은 호어의 딸 모지스 브래드포드Moses L. B. Bradford가 다른 표본들과 함께 1912년 뉴잉글랜드 식물학 협회에 기증했다. 협회의 식물 표본은 현재 하버드 대학에 보관되어 있다. 소로의 표본과 연필로 휘갈긴 식물 정보, 이를 호어가 옮겨 쓴 쪽지는 모두 일정한 크기의 표본 종이에 꼼꼼하게 붙어 있다. 협회 소유가 되기 전에 자료 목록과 사진이 정리되었다. 이처럼 식물 정보가 정리되고 난해한 식물들이 포함된 데다 후대 식물학자 메리트 퍼날드Merritt L.Fernald의 주석이 추가된 덕분에 풀과 사초 표본은 소로의 표본집 중에 과학적 가치가 가장 높다.

이를 제외한 약 800종의 식물 표본집은 대부분 1880년까지 보스턴 자연사 학회에 남아 있었고 그해 콩코드 공공 도서관으로 넘어갔다. 도서관은 1959년 하버드 대학의 그레이 식물 표본관에 기증했고 하버드에서는 주 표본실에서 분리하여 현재까지 보관하고 있다. 소로의 풀과 사초 표본과는 달리 이 표본들은 대부분 소로가 남긴 상태 그대로다. 하지만 비교적 접근하기 어렵고 과학적 가치가 낮은 탓에 후대 식물학자에게 큰 관심을 받지는 못했다. 각 표본은 높이 약 60센티미터의 얇은 종이에 대충 테이프로 붙어 있다. 작은 종이도 더러 섞였다. 종이 한 장에 보통 표본을 하나 이상 붙였고 여섯 개가 넘는 경우도 있으며, 한 페이지에 식물종이 한 가지 이상씩 붙은 경우도 많다. 대부분 표본 바로 옆에 연필로 라틴어 학명을 적었다. '트루로 1855', '브래틀보로', '메인 1857'과 같은 지역 정보는 특정 식물종 옆에 연필로 적었거나 표본 아래 붙여둔 쪽지에 휘갈겨 썼다. 종이마다 연필로 번호를 매겼고 그레이의 《식물학 지침서(제2판)》에 따라 순서대로 배열했다. 이 표본집은 여섯 부분으로 나뉘었고 각각 크고 헤진 판지로 만든 철에 들어 있다. 식물종 목록은 보스턴 자연사 학회에서 별도의 노트에 기록했다.

소피아와는 다르게 소로의 표본집은 잘 정리되었고 심미성보다는 실용성에 따라 배열되었다. 약간 부주의하게 다루고 방치했음에도 불구하고 지금까지 전반적으로 상태가 좋은 편이다. 특히 충해는 거의 입지 않았다. 일부 표본은 바로 작년에 압착한 듯 원래의 환한 빛깔을 유지하고 있다. 하지만 손상에 취약하기 때문에 압착 표본을 제대로 관리할 줄 모르는 사람이 부주의하게 다룬다면 계속 위험에 노출될 것이다.

소로가 생전에 출판한 식물 관련 저서는 단 한 권이다. 수필 《삼림수의 천이The Succession of Forest Tress》는 1860년 9월 콩코드에서 열렸던 미들섹스 농업협회 모임Middlesex Agricultural Society에서 개회 연설문으로 활용되었고 그다음 달 〈뉴욕 트리뷴New York Tribune〉과 지역 농업 보고서에 실렸다. 식물학보다는 생태학적 기고문이었지만 소로에게 가장 중요한 과학적 저작물이리라 생각된다(독창적 개념이기보다는 개념을 참신하게 전개하고 명확하게 표현했다).

소로는 《일기》를 활용하여 수필 《가을 색조Autumnal Tints》와 《야생 사과Wild Apples》를 썼고 이 글들을 강의자료로 이용했으며 사망 직전 몇 개월간 수정했다. 두 작품은 소로의 사후 1862년 문예 월간지 〈애틀랜틱 먼슬리Atlantic Monthly〉에 실렸다. 그는 식물학 관련 문헌이 부족하다고 느끼고 이렇게 채우려 애썼다. 식물학 연구를 본격적으로 시작하던 무렵 도서관 사서에게 "상세하고 널리 읽히는 설명서나 특정 꽃의 내력을 담은 책을 소개해달라고 부탁했다. 과거에 이 모든 꽃들을 사랑하고 충실하게 설명했던 사람들이 있었으리라고 믿었기 때문이다(《일기》, 1852년 2월 6일)."《가을 색조》와《야생 사과》는 식물에 대한 심미적 감상을 표현하고 있다. 과학에 기반을 두었지만 사실 이들은 전형적인 문학작품에 해당한다.

소로가 남긴 단편적인 원고 중에 그가 연속물로 작업했으리라 생각되는 수필은《야생 열매Wild Fruit》와《종자의 확산The Dispersion of Seeds》,《낙엽The Fall of the Leaf》,《뉴잉글랜드 자생 열매New England Native Fruit》등이다. 레오 스톨러Leo Stoller는 이 원고들을 종합해서《가을 색조》와《야생 사과》, 문체와 주제 면에서 상당히 유사한 수필《허클베리Heckleberries》를 출간했다. 이 수필집의 핵심 구절은 "내가 찬양하는 열매들"이며 이 글에 담긴 정신을 잘 보여준다.

소로가 식물학 분야에 대단한 기여를 했다고 볼 수는 없다. 뉴잉글랜드 식물학자 대부분이 소로의 식물학적 성과를 쉽게 정의하지 못할 듯하다. 뉴잉글랜드에서 가장 높은 워싱턴 산의 식생을 처음으로 상세하게 설명했다는 정도일까. 이 설명서는 소로가 사망하고 한참 지나도록 출판되지 않았지만 뉴잉글랜드에서 가장 흥미로운 식생지대에 있는 고산 식물의 변화를 살펴볼 수 있는 비교 대상을 제공한다.

콩코드 식물에 대한 광범위한 연구 역시 식물군 변화를 가늠할 비교 지점 역할을 한다. 이런 측면에서 소로의 연구가 의미를 지니며, 콩코드 식물학의 특정분야에 기여를 했다고 보기는 어렵다. 하지만 콩코드에서 그의 관찰결과와 표본은 그때까지 뉴잉글랜드 지역 식물에 대한 보고서 가운데 가장 완성도가 높았으리라 짐작된다. 소로는 본질적으로 후대 식물학자들에게 1850년대 콩코드 식물의 '사진'을 제공했다. 그 10년간 소로가 쏟았던 열정에 비할 만한 콩코드 식물학자는 존재하지 않는다.

초보단계가 지난 뒤 소로는 아주 능숙하게 식물을 식별했고 의문이나 오류는 전문 식물학자나 그 저서가 혼동했을 법한 부분에서만 발생했다. 콩코드의 희귀식물 서식지에 대해 소로만큼 정통했던 이는 마이닛 프랫뿐이었다. 소로의 식물학 지식의 폭(풀, 사초, 지의류 포함)을 따라간 사람은 에드워드 호어와 고인이 된 20세기 식물학자 리처드 이튼Richard J. Eaton밖에 없다.

당대의 식물학에 지식을 보태는 것이 소로의 목적은 아니었다. 자연이 자기 고향마을에 어떤 질감을 지닌 옷을 입혔는지 더욱 분명히 알고 싶었을 뿐이다. 스스로 그 직물의 일부라고 느꼈기 때문이다. "나는 동시대를 살아가는 주변 식물에 관심을 가졌고 덩치 큰 식물에 대해서는 꽤 지식을 쌓았다. 그들은 같은 행성에 살고 있고 친숙한 이름으로 불린다(《일기》, 1857년 6월 5일)." 소로는 재배식물에 대해서는 거의 관심을 기울이지 않았다. "나는 집에서 기르는 식물에는 전혀 관심이 없다(《일기》, 1856년 12월 4일)." 관찰 초기 꽃에 보였던 관심은 자연에 대한 초월주의자의 일반적 관점, 즉 영감의 원천이자 도덕적 교훈을 얻을 살아 있는 수업, 분석보다는 경험의 기회로 보는 시각과 일치한다. 나중에 소로는 철학적으로 회의하고 합리화를 시도하면서 식물학에 체계적으로 접근하기 시작한다. "예전에 나는 자연의 일부이자 구획이었지만 이제는 관찰자다(《일기》, 1852년 4월 2일)."

"사람들은 동식물 연구가의 언어를 배워서 그들과 대화하려는 목적으로 과학서적을 공부할 뿐이다(《일기》, 1853년 3월 23

일)."

마지막까지 소로는 스스로 동식물 연구가나 식물학자, 다른 그 무엇도 아닌 작가라고 생각했다. "나는 여기서 40여 년 동안 들판의 언어를 배웠고 이 언어로 나 자신을 가장 잘 표현할 수 있다(《일기》, 1857년 11월 20일)." 하지만 작가가 고향 식물을 이토록 완전히 그리고 의식적으로 숙지한 것은 전례 없는 일이며, 이렇듯 끈질기게 식물을 연구하면서 얼마나 위대한 작품이 무르익었을지 감탄스러울 따름이다.

SPRING

사나운 겨울 끝에 찾아온
우아한 봄의 속삭임

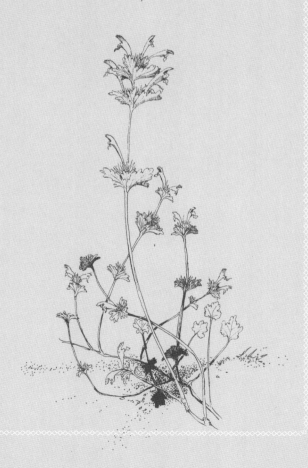

1854년 3월 4일

지난주에는 눈이 아주 빨리 녹았다. 이제 맨땅이 제법 보인다. 파스향나무Checkerberry가 모습을 드러냈는데 대부분 약간 쪼글쪼글했다. 허바드 숲에 있는 단풍나무 늪에서 세잎황련Goldthread뿐만 아니라 리펜스호자덩굴Patridgeberry과 큼직한 상록분홍노루발Pyrola에 이르기까지, 사시사철 푸른 이파리들을 발견했다. 숨을 들이쉬며 흙냄새를 맡아보았다. 초지 저편에 싱싱하고 완벽한 자주사라세니아Pitcher plant 잎이 보였고 미국금방망이Golden senecio 뿌리에서 돋아난 푸르고 붉은 잎도 지천에

리펜스호자덩굴
Patridgeberry
(*Michella repens*)

미국금방망이
Golden ragwort
(*Scnecio aureus*=*Packera aurea*)

널려 있었다. 미국금방망이의 잎을 짓이기면 그 향기가 시간을 뛰어넘어 나를 경이로운 계절로 데려간다. 한겨울, 채 녹지 않은 눈과 얼음 속에서도 초록 이파리를 몇 개만 뜯으면 6월 초원을 물들이는 노란 꽃과 같은 향기를 뿜는다는 것을 누가 믿겠는가? 지금 내게 이만큼 여름을 실감나게 하는 존재는 없다.

1859년 3월 5일

앉은부채Skunk cabbage 싹은 자라면서 가장 바깥쪽 껍질을 밀어냈다. 주로 냉해를 입은 부분이었다. 앉은부채의 불염포가 넓어졌고, 벌써 2센티미터 넘게 살짝 벌어지면서 더욱 밝고 다양한 색을 띠었다. 육수꽃차례가 피어나기 전 불염포 겉면은 멜론 껍질처럼 색과 무늬가 무르익은 느낌을 준다. 3일 전 내가 이곳에 온 이후, 제일 먼저 돋아난 수많은 불염포들이 여기저기 손상되는 것을 발견했다. 짐승들이 불염포 일부를 갉아먹거나 구멍만 남겨놓았고 남은 조각은 여기저기 흩어졌다. 녀석들은 결국 꽃차례를 전부 먹어치웠다. 먼저 돋은 불염포는 정말 거의 남지 않았다. 생쥐나 사향쥐, 아니면 새의 짓일까? 어떤 녀석들인지 꽃차례 간식을 정말 좋아하는 것이 틀림없다.

둥근동의나물Cowslip은 웰 초원 한 자리에서 노란 꽃눈을 물 위로 밀어올리며 눈에 띄게 봉오리를 맺는다. 잎이 처음 나올 때는 단단히 말려 있기 때문에 잘 보이지 않는다.

둥근동의나물
Cowslip
(*Marsh marigold, Caltha palustris*)

1859년 3월 6일

가느다란 단자작나무Black birch 가지가 꽃차례를 매달고 사방으로 우아하게 늘어진 모습은 무척 아름답다. 붉은 꽃차례가 늘어선 오리나무류Alder처럼 단자작나무는 다른 나무들보다 힘차게 생기를 뿜는다. 다른 나무는 대부분 완전히 잠들었거나 죽은 듯 보였지만 단자작나무 내부에는 수액이 흐르고 있는 듯했다(겨울에도 마찬가지다).

1854년 3월 7일

식물이 계절에 충실한 모습은 참 놀랍다. 꽃잎이 뽀족한 크리니타수염용담Fringed gentian은 왜 9월 후반까지 참지 않고 이른 봄에 싹을 틔울까? 온도차가 크지도 않을 텐데 말이다. 우리에게 주어진 시간은 어찌 이리도 짧은지!

1859년 3월 7일

생명의 신비는 식물이나 인간의 삶이나 비슷하다. 생리학자는 식물의 생장을 설명하기 위해 자기가 세운 기계적 법칙이나 역학을 근거로 추측해선 안 된다. 동물이나 식물이 살아가는 영역을 인간의 손으로 파헤치려 하지도 말아야 한다. 겨우 껍데기밖에 건드리지 못할 테니까.

1855년 3월 8일

습지의 얼음이 녹으면서 앉은부채의 뿔 모양 꽃봉오리가 눈에 띄었다. 푸르스름한 꽃이 피는 초록색 꽃망울을 매단 앉은부채는 상처 하나 없이 서서 태양을 느낄 준비를 하고 있었다. 그 어떤 식물보다 봄을 바라볼 준비를 단단히 하는 녀석이었다.

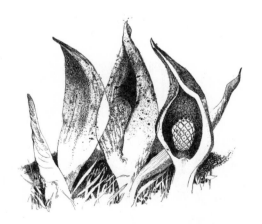

앉은부채
Skunk cabage
(*Symplocarpus foetidus*)

1852년 3월 10일

숲속에서 아주 싱싱하고 푸른 푸베스켄스사철란Downy rattlesnake plantain의 그물모양 잎을 발견했다. 벌써부터 절벽 꼭대기에서 튀어나오는, 아르벤스점나도나물Field chickweed을 닮은 저 풀은 무엇일까?

밝은 초록색 잎을 지닌 다른 식물도 몇 있었다. 이미 조금씩 돋아나기 시작했거나 눈 속에서 추위에 시달린 적 없는 풀들이었다. 여름이 눈 속에서 서로 손을 꼭 붙잡는다.

푸베스켄스사철란
Downy rattlesnake plantain
(*Goodyera pubescens*)

1853년 3월 10일

이제 움트기 시작하는 미나리아재비처럼, 많은 식물들이 어느 정도는 항상 푸르다. 내 생각에 가장 먼저 봄을 알리는 정확한 신호는 디스콜로르버드나무Swamp willow의 꽃차례. 그다음 오리나무 꽃차례가 기지개를 켜고 다음으로 앉은부채의 불염포가 돋아난다(물밑에서 잎도 자란다). 내가 느끼는 순서가 그렇다는 뜻이고 순서가 바뀌는 경우도 있다.

1855년 3월 10일

오늘 오후 디콘 브라운네 울타리에서 분명 3센티미터는 자란 애기똥풀Celandine을 발견했다. *보라*, 정말 솟아나고 있는지.

[애기똥풀
Celandine
(*Chelidonium majus*)

갈래소귀나무
Sweet gale
(*Myrica gale*)

1853년 3월 12일

갈래소귀나무Sweet gale는 내가 발견한 식물 중 가장 아름다운 꽃을 피운다. … 보일링 샘에서 우리가 본 것이 밍크였던가? 샘물 속에서 미국금방망이가 무척 많이 자랐고, 아직 내 손에 그 향기가 남아 있다. 오래오래 향을 남기는 풀이다.

1855년 3월 14일

잡초 속에서 블루컬Bluecurl을 발견했다. 잔가지마다 참새 흔적이 보였고, 언뜻 속이 *빈 것 같은* 낭상엽이 눈 위에 솟아 있었다. 하지만 그 안에 씨앗이 약간 남아 있는 듯했다. 눈밭 위에서 방울새를 위한 곡물창고를 매달고 있는 셈이니, 아직도 시든 줄기가 서 있을 이유는 충분하다.

1860년 3월 16일

미나리아재비의 근생엽은 새로운 생명을 얻은 듯 이제 대부분 생생한 짙은 녹색이다. 잎에 보이는 수북한 솜털 덕분에 추위 속에서도 우단담배풀Common mullein처럼 잘 견딜 수 있었던 것 같다. 미나리아재비뿐만 아니라 엉겅퀴Thistle, 냉이Shepherd's purse 등도 갈색 땅 위에서 로제트형을 하고 있다.

1857년 3월 17일

봄의 첫새벽을 지켜볼 만큼 정신이 맑은 인간은 없겠지만, 식물들이 적어도 며칠 전에 잠에서 깼다는 사실은 이제 조금씩 눈치챘을 것이다.

1853년 3월 18일

확실히 날씨가 맑아졌다. 코낸텀 절벽에서 캐나다매말톱꽃Columbines뿐만 아니라 버지니아범의귀Saxifrage까지 피기 시작했다. 캐나다매말톱꽃은 다른 풀들보다, 특히 마른땅에서 자라는 그 어떤 식물보다 눈에 잘 띈다. 이들은 절벽에 맞서, 흙이라고 는 찾아볼 수 없는 건조한 틈새에 자리를 잡는다. 해를 많이 쬘 수록 빨리 자란다. 빛을 반사할 바위조각이라도 떨어져 있으면 그 옆에 뭔가가 자라기 시작한다. 이 풀들은 생장에 필요한 단 하루, 한순간도 낭비하지 않는다. 내가 아메리칸 페니로열의 마 른 가지를 호주머니에 즐겨 넣어두는 이유는 무척 짙은 향을 풍겨 허브로 가득한 다락방을 떠오르게 하기 때문이다.

버지니아범의귀
Early saxifrage
(*Saxifraga virginiensis*=*Micranthes virginiensis*)

1858년 3월 18일

40~50미터 정도 떨어진 곳에서 연필향나무Eastern red cedar와 같은 생장 습성을 보이는 상록관목을 발견했다. 하지만 숲에서 자라는 것으로 보아, 꽃을 피우려고 벌써부터 튼튼하게 싹을 틔운 캐나다주목American yew이 아닐까 생각했고 내 생각이 맞았다. 아주 중요한 발견이다. 이런 식으로 그해 겨울에 백산차 Ledum와 주목을 발견했고, 메이플라워Mayflower가 자라는 곳도 새로 알아냈다.

1860년 3월 18일

클램셸 언덕 아래 지천으로 핀 앉은부채를 관찰한다. 잎이 없는 것처럼 보이는 꽃이다. 시든 갈색 풀 사이에 솟아 있는 통통한 부리 모양 덮개만 보일 뿐이다. 생기를 되찾은 이 땅은 남쪽 비탈 아래 어딘가에서 볕을 느낀 모양이다. 지금 흔히 보이는 꽃은 사실 앉은부채를 싸고 있는 홑잎, 불염포이고 튤립처럼 색이 다양하다. 검은 마호가니에 가까울 만큼 어두운 색부터 밝은 노란색 줄무늬나 적갈색 반점이 있는 녀석도 있다. 불염포는 꽃 주변에 접혀 있는 잎이며 꼭대기가 새의 부리처럼 생겨서 꽃 위에 구부리고 있고, 불염포 뒤쪽은 가파르게 아래쪽을 향한다. 바람과 서리로부터 꽃을 보호하려는 것이 틀림없다. 다양한 색의 불염포가 가까이 모여 있고 부리가 구부러진 방향도 제각각이다.

그 비탈 아래 온 사방에 앉은부채에 홀린 꿀벌의 노랫소리가 들려왔다. 한 불염포 속에서 특히 거칠고 큰 소리가 났다. 벌은 처음에는 망설이며 육수꽃차례 주위를 빙빙 돌더니 열린 문으로 들어가서 기어 다니다가 노란 꽃가루를 잔뜩 이고 다시 나타났다. 녀석들을 꽃으로 이끄는 본능은 얼마나 경이로운가.

1853년 3월 20일

월든 호수 서쪽의 오리나무 꽃차례가 바람에 흔들리며 너울지고 근방에서 가장 무르익은 꽃봉오리는 느긋하게 꽃피울 준비를 마쳤다. 물에서 5미터 이내 호숫가 이곳저곳에 돌로 만든 화로와 새카맣게 탄 장작이 보였다. 어부가 기운을 차리고 몸을 녹이고, 점심을 먹었던 흔적이다.

1855년 3월 21일

버드나무Willow와 사시나무Aspen의 이른 꽃차례가 이제 아주 잘 보인다. 적어도 1센티미터는 되는 은빛 버드나무 솜털이 포엽 아래 어딘가에서 돋아나와 살랑거린다. 이처럼 확실한 은빛을 띤 것은 3월 1일이나 그 이전인 것 같다. 그리 춥지 않을 때 살금살금 돋아나기 시작한 듯하다. 겨울 동안 15일에 한 번 정도 관찰하는 것이 좋겠다. 최초로 느낀 확실한 성장이고, 아마 한 달쯤 된 듯하다.

1853년 3월 22일

오리나무가 아주 일찍 꽃을 피우고 꽃가루를 뿌렸다. 토종 꽃

중에 가장 이르다. 또렷한 노란색 덕분에 멀리서 꽃차례 몇 개가 보였다. 주전자에 꽂아 둔 버드나무 꽃차례 중 하나도 드디어 꽃망울을 터뜨렸다.

1853년 3월 23일

채진목속Shadbush의 꽃봉오리가 초록빛이다. 개암나무Hazel 꽃차례는 아직 완전히 열리지 않았지만 진홍빛 총총한 꽃이 빼꼼 밖을 내다본다. 오리나무 꽃은 대부분 활짝 피었고 노란색에 가까운 우아한 황갈색 보석이 멋진 자태를 뽐낸다. 바람이 불자 귀고리처럼 흔들렸다. 새해를 단장하는 장신구로는 거의 첫 완성품인 듯하다. 흔들리는 꽃에서 노란 꽃가루가 떨어지고, 그 아래를 지나자 외투가 노랗게 물들었다. 나는 헤이우드 초원으로 진흙거북을 찾으러 갔다. 갓 피어난 오리나무 꽃차례에 생겨난 나선형의 예쁜 노란색 줄무늬는 번갈아 늘어선 짙은 적갈색 포엽줄과 대조를 이룬다. 꽃차례에 일어난 혁명이다.

큰잎부들Cattail의 솜털은 손 안에서 안개처럼 뿜어져 나오며 부푼다. 마술사가 깃털이 가득한 모자로 마술을 부리는 것 같기도 하다. 솜털을 뜯은 티도 나지 않을 정도로 조금만 뜯어서 문질러도 팽창해 한 손 가득 넘쳐나기 때문이다. 가늘고 탄력 있는 솜털 가닥에 용수철이 있는 것이 분명하다. 오랫동안 좁은 곳에 꽉 들어차 있다가 중심부가 살짝 느슨해지면 씨앗을 퍼뜨리기 위해 용수철이 낙하산 모양으로 펼쳐진다. 새나 바람, 얼음이 이 낙하산을 조금이라도 건드리면 가닥가닥 폭발하듯 퍼진다. 다시 엄지손가락으로 꽃차례에서 솜털을 벗겼을 때 마법처럼 손에 쏟아지며 전해오는 따뜻한 감각에 놀라움을 느꼈다. 솜털이 떨어지면서 팽창하자 솜털 밑에서 자줏빛이 도는 희미한 붉은색이 나타났다. 매우 유쾌한 실험이었다.

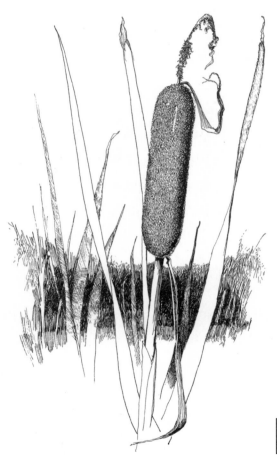

큰잎부들
Common cattail
(*Typha latifolia*)

1856년 3월 23일

가게 주인이 손수건에 뿌릴 향수 '초원의 꽃'과 '갓 베어낸 건초'를 홍보하는 모습을 보았다.

1855년 3월 24일

이르면 3월 10일 정도에 애기똥풀이 자라기 *시작했고*, 그때부터 암탉이 야금야금 뜯어먹었던 듯하다. 초록빛이 짙어지는데도 더 살지 못하기 때문이다.

1857년 3월 26일

개골개골 우는 첫 개구리(청개구리)와 은단풍Silver maple, 앉은부채와 오리나무 꽃차례를 동시에 발견했다. 개암나무 꽃차례 하나가 아주 길게 뻗어 있었다. 생명의 기운이 그다지 느껴지지 않는 건조한 평지나 비탈에서 이런 모습을 발견하면 항상 놀랍다.

1860년 3월 26일

가장 먼저 꽃을 피운 버드나무는 이제 회색으로 변했다. 은색으로 보기에는 너무 짙어서 쥐나 몰타 고양이 색에 가깝다.

1853년 3월 27일

개암나무 꽃이 만개했다. 23일 정도에 모두 피었을 것이다. 너무 작아서 자연을 관찰하는 이들이나 일부러 찾아보는 이들만 알아보았겠지만 어떤 면에서 지금까지 본 중에 가장 흥미로운 꽃이다. 민숭민숭한 줄기 끝 측면을 따라 늘어선 꽃봉오리 끄트머리에 10개 정도의 조그만 빛 조각이 달려 있다. 밝은 진홍색도 있고 어두운 진홍색도 있다. 이렇게 춥고, 이파리나 꽃을 찾아보기 힘든 계절에, 눈에 잘 띄지도 않는 조그만 꽃에 이토록 선명한 색이라니! 꽃차례가 나오지도 못했고 숲에 생명의 징후도 거의 없을 때 봄은 이렇게 멋진 인사를 한다. 게다가 어찌나 연약한지 온전히 집에 가져올 수가 없었다. 꽃은 시들고 검게 변해버렸다.

1859년 3월 27일

키 작은 버드나무가 지천이다. 지팡이 모양의 고리버들가지에 돋아난 꽃차례가 수면 위 1~3미터 높이로 늘어진 모습이 부쩍 도드라진다. 햇빛이 드는 방향에서 보면 죽은 관목의 잿빛 나뭇가지(목질이 드러난)로 보이지만 가까이 가면 예쁘고 환한 버드나무 봉오리가 보인다. 우리는 배를 타고 이런 은빛 봉오리가 10~15미터 정도 가득 떠 있는 물 위를 지나갔다. 봉오리 빛깔은 하얀 구름과 하늘, 군데군데 채 녹지 않은 눈이나 얼음과 닮았다. 풍성한 은색 봉오리를 감상하려면 침수 초원이나 이곳 오터 내포Otter Bay와 비슷한 늪지에서 배를 타야 한다. 우리가 돌아다니는 길마다 오리나무가 늘어섰고, 대부분 꽃을 활짝 피운 예쁜 술 장식을 중력의 영향을 보여주듯 아래로 곧게 늘어뜨리거나 한쪽 방향으로 날리고 있었다.

이처럼 일찍 핀 꽃들은 놀라울 만큼 수수하고 눈에 띄지 않는다. 사향쥐와 오리 사냥꾼, 농부는 이들을 그냥 지나치곤 한다. 녀석들은 대부분 들키지 않고 봄의 빛과 공기에 살며시 숨어든다. 사냥꾼은 시들어서 비바람으로 변색된 나뭇가지를 찾는 것 같다. 군데군데 회색 이끼가 덮여 있는 이 나뭇가지들은 사냥꾼을 목표한 나무로 인도한다. 오리나무는 절반 정도 꽃을 피웠다. 조금 떨어져서 보면 겨울의 갈색 나뭇가지가 모여 있는 것 같았고 꽃의 색도 시든 잎과 비슷하다.

1853년 3월 28일
왜 꽃가루는 대부분 노란색일까?

1858년 3월 28일
철길을 따라 걷다가 외진 곳에서 철로를 벗어났다. 오른쪽에 보이는 따뜻한 구덩이에서 개암나무 암술머리가 갓 돋아난 모습을 발견했다. 눈에 잘 띄지 않지만 계절 변화를 보여주는 무척 예쁘고 흥미로운 증표다. 수정이 될 만한 봉오리를 신중하게 조사하지 않았더라면 알아차리지 못했을 것이다. 황혼이 질 때 제일 먼저 흐릿하게 탐지되는 새붉은 별과 같다.

1859년 3월 28일
봄날의 호수가 영원했더라면 이 정도로 아름답지는 않았을 것이다. 이곳 그레이트 초원에서는 구석구석 자연이 살아 있음을 보여주듯 모든 것이 끊임없이 빠르게 변화한다. 우리는 어두운 물결 위를 잽싸게 가로지르거나 거울처럼 잔잔한 물 위에 첨벙첨벙 노를 저으며 단풍나무 습지 끝을 따라 나아갔다. 8월에는 호수바닥에서 일꾼들이 풀을 베기도 하고 술병을 숨겨놓기도 한다는데 바닥에 닿지는 않았다. 솟구친 물결이 오리나무 술 장식과 하얀 단풍나무 꽃에 부드럽게 닿았다.

1856년 3월 31일
브라운 울타리 아래 돋아난 애기똥풀이 눈에 띄기 시작한다.

1853년 4월 1일
밤새 내린 비가 오전까지 이어졌고 이제 개기 시작했다. 솜털이 덮인 어린 우단담배풀 잎에 빗방울이 제가끔 방울졌다. 모양과 색이 일정하지 않은 탓에 얼음처럼 보인다. 우단담배풀의 꽃받침 속에 가득 모인 빗방울은 솜털에 맺힌 채 빛을 흡수하지 않고 반사했기 때문인지 독특하게도 반투명한 은백색이다. 빛 속에 갇힌 것 같은 모양새다. 오래된 옷처럼 땅에 흩뿌려진, 보기 흉한 지난 가을의 갈색 잔해를 뚫고 신선한 우단담배풀 잎이 돋아나고 있다. 땅이 새 헝겊으로 뒤덮인다.

1858년 4월 1일
강의 수위가 여름 수준이다. 올봄에는 수위가 올라가지 않고 이 수준까지 내려갔다. 배에서 보니 키가 가장 작은 버드나무에는 꽃이 피지 않았다. 오늘 은단풍에 풍성한 꽃이 피었다. 제일 처음 핀 것은 29일쯤으로 보인다. 우리는 단풍나무에서 바쁘게 일하는 꿀벌 소리에 놀라 나무아래 배를 멈췄다.

1856년 4월 2일

어디에서 가장 먼저 꽃이 피는지 알아내려면 반평생은 걸릴 듯하다.

1853년 4월 3일

버지니아범의귀 꽃을 보고 깜짝 놀랐다. 꽃을 발견한 것은 말하자면 단순한 우연이었다. 꽃이 필 기미가 보이지 않았었는데, 한 나무 그루터기의 남쪽 후미진 곳에 툭 튀어나온 바위 아래를 살펴보다가 조그만 풀 한 포기를 발견했다. 바위절벽을 거슬러 꽃이 서너 송이 피어 있었다. 첫 꽃을 발견하려면 아주 예리하고 성실하게 관찰해야 한다. 이 경우에는 위치 덕을 보았다. 그리고 일주일 후에 꽃이 피겠거니 하고 돌아섰다가도 조금만 더 조사해보면 발견할 수도 있다.

1853년 4월 4일

마셜 마일스Marial Miles의 집 뒤쪽에 이제 막 꽃을 피운 버드나무를 한 10분 정도 가만히 보고 있다가 문득 등 뒤로 느껴지는 시선에 돌아보았더니 집을 몰래 빠져나오는 두 남자의 머리가 눈에 띄었다. 내가 버드나무를 바라보듯 둔덕 너머로 나를 뚫어져라 쳐다보고 있었다. 그들은 인류의 참된 연구대상이라는 인간을 탐구하고 나는 자연을 탐구하는 중이었는데 서로 발각되자 당황한 쪽은 저들이었다.

1959년 4월 4일

2~3일만 있으면 메이플라워가 꽃을 피울 듯하다. 색이 다채로워졌고 모양은 이렇다.  시든 참나무 잎이 일부 꽃봉오리를 덮어 보호하고 있기 때문에 첫 꽃을 발견하려면 상당히 주의 깊게 살펴야 한다. 일찍 피는 꽃들은 보통 물기가 있는 곳에서 자라지만 메이플라워는 다르다. 이 식물은 전력을 다해 자기가 가진 모든 것을 활용하여 건조한 덤불 속에서 꽃을 피운다.

메이플라워
Mayflower, Trailing arbutus
(*Epigaea repens*)

1859년 4월 5일

나는 언덕에 서 있다가 30미터 정도 아래에 있는 늪 가장자리에 갈색 나뭇가지와 시든 잎 사이로 키 큰 버드나무의 환한 노란색 꽃차례가 갓 피어난 모습을 발견했다. 건조한 갈색 표면의 말라빠진 잎 사이에 핀 꽃은 갓 허물을 벗은 나비처럼 밝고 귀해 보였다. 3월에 피는 꽃 중 가장 눈에 띄는 꽃이다(이 꽃이 *일찍이* 3월에 피었을 경우).

생각지도 못했던 따사로움과 화창함이 떠오른다. 약간의 색채가 더해지고 연약한 생명이 눈에 띌 뿐인데도 넓고 건조한 갈색 숲과 늪이 생명체가 살기에 알맞은 집처럼 느껴진다. 인간도 살 수 있을 것 같다.

1853년 4월 6일

참꽃단풍나무Red maple 꽃봉오리의 포엽은 매우 빨갛다. 점점 포엽이 드러나자 아주 멀리서도 보일 정도로 나무 꼭대기가 붉게 물들었다. 클램셸 언덕 남쪽 아래 펼쳐진 초원 끄트머리에 앉은부채 꽃을 맴도는 벌들의 노랫소리가 가득 울려 퍼진다. 꿀벌을 떠올리기 전에 가늘고 유난히 날카로운 노랫소리가 먼저 들렸다. 어떤 녀석들은 불염포 속에서 공허하게 윙윙거렸다. 계속 안을 들여다봤다가 다른 꽃을 찾아 다시 나오는 것으로 보아 이 꽃은 자기가 작업 중이라는 사실을 알리려는 듯했다. 불염포 중 일부는 이제 꽤 커졌고 일반적인 모양으로 구부러진 것이 아니라 소의 뿔처럼 꼬여 있었다. 꿀벌은 꽃에 작고 예쁜 지하실 또는 사당을 만드는 경우가 많다. 겹쳐지는 천막 문처럼 대략 이런 모양이다.

둥근동의나물 한 포기에 노란색이 비쳤고, 완전히 나오지는 않았지만 내일이면 될 것이다. 녀석들은 얼마나 시간을 잘 활용하는지! 단 한순간의 햇빛도 허투루 쓰지 않는다.

1854년 4월 6일

어제보다 훨씬 따뜻하다. 온화한 서풍에 비 냄새가 묻어 있다. 은단풍에 벌써 많은 꽃이 핀 모습을 보고 놀랐다. 옅은 빛깔의 수술이 멀리서도 눈에 띄었다. 빠르면 그저께부터 피기 *시작한* 듯하다. 꿀벌의 노랫소리가 꽃을 진동시키고 수십 미터 밖까지 울려 퍼졌고, 하늘을 배경으로 수없이 많은 벌들이 꽃 주변을 맴돌았다. 벌은 단풍나무를 찾으려면 언제 어디로 가야 하는지 알고 있다. 이 우아한 속삭임이 나를 여름으로 몇 달이나 앞당겨 놓았다.

1860년 4월 6일

요즘 모든 식물이 *따뜻한* 날에만 자라고 추운 날에는 생장을 멈추거나 죽기도 한다는 사실을 깨닫고 깜짝 놀랐다. 식물은 꾸준하기보다는 간헐적으로 나아간다. 어떤 꽃은 오늘처럼 따뜻하다면 내일 필 테지만 날씨가 추우면 일주일 이상 멈출 것이다. 봄은 그렇게 앞으로 갔다가 물러나기를 반복한다. 꾸준히 나아가면서도 봄의 추는 좌우로 흔들거린다.

1860년 4월 7일

일찍 피어난 캐나다양지꽃Dwarf cinquefoil은 언제 피었을까? 아널스낵 언덕 반대편에 있다.

1856년 4월 8일

웰 초원 위쪽에 진흙투성이 시냇물 하나가 천천히 흐른다. 발원지에서 몇 미터만 가면 식물들이 햇볕을 받으려고 *탁 트인* 곳에 모여 있고 일종의 *보호* 역할을 하는 오리나무 사이로 바람이 분다. 이곳에서 둥근동의나물 두 포기가 활짝 피어 꽃가루를 떨구는 것을 발견했다. 2~3일 전에 수많은 꽃봉오리를 발견했지만 이제 보이지 않는 것으로 보아 그맘때 꽃을 피운 듯하다. 짐승이 먹었을까? 제일 먼저 핀 꽃을 이런 식으로 놓치는 것은 아닐까?

1859년 4월 8일

메이플라워는 아직 별로 피지 않았다. 유별나게 빨리 꽃을 피우는 숲속 초본식물은 메이플라워, 바람꽃속Anemone, 꿩의다리속Thalictrum, 그리고 5월 1일쯤 피는 페다타제비꽃Viola pedata 등이 있다. 아주 일찍 피는 꽃들은 보통 물에 의존하지만 이 꽃들은 그렇지 않고 숲속 마른 잎들 사이에서 제법 잘 큰다. 길가에 늘어선 이리시폴리아참나무Shrub oak 사이에서 참나무 잎에 반쯤 덮여 돋아나는 *페다타제비꽃* 이파리가 다른 식물보다 유난히 놀랍게 느껴졌다. 땅이 무척 건조했고 주변 관목에 전혀 생기를 찾을 수 없었기 때문이다.

1853년 4월 9일

세컨드 디비전 개천 건너편의 트레뮬리포르미스포플러Populus tremuliformis에 꿀벌과 파리 등 날벌레의 노랫소리가 울려 퍼졌다. 사시나무 수그루는 암그루와 멀리 떨어져 있는 경우가 많다. 벌과 파리만 화분을 암그루로 옮기는 게 아니었던가? 나는 처음에 벌의 노랫소리가 어디로 이동하는지 알지 못했다.

이제 느릅나무Elm 꽃이 한창이다. 하늘에 펼쳐진 짙은 갈색의 느릅나무 꼭대기가 한층 묵직하게 느껴진다. 멀리서도 윤곽이 보인다.

절벽에 미나리아재비 두 포기에 꽃이 피었다. 매우 따뜻하고 건조한 곳이었지만 비바람을 피할 도리가 없어 보였다. 창백한 노란색을 띤 봄의 공물이다. 조금씩 꽃을 밀어올리던 버지니아범의귀가 풍성해지기 시작했다. 톱니모양의 예쁜 붉은색 꽃받침 사이로 순수하고 믿음이 가는 흰색이 비친다. 흰색 버지니아범의귀는 증가한 햇빛에 대한 지구의 응답이다. 노란색 미나리아재비는 태양열에 대한 응답이다. 가시덤불의 꽃봉오리가 눈에 띈다. 허바드 초원의 괭이눈Chrysosplenium 몇 포기가 꽃을 피웠다. 허바드가 모두 뽑아버렸나 보다. 농부가 도랑을 청소하면, 나는 그가 잡초라고 부르는 수많은 꽃들의 죽음을 애도한다. 다리 건너편에 있는 코너 길을 따라 언덕을 올라가면 비탈

트레물리포르미스포플러
Quaking aspen
(*Populus tremuliformis*=*P. tremuloides*)

에 아까시나무Black locust, 버드나무, 자작나무 등의 조그만 숲이 있다. 코너 길의 매력은 바로 이 숲이다. 하지만 어제 이 나무들을 베어가며 집을 짓는 남자를 보았다. 나는 그에게 "나라면 100달러를 주어도 나무를 베지 않겠다고, 여기가 이 근방의 명소"라고 말했다. 그는 "가시덤불만 가득할 뿐 아무짝에도 쓸모가 없어요. 여기에 새 벽을 세울 겁니다"라고 대답했다. 그는 그렇게 자기 집으로 가는 길을 꾸미기 위해 흥미진진한 수풀 대신 심심하고 못생긴 벽을 세운다.

1855년 4월 10일

펜실바니아사초Early sedge를 살펴보자. 돋아나는 초록 잎들을 감쪽같이 숨겨버리는 바싹 마른 풀무더기 속에서 누가 무슨 꽃을 찾겠는가? 하지만 나는 끈기 있게 바위투성이 언덕(리 절벽)을 조금씩 올라가며 풀무더기를 하나씩 관찰했고 마침내 풀 속 깊숙한 곳에서 조그만 노란색 수상꽃차례를 발견했다. 버지니아범의귀의 경우, 따뜻한 바위 틈새를 한참 찾다가 단념했을 때 하얀 꽃봉오리 겨우 서너 개를 발견했다. 아직 온기가 느껴지는 바위에 오랫동안 앉아 봉오리 하나가 조금 벌어지고 꽃자루가 3센티미터 정도 올라온 것을 관찰했다. 이런 상황에서 일찍 핀 꽃들은 극지방의 식물군과 비슷한 특징을 보인다. 외딴 곳에서 자라고, 눈에 잘 띄지 않으며, 눈에 둘러싸인 경우가 많다. 또 대부분 아직 꽃을 피울 생각이 없다.

1859년 4월 10일

8일에 캐나다양지꽃이 피었다는 얘기를 들었다. 이 웰 초원의 맹아림[1] 에 살아남았다. 캐나다양지꽃 외에도 호우스토니아 카에루레나Bluets, 백두산떡쑥속Mouse-ear, 오바타제비꽃Viola ovata 등 내 생각에 초원의 꽃이라 할 만한 녀석들이 있었다.

1852년 4월 11일

이제 칼라무스석창포Sweet flag가 물밑에서 자라기 시작해 약 13센티미터가 되었고 피라미가 휙휙 헤엄친다. 캐나다두루미꽃Canada mayflower 봉오리가 벌어지면서 흰 눈 속에서 살짝 분홍빛을 내비친다. 황새냉이Cress는 분명 작년 것이다. 둥근동의나물은 아직 돋지 않았다.

1856년 4월 11일

바스락거리는 참나무 잎을 밟고 따뜻한 남쪽 산비탈을 누볐다. 채진목속 꽃봉오리가 약간 벌어진 것을 제외하면 성장의 징후를 발견하지 못했다. 이 모든 건조함 속에서도 메마른 줄기를 따라 훑다 보면 별이 고개를 내밀 듯 개암나무 꽃의 진홍

칼라무스석창포
Sweet flag
(*Acorus calamus*)

색 암술머리가·나타난다. 꽃차례가 산들바람 속에 느슨하게 흔들리고, 시든 잎들 위로 꽃가루를 뿌리는 모습을 발견할지도 모른다.

1852년 4월 12일

오늘 버드나무의 미상꽃차례에서 처음 핀 꽃(밝은 노란색 수술이나 암술)을 보았다. 루고사오리나무Speckled alder와 단풍나무는 이보다 빨랐다. 꽃차례 한쪽으로 노란 꽃이 먼저 나타났다. 봄이 보여준 가장 밝고 눈부신 빛깔이고, 지금껏 본 것 중 가장 꽃다운 모습이다. 봄을 맞아 거의 처음으로 핀 꽃이 노란 태양의 색이라니 꼭 알맞지 않은가.

1852년 4월 13일

하루 종일 눈이 내려서 20센티미터가량 쌓였다. 비가 내렸는데도 어젯밤에는 여느 때처럼 울새 울음소리가 들렸다. 느릅나무 꽃봉오리가 벌어지기 시작했다. 어젯밤 11시쯤 눈을 헤치고 걸어오는 길에, 따뜻한 호숫가의 모래밭에 노란 꽃들이 조금씩 피어 있다고 생각하니 힘이 났다. 눈밭에서도 볕 드는 곳에 노란 꽃을 피운 녀석들이다. 일찍 꽃피운 버드나무 꽃차례 말이다. 자연 속 한 조각 양지를 생각하는 일은 이토록 끝없는 하얀색이나 추위와 놀라울 만큼 대비를 이룬다.

1854년 4월 13일

오후에 비턴 절벽으로 배를 타고 갔다. 태양을 향해 수면이 갖가지 밝기로 빛을 반사하는 광경이 무척 상쾌하다. 참꽃단풍나무는 하루나 이틀 정도면 꽃을 피울 것이다. 꽃봉오리 몇 개에 꽃밥이 보이기 시작한다. 이제 봉오리 포엽이 제법 벗겨졌고 멀리서 보면 늪 위쪽이 불그스름하다. 리 절벽의 미나리아재비 한두 포기가 완전히 꽃을 피웠다. 적갈색 땅에서 터져 나온 불꽃인 양 나를 놀라게 했다.

1855년 4월 13일

개암나무가 막 꽃을 피웠다. 관목에 핀 꽃 중에 가장 예쁜 녀석인 것 같다. 5센티미터 길이의 꽃차례 대여섯 개가 다발다발 바람에 흔들렸고 금빛 꽃가루를 뿌렸다. 그 옆에 맑은 수정 같은 조그만 다홍색 별 대여섯이 말라빠진 나뭇가지 끝에 매달려 있었다. 나는 2~3일 동안 산책하면서 개암나무 꽃이 폈는지 보려고 꽃차례 아래를 손가락으로 튕겨봤지만 소용없었다. 하지만 이 숲속 따뜻한 남쪽 방면에서 개암나무 꽃 한 다발이 만개하여 늘어진 모습을 발견했다. 녀석들은 계절에 언제쯤 몸을 맡겨야 하는지 알고 있다.

1852년 4월 15일

철길 옆 사시나무가 꽃을 피우기 시작했다. 줄기 끝에 핀 꽃차례는 죽은 고양이 꼬리처럼 축 늘어지긴 했지만 보랏빛이나 자줏빛을 띠었다. 느릅나무와 비슷한 날짜에 나타났다.

1859년 4월 15일

농부가 1년 동안 주변의 아름다움을 느끼는 데 얼마나 시간을 쓰는지 생각해보자. 자연의 아름다움은 유사 이래 끊임없이 시인에게 영감을 주었다. 섬세하고 아름다운 꽃으로 가득한 꽃밭이 그의 발밑에 펼쳐진다. 가축을 끌고 들에 갈 때도 마찬가지다. 농부는 개척지든 미개척지든 꽃을 조금이라도 건드리지 않고는 삽을 밀어 넣을 수 없다.

꽃처럼 어여쁜 수많은 새들이 아침저녁으로, 어떤 녀석들은 한낮에도 거의 1년 내내 그에게 노래를 불러준다. 머리 위엔 멋진 하늘이, 발밑에는 멋진 카펫이, 그 밖에도 얼마나 많은가! 농부는 이런 선물을 아무렇지도 않게 생각하거나 말할 수 있는가? 꽃을 욕하거나 새를 쏠 마음이 들겠는가?

1856년 4월 16일

허바드 소유지에서 괭이눈을 발견했다.

1852년 4월 17일

이른 봄꽃의 향이란! 오늘 버드나무 꽃차례의 향기를 맡았다. 사나운 겨울 끝에 조금은 비릿하지만 부드럽고 순수한 봄의 징조가 찾아왔다. 겨울이 주는 모든 것, 지난 6개월 동안 자연이 준 모든 것과 이 향기는 얼마나 다른지! 포근하고 달콤한 봄 냄새다. 아주 자극적이거나 중독적이진 않지만 (곧 그렇게 될 녀석도 있겠지만) 벌을 홀리기는 충분하다. 때 이른 노랑 향기.

1855년 4월 17일

리 소유지에 있는 느릅나무 꽃은 이제 축 늘어져서 달랑거린다. 체니 네 느릅나무보다는 확실히 하루나 이틀 정도 먼저 필 것 같은데, 꽃가루가 보이지 않는다. 일찍 나온 사시나무 꽃차례 중 일부가 6센티미터 정도로 길어졌고 산들바람에 하얗게 흔들린다. 제일 먼저 나온 까치밥나무류Gooseberry 잎이 꽤 펼쳐졌고 가까이서 보면 언뜻 초록빛이 비친다.

미국느릅나무
American elm
(*Ulmus americana*)

1852년 4월 18일

자연은 어찌나 눈에 띄는 곳에 앉은부채를 심어두었는지! 앉은부채가 헐벗은 땅 위로 첫 꽃을 피웠다. 이 식물과 인간 사이에는 어떤 불가사의한 관계가 숨겨져 있을까? 많은 꽃봉오리가 상당히 눈에 띄게 벌어지면서 초록색이나 노란색을 드러낸다. 자연은 열기에 굴복하여 매서운 기운을 누그러뜨리기 마련이다. 매일 풀이 돋고 초록빛이 강해진다. 앉은부채는 불염포에 싸여 있지만 버드나무 꽃차례는 가지 끝에서 겁도 없이 환한 노란색 꽃을 피웠다. 그리고 풍성한 개암나무 꽃차례는 거의 보이지 않던 암술머리의 붉은 별을 서늘하고 척박한 땅 위로 들어 올렸다.

나는 처음으로 1년이 원이라는 사실을 이 봄에 깨달았다. 지금까지 봄이 그리는 원호를 똑똑히 목격했다. 아주 견고하게 그어진 선이었다. 사건 하나하나가 모두 위대한 선생이 일러주는 예화다. 초원과 둑길에 자란 산앵도나무속Cranberry이 상쾌하고 시큼한 향을 풍긴다.

1858년 4월 18일

민들레 한 포기에 꽃이 피었다. 내일 꽃가루를 뿌릴 것이다.

1858년 4월 19일

피기 직전의 베리에가타개연Yellow pond lily 두세 송이가 물밑에서 제 노란 빛깔을 거의 다 드러냈다. 2~3일이면 필 듯하다.

1854년 4월 21일

개구리 울음소리를 들으며 소밀 개천 뒤쪽 언덕을 오르는데 땅에서 아주 희미한 향을 맡았다. 바람꽃과 삼백초가 떠오르는 꽃내음이었다. 꽃봉오리를 맺은 백두산떡쑥속이 내 발밑에 있었을까? 솜털에 단단히 싸인 백두산떡쑥은 어미 품에 안긴 아이처럼 납작 엎드려 길게 누워 있다.

1858년 4월 21일

길가의 물웅덩이들이 마르면서 자줏빛 느릅나무 꽃밥이 두터운 앙금을 남기거나 길게 물 자국을 내면서 땅을 톱밥처럼 물들였다. 아주 많은 양을 모을 수 있다.

1855년 4월 22일

이제 개천 위로 갈래소귀나무 꽃이 불타오르고, 애벌레처럼 몸을 뒤튼다.

1858년 4월 22일

하루나 이틀만 있으면 분명 장지석남속Andromeda 꽃이 필 것이다(적어도 아일랜드 숲 끄트머리에서는, 나는 보지 못했지만).

1859년 4월 22일

딥 컷 마을에 들어서자마자 동쪽 모래비탈에서 그란디덴타타포플러Populus grandidentata를 발견했다. 미상꽃차례(어제 *여기서*

꽃가루를 떨구기 시작한 듯하다)는 맨가지 끝에 한 뭉텅이씩 흩어져서 똑바로 축 늘어지지 않고 구부러져 있으며, 아주 짙은 진홍색이 모래 위의 농익은 오디열매 같다. 한 뭉텅이에 꽃이 몇 송이인지는 모르지만 진홍색 꽃밥이 터지기 전 지금이 가장 아름답다. 또한 모든 것을 드러내는 나무의 습성은 더욱 경이롭다.

1860년 4월 22일

산꿩의밥이 일찍 꽃을 피웠다. 솜털이 보송한 부드러운 자줏빛 잎과 꽃봉오리가 따뜻한 클램셸 언덕 한구석에 모습을 드러낸다. 꽃 핀 민들레 두세 포기가 둑 바닥을 장식했다.

1854년 4월 23일

날씨가 갰다. 아이비 다리에서 꿀벌이 앉은부채의 불염포 속으로 들어가는 것을 보았는데 잎 가장자리가 서리와 추위 때문에 상해 있었다. 갈래소귀나무는 둑 위로 햇살이 닿는 양지바른 개울가에 자리를 잡았다. 하루나 이틀 전에 핀 꽃 주위로 유황빛 가루가 잔뜩 날리는 광경이 흥미롭다.

1853년 4월 24일

호우스토니아 카에루레나Houstonia. 매년 이맘때면 틀림없이 태양이 하늘 높이 뜨듯이, 순수하고 소박한 이 작은 꽃도 꼭 고

개를 내밀고 우리 미국 땅에 하얀 반점을 찍는다. 가느다란 줄기 위에 희거나 푸르스름한 조그만 꽃잎 네 개가 달린 폭 1센티미터 정도의 섬세한 꽃이다. 봄은 이렇게 대지의 광맥을 흐르면서 희미하지만 의미심장하게 최후를 맞이하는가!

1855년 4월 24일

연필향나무Red cedar 꽃을 아직 발견하지 못했지만 분명 내일

호우스토니아 카에루레나
Bluets
(*Houstonia caerulea*)

이면 꽃가루를 뿜을 것이다. 그럴 때가 되었으니까. 티어이데스
편백White cedar이 더 빠를지는 확실하지 않다. 연필향나무의 잔
가지에 과일처럼 담황색을 띤 수꽃이 가득 피어서 무척 다채로
운 광경을 만든다. 다음 날 연필향나무가 내 집에 꽃가루를 가
득 뿌렸다. 연필향나무 꽃가루는 선명한 담황색이지만 티어이
데스편백 꽃가루는 전혀 다른 옅은 연어색이다. 대지를 물들이
는 마른 물감 같은 이 가루들을 수집하면 참 유쾌할 터인데. 이
런 것이야말로 소유할 가치가 있는 화학물질이다.

1852년 4월 25일

캐나다두루미꽃 봉오리가 맺혀 준비를 마쳤지만 꽃은 아직
이다. 내가 아는 한 장지석남속, 버지니아범의귀, 제비꽃류Violet
도 마찬가지였다. 세컨드 디비전 초원에서 둥근동의나물 꽃이
만개한 것을 보고 놀랐다. 참 무수히도 꽃이 피었다. 물속에서
자라는 둥근동의나물은 올해는 다른 꽃보다 많이 뒤처지지는
않을 모양이다. 심장이나 신장 같기도 한 둔한톱니모양 잎은
지난번에 봤을 때는 싱싱하지 않았는데 갑자기 돋아났다. 어느
새 초원의 눈이 녹았다. 속새속Horsetail도 꽃이 피기 직전이다.

1855년 4월 25일

촉촉한 4월 아침이다. 조그만 자생 버드나무에서 잎이 돋고
있고 오늘 꽃차례가 보였다. 세로티나벚나무Black cherrty 꽃이 핀
곳도 있다. 카롤리나장미Common wild rose는 내일 필 것이다. 보아

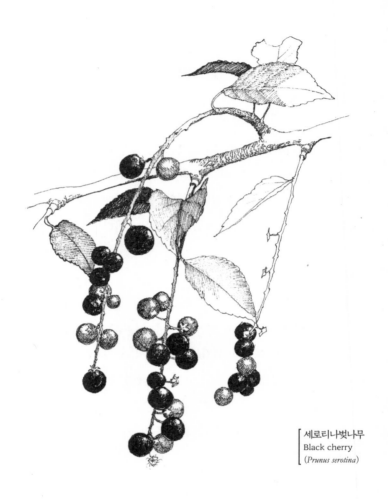

세로티나벗나무
Black cherry
(*Prunus serotina*)

하니 길레아덴시스포를러Balm of gilead는 내일이나 모레까지 꽃
가루를 흘리지 않을 것 같다. 냉이 꽃은 오늘 필 듯하다. 올해를
통틀어 처음으로 새순을 틔우는 모습을 본 풀이다. 라일락Lilac
과 까치밥나무Common currant 잎이 나오기 시작했다.

1857년 4월 25일

내 일기 중 아무렇게나 그린 스케치가 들어 있는 장은 정말 알아보기 힘들 것 같다.

1851년 4월 26일

어제 캐나다두루미꽃과 둥근동의나물을 채취했고 호우스토니아 카에루레나와 제비꽃을 발견했다. 그리고 민들레꽃도 피어 있었다.

1859년 4월 26일

C. M. 트레이시[2]와 빗속을 걸었다. … 트레이시의 정원에서 아르벤스점나도나물Field chickweed을 캐냈다. … 또 린 마을에서 물냉이Nasturtium officinale를 채취해 디포필드 개천에 심었다.

1860년 4월 26일

참꽃단풍이 한창때를 지났다. 나는 멀찍이 떨어진 늪에서 초승달 같은 수려한 꽃을 발견했는데 대부분 열흘 정도 지난 듯했다. 그러면 21일쯤 한창이었을 것이다. 나무가 빛을 받아 반짝일 때 꽃은 한층 아름답다.

1855년 4월 27일

서늘하고 바람이 불지만 맑은 날씨다. 철로 옆의 조생 버드나무에 잎이 돋기 시작했고 꽃은 아직이다. 이렇게 춥고 바람 부

냉이
Shepherd's purse
(*Capsella bursa-pastoris*)

는 아침에도 새들의 노랫소리가 들린다.

1860년 4월 27일

클램셸 언덕의 산꿩의밥 꽃이 하루나 이틀 정도면 필 듯하다.
딸기 꽃이 활짝 핀 지는 얼마나 되었을까? 오바타제비꽃이 지
천이다. 민들레 한 포기가 금방이라도 씨를 맺을 듯 하얗다.

버지니아딸기
Wild strawberry
(*Fragaria virginiana*)

1860년 4월 28일

동쪽 철로변의 로스트라타버드나무Salix rostrata. 최소한 어제 꽃 핀 듯하다. 토레이아나버드나무S. Torreyana는 하루나 이틀쯤 더 기다려야 한다. 버드나무로 잔뜩 모여든 벌의 노랫소리가 울려 퍼졌다. 녀석들이 꽃가루 덩어리를 잔뜩 안고 간다. 벌이 벌집으로 돌아갈 때를 포착하면 꽃이 핀 시기를 알 수 있을 듯하다. 아주 작은 꿀벌과 파리 따위도 꽃에 꾀여 모여들었다. 이렇게 따뜻한 오후에 버드나무 꽃과 벌의 노랫소리를 즐기노라면 여기야말로 가장 여름에 가까운 곳이라는 생각이 든다.

1852년 4월 29일

하지만 계절이 가장 앞서 가는 곳은 세컨드 디비전 개천이다. 둥근동의나물은 자생지에서는 자랄 생각을 하지 않지만 여기서는 꽃을 피웠다. 초원의 눈부신 노란색 태양이 풍성한 군락을 이루며, 만물을 창조하는 어두운 물 바닥에서 돋아난 초록색 이파리가 꽃과 선명하게 대비된다. 초원의 틈에서 꽃불이 터져 나온 듯하다. 둥근동의나물은 들판에 지천으로 피어 있고 꽃 중에서 가장 눈에 띄는 녀석이지만 손에 쥐었을 때는 제법 거칠다. 그러나 초원에서 가장 섬세한 식물이고 그 노랑과 초록빛이 대단히 다채롭다. 화사한 노란빛을 처음 보았을 때는 믿기지 않을 정도였다.

1854년 4월 29일

곳곳에서 백두산떡쑥속 꽃이 꽤 보인다. 비가 내리는 4월, 진
줏빛 빗방울에 덮여 있을 때만큼 이 꽃이 아름다울 때도 드물
다. 가운데 꽃송이를 중심으로 꽃 다섯 송이가 모여 있는 산방
꽃차례는 진주가 박힌 브로치 같다.

1857년 4월 29일

타벨 급수장에서 민들레를 보았다. 초록으로 덮인 축축한 둑
한가운데에 화사한 노랑 꽃송이가 두드러진다. 이렇게 물에 젖
은 초록색 땅에서 때 이른 민들레를 마주칠 때가 많다. 갑작스
럽지만 확실하게 계절이 앞으로 나아간다.

1852년 4월 30일

이제 느릅나무 꽃이 거의 다 피었다. 체니네 느릅나무도 꽃
을 피웠고 잎눈에 흰색이 비쳤다. 잎이 하나도 돋지 않았는데
꽃이 피어서 나무에 따뜻한 갈색 옷을 입힌다. 나그네는 나뭇
잎으로 착각하는 이 꽃 덕분에 나무가 더욱 돋보인다. 몇 개를
따서 손에 놓고 보니 무척 화려하고 얼룩덜룩했다. 전체적으로
보랏빛과 노란빛 반점이 찍혀 있고 꽃밥은 어두운 색인데 암술
대 두 개는 밝은 색이다. 왜 어떤 꽃은 다른 녀석들보다 훨씬 일
찍 피는 것일까.

1852년 5월 1일

다리 주변 단풍나무 꽃(수꽃)들은 모두 말라붙었고 잎눈이 부풀고 있다. 붉은색 단풍나무에 꽃이 한창이다. 잎을 보아하니 흰색단풍나무인 듯하다.[3]

1853년 5월 1일

캐나다매말톱꽃 절벽에서는 타릭트로이데스꿩의다리Rue anemone와 네모로사Nemorosa 등 이른 꽃을 찾을 수 있다. 캐나다매말톱꽃이 핀 지 며칠 됐다. 우중충한 빛깔의 절벽 바위틈이나 돌출부에서 까딱거리는 모양새가 얼마나 돋보이는지!

캐나다매말톱꽃
Wild columbine
(*Aquilegia canadensis*)

타릭트로이데스꿩의다리
Rue anemone
(*Thalictrum anemonoides*=*T. thalictroides*)

1855년 5월 1일

순식간에 강물 수위가 낮아졌고 풀이 돋아났다. 강렬하고 생생한 늪의 향기가 초원에 퍼진다. 해수 소택지와 비슷한 향이다. 우리는 세찬 북동풍을 받으며 배를 저었지만 그런대로 따뜻했다. 캐나다박하Horsemint가 눈에 띄었고 2~3일이면 강바닥과 강가에 꽃을 피울 것이다. 형용할 수 없는 꽃내음이 공기 중에 떠돈다. 진정한 오월의 하루다.

1856년 5월 1일

언덕바지에서 휠러 네 단풍나무 늪을 살펴보았다. 단풍나무 꼭대기는 밝고 붉은 벽돌색이다. 이 근방은 참꽃단풍이 장악했고 때가 되면 복사나무와 사과나무도 치세를 누릴 것이다. 400미터 거리에서 늪지를 바라보면 잿빛 나뭇가지가 만드는 미로 위로 붉은 벽돌색 초승달이 은은하게 빛나는 모습을 발견할 수 있다.

1858년 5월 4일

지금 버드나무 사이를 거닐며 벌의 노랫소리를 듣는 것은 수백 킬로미터 남쪽, 여름이 있는 곳으로 내려가는 것이나 마찬가지다.

1859년 5월 4일

진퍼리꽃나무Cassandra 꽃에 조그만 벌이 득시글했고 그 속에

진퍼리꽃나무
Leatherleaf
(*Cassandra, water andromeda, Andromeda calyculata= Chamaedaphne calyculata*)

서 호박벌 한 마리가 간간이 괴롭힘을 당하는 것 같았다. 얼마
후 벌 한 마리가 홀든 늪으로 높이 날아갔다. … 코낸텀 들판을
지나면서 봄꽃이나 부푸는 꽃봉오리를 닮은 향을 맡았다(풀밭

의 냄새는 아니었다). 땅 위에는 만개한 백두산떡쑥이 한 가득이니 그 향기가 섞였을 것이다. 남서쪽에서 미풍이 부는 것으로 보아 버드나무 꽃과 작은 잎, 호우스토니아 카에루레나, 제비꽃, 채진목속, 백두산떡쑥 향이 섞인 듯하다. 대부분 백두산떡쑥 향일 것 같다. 어쨌든 단번에 느껴지는 향이다.

1852년 5월 5일

버지니아범의귀와 미나리아재비가 잔뜩 피었지만 제비꽃은 겨우 한 포기 찾았다. 미나리아재비는 달콤한 봄의 향을 풍긴다. 민들레 꽃잎에 유약을 바른 듯 윤기가 흐른다. 따뜻한 바위에 난 풀 속에서 자태를 뽐낸다. 버지니아범의귀의 향은 아직 미미하다.

1855년 5월 5일

조그만 장지석남속의 불그스름한 잎이 떨어졌다. 아마 꽃이 필 무렵이었던 것 같다. 태양은 제가 가장 좋아하는 자리로 가려고 서쪽으로 기울지만 나는 이제 성당 창문으로 비치는 붉은 빛을 볼 수 없다. 반대편에서 *회색*이 보이지도 않는다. 온통 잿빛이 도는 초록색만 존재한다.

1859년 5월 5일

루테아자작나무 늪(고사리삼 늪)에서 루테아자작나무Yellow birch가 제법 꽃을 피우기 시작하며 눈부신 자태를 뽐낸다. 꽃이 피어 있는 나무 중 가장 잘생긴 녀석이다(어제쯤 꽃이 핀 듯하다). 오리나무나 사시나무Poplar와 비슷하지만 색은 더 선명하다. 커다란 나무에 가느다란 나뭇가지가 늘어져 있고, 그 끝에 꽃송이가 모여서 만들어진 황금빛 술이 수 센티미터에서 30센티미터 간격으로 매달려 있다. 금빛 술은 쉴 새 없이 바람에 흔들리며 잎 하나 없이 생생한 꽃을(색도 움직임도 생생하다) 자랑한다. 하지만 가지 끝에 모여 있기 때문에 나무의 윤곽 하나하나가 드러나며 헐벗은 나뭇가지와 확연히 대조되었다.

꽃을 피운 술 하나는 아직 꽃이 없는 술에 비해 두세 배 길었다. 이 술들은 춤을 추며 트레물리포르미스포플러 잎처럼 몸을 떨었다. 아직 완전히 열리지 않은 봉오리가 매달린 술은 짙은 반점이 찍혀 있거나 실을 꼬아놓은 듯 보였고 꽃이 핀 술 못지않게 아름다웠다. 부드러운 산들바람에 황금빛 술이 온몸을 뒤챈다. 나무가 보여주는 유일한 생명의 징후다. 주의 깊게 보지 않으면 이런 것들을 전혀 눈치챌 수 없다. 습지에서 다시 깨어난 활기찬 생명이자 황금 정맥의 산물. 이 우아한 보석은 너무 무겁지 않게 고귀한 절제를 발휘하여 성기게 흩어져 있다. 늪을 장식하는 멋진 샹들리에다.

1860년 5월 5일

개천으로 가는 방향의 홀든 숲 북쪽 코넌트 들판에서 호우스토니아 카에루레나와 붉은색 산꿩의밥이 뒤섞여 자라는 모습을 2~3일간 발견했다. 몇십 미터 밖에서도 공기를 채운 달고 순수한 향기가 느껴진다.

코낸텀 옛 집 마당에 호우스토니아 카에루레나가 무성하다. 10미터 떨어진 데서 봐도 뚜렷한 푸른빛을 내는 부분이 있었다. 다른 꽃들이 본격적으로 피기 시작하고 키 큰 풀들이 자라기 전에는 이 꽃이 가장 흥미롭지만 예전만큼 싱싱하지는 않다. 나는 빽빽한 화단 하나를 골라 관찰했다. 화단의 높이는 90센티미터 정도이고 폭은 60센티미터 이상이다. 꽃들은 촘촘하게 모여 있을 뿐 아니라 몇 겹씩 겹쳐서 땅을 완전히 하얗게 가렸다. 좁은 화단의 꽃을 세어보니 약 30제곱센티미터당 3천 송이가 피어 있었다. 꽃은 모두 조금씩 태양 쪽을 바라보았고 기분 좋은 향을 뿜었다. 호박벌 한 마리가 이 작은 꽃들을 면밀히 살피면서 느릿느릿 움직였다. 꽤 우스꽝스러운 모습이었다. 작은 틈 하나 없이 빽빽하게 모여 있는 공간을 제외하면 벌의 무게를 지탱할 수가 없다. 그렇기 때문에 벌은 꽃을 하나씩 빠르게 구부렸다가(말하자면 팔로 끌어당겼다가) 주둥이를 암술대에 찔러 넣는다. 순식간에 꽃 하나를 처리했다. 호박벌이 이 여린 꽃 무더기에 기어오르는 모습이 꽤 인상 깊었다. 다른 벌들도 꽃에 달려들었다.

1852년 5월 6일

바깥이 무척 따뜻하기에 하루 종일 창문을 열어두었다. 길레아덴시스포플러 꽃이 어제 모두 피었는데, 사나흘 전에 개화를 시작한 듯하다. 언덕 한쪽 구불구불한 길가에 늘어선 나무 사이로 저지대를 바라보니 자못 상쾌하다. 이 코너 길에서처럼 나무는 풍경화의 그림자이고 틀이 된다. 바람꽃, 숲바람꽃으로도 불리는 네모로사바람꽃Anemone nemorosa이 첫 꽃을 피웠다. 타릭트로이데스펑의다리에 비하면 약간 보랏빛을 띈다.

저 멀리 마일스 초원에서 둥근동의나물이 보인다. 새 버터는

네모로사바람꽃
Wood anemone
(*Anemone nemorosa*=*A. quinquefolia*)

아직 하얗지만 둥근동의나물 풀밭을 지나면 곧 노랗게 변할 것이 틀림없다. 태양에서 나온 노란 봄 색깔은 소의 위장 속 크림에 영향을 주고 결국에는 노란 버터 속의 꽃에도 영향을 미친다. 건초로 만든 버터를 보고 낯빛이 창백해지지 않을 이가 있을까? 그것은 쇠똥이다.

1855년 5월 6일

제니 듀건네 집 근처에서 모든 꽃내음을 섞은 듯한 형용할 수 없는 향이 공중을 뒤덮었다. 초원에서 나는 냄새가 아니었고, 5월 1일에 처음 맡았던 것 같다. 올해 흔히 맡을 수 있는 향이다. 어느 식물을 특정해야 할지 두려움까지 느껴졌다. 이 향기는 다른 모든 향을 뛰어넘는다. 지금 내 주변에는 꽃이라곤 한 송이도 보이지 않는다.

1858년 5월 6일

원예사들은 스스로 꽃 정원을 만들 수 있다고 생각한다. 그들의 사상은 척박하고 꽃이 피지 않는데도 말이다. 하지만 시인이 어디를 가든 어떤 곳을 상상하든 그에게 대지는 꽃으로 된 정원이다.

1860년 5월 6일

나는 화이트 호수의 가파른 둑에 앉아 있다. 호수 건너 동쪽 산비탈의 갈색 맹아림에 캐나다채진목Amelanchier botryapium이

점점이 피어 있다. 색이 흐릿하다는 인상을 받았지만 무척 흥미로웠다. 분홍색 꽃만큼은 확실히 알아볼 수 있다. 조성된 지 6년차인 이 맹아림에 미국흰참나무White oak 몇 그루를 제외하면 참나무 잎이 이제 모두 졌다(8일쯤 꽃이 만개할 것이다). 다른 꽃들은 우리가 앉아 있는 둑 아래에서 정면으로 보이는데, 여기서 보니 푸른 물과 대비되어 무척 하얗다.

이 정도 거리라면 많은 이들이 비탈에 핀 꽃을 보지 못하거나 희끄무레한 바위라고 생각할 것 같다. 참나무 잎이 떨어지고 다른 관목이나 나무가 자라는 시기에 피는 꽃이라 더욱 흥미롭다. 둑 가까이에 모여서 자라는 커다란 채진목 꽃은 아주 밝고 우아한 흰색이었다. 맹아림을 장식하는 하얀 손가락 꽃이다.

1853년 5월 7일

베리에가타개연 잎 몇 개가 벌써 수면에 떠 있다. 옅은 붉은색을 띤 잎 가장자리는 파이를 구울 때 쓰는 놋쇠그릇처럼 둔한 톱니모양이다. 꽃줄기가 이미 30센티미터 정도 자라서 빛과 열이 들어오는 쪽을 향하며, 줄기 중간에 돋아난 커다란 잎은 붉은 주름장식을 하고 있다. 이런 잎이 진흙바닥 어디서나 발견된다. 강에는 길게 구부러진 붉은 수초도 무성하다. 조그만 가래류Pondweed도 곳곳에 소용돌이 모양의 조그만 잎을 수면에 띄웠고, 아주 좁은 선형 잎의 잎겨드랑이에 벌써 소견과가 맺혔다.

1854년 5월 7일

꽃, 예를 들어 버드나무나 개암나무 꽃차례는 날씨가 개었음을 자동으로 확인할 수 있는 지표다. 개암나무 꽃차례가 늘어져서 꽃가루를 뿌리기를 한참 기다렸던 적이 있다. 하지만 녀석은 날씨가 더 온화해질 때까지 대기했다. 두꺼운 외투를 벗고 숲에서 꽃을 관찰하다가 점심 먹으러 나오는 길에 길가 둑에서 개암나무 꽃차례를 발견했다. 꽃이 만발하여 늘어진 꽃차례에서 꽃가루가 떨어져 내 옷을 노랗게 물들였다. 평온한 날씨에 감사하는 것은 인간보다 꽃이다.

1852년 5월 8일

아이들이 길가에서 칼로 민들레를 파내어 냄비에 담고 있다.

1853년 5월 8일

제스 호스머 초원의 아널스낵 언덕 기슭에서 눈부신 진홍색 스카렛페인티드컵 꽃이 막 피기 시작하는 것을 보고 놀랐다. 하루나 이틀 정도 지난 꽃도 있었다. 캐나다매말톱꽃을 제외하면 지금껏 본 중에 가장 색이 선명하고 눈부신 꽃인 듯하다. 색으로 보면 소피아가 키우는 선인장 꽃과 똑같다. 꽃잎이 아니라 잎에 색칠되는 것이 더욱 흥미롭고, 새의 깃처럼 선형으로 갈라지는 가늘고 긴 잎이 기묘함을 더한다. 축축한 언덕 기슭에서 7~15센티미터 정도로 솟아나 있다. 발이 닿는 거리에 얼마나 다양한 꽃이 자라는지, 이토록 눈에 띄는 꽃이 근면하게

스카렛페인티드컵
Scarlet painted-cup
(*Indian paintbrush, Castilleja coccinea*)

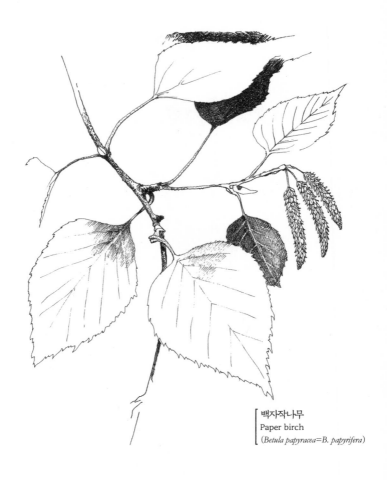

백자작나무
Paper birch
(*Betula papyracea*=*B. papyrifera*)

걷는 이의 눈을 어떻게 피해 가는지 불가사의한 일이다. 꽃이
보내는 신호에 맞춰 그 주나 다음 주까지 그 장소를 방문하지
않으면….

백자작나무White birch보다 단자작나무 꽃차례가 진행이 더 빠

르다. 단자작나무 꽃차례는 무척 크고 길이는 10센티미터 정도이며 대여섯 개가 모여 나뭇가지 끝에 늘어져 있고, 무게 때문에 가지는 휘어져 있다. 멀리서도 또렷이 보이는 꽃차례 다발은 마른 잎에 아주 짙은 색의 금박을 입혀놓은 것 같다. 나는 루테아자작나무 꽃이 만개한 것을 다른 꽃에 비해 무척 빨리 알아차렸다. 이 꽃의 향기는 나무껍질에서 나는 냄새와 비슷하다. 내 기억으로 루테아자작나무 다음에 단자작나무와 백자작나무 Paper birch 꽃이 피었고 그다음이 백자작나무였다. 사실 이 모두가 거의 동시에 개화한 것 같다. 파피라케아Papyracea 잎이 부채처럼 펼쳐져 있고 끈적끈적하다. 얼마나 싱싱하고 윤기가 도는지. … 집으로 가져온 꽃차례는 다음 날 아침 꽃가루를 뿌렸다.

1854년 5월 8일

리 절벽은 완벽한 꽃을 피울 수 있는 자연 암석정원이다. 회색 절벽과 드문드문 흩어진 바위들은 수직으로 맞닿은 지표면에 온실처럼 열을 반사했다. 버지니아범의귀는 이제 15~20센티미터 정도로 어느새 키가 자라 있었고 흰색 꽃차례로 땅을 하얗게 덮었다. 좀 더 꽃다운 자태의 진홍색 캐나다매말톱꽃이 잿빛 바위와 대비된다. 일찍 핀 캐나다양지꽃 몇 포기와 노란 미나리아재비가 대지를 군데군데 물들였다. 짓찧긴 개박하 Catnip의 향기와 일찍 돋은 약초들의 초록빛, 곤충의 노랫소리가 풍경에 더해진다. 이 꽃들은 다른 곳에서는 보기 힘들다. 한 달이라는 시간을 훌쩍 뛰어넘었거나 온실에 들어온 것 같다.

1860년 5월 8일

캐나다양지꽃은 날이 흐리자 꽃잎을 닫았고, 햇빛이 비치자 그쪽을 바라보았다.

1852년 5월 9일

오바타제비꽃은 봄꽃 중에서도 아주 작은 축에 속한다. 이파리 두 개와 꽃눈이 대지 가까이에서 푸른빛을 발했다. 뭐 하러 조그만 하늘을 드넓은 창공을 향해 서둘러 밀어올리고 펼치려 하겠는가. 꽃은 잎과 전혀 어울리지 않는다. 말 그대로 어여쁜 푸른색 꽃이 대지의 비늘을 뚫고 터져 오르고 있다.

1858년 5월 9일

민들레 한 포기가 완전히 결실을 맺었다. 완전한 세계와 체계를 제 안에 품고 있다.

1860년 5월 9일

발삼전나무Fir balsam에 꽃이 피었다.

설탕단풍Sugar maple 꽃이 엷은 노란색이고 11일쯤이면 활짝 필 것이다.

에머슨 소유지 뒤편에 있는 밀 개천 주변 초원에 민들레 수천포기가 꽃을 피웠다(18일까지는 대부분 풀에 가렸다).

설탕단풍
Sugar maple
(*Acer saccharum*)

1852년 5월 10일

치커리Chicory와 미역취Goldenrod를 보니 무슨 이유에선지 지금 가을이 떠오른다. 사람들은 봄에 가을을 가장 아름답게 기억한다. 그 무렵 우리에게 와 닿는 그윽한 향기. … 꽃은 앞서거니 뒤서거니 잎의 뒤를 바싹 따른다. 잎은 꽃받침이자 꽃의 보호자일 뿐이다. 토끼풀속Clover 화단이 바람에 흔들린다.

1853년 5월 10일

유료 도로를 걸어 내려왔다. 길 양쪽으로 저 멀리 황금빛 버드나무가 무성하게 자랐고 키는 길 너비의 두 배쯤 돼 보였다. 멀찍이 보이는 언덕과 숲은 아직 절반쯤 적갈색이다. 죽은 그루터기 위로 푸른 풀이 아직 많이 돋지 않았고 나무들은 이제 막 잿빛이 되기 시작했기 때문이다. 이런 배경 덕분에 버드나무가 무척 돋보였다. 암나무가 초록빛이 더 짙다. 이 계절에 나그네는 동화의 세상 입구로 들어가듯 버드나무 둑길의 금문을 지나간다. 틀림없이 멀리서 노랑새의 노랫소리가 들려올 것이다. "체체체-차차차-윌로 윌로."

아아, 우리를 위해 복잡한 버드나무 품종을 정리해줄 순 없을까. 보로나 미들타운의 바랫⁴보다 낫지 않겠는가! 나그네가 문 사이를 지나는 동안 달디 단 향내가 풍겨온다. 그는 향을 들이마실 뿐 아니라 공기를 맛보고, 꿀을 먹고사는 많은 곤충들이 나지막하게 노래하거나 속삭이는 소리를 듣는다. 이런 것들이 노랑 새를 끌어들인다.

한 해의 황금 문, *5월의 문*. 콩코드의 길 어디를 가더라도 이런 문을 통과하지 않고는 지나갈 수 없다. 우아하고 부드러운 곡선을 지닌 지팡이 같은 나뭇가지에 잎과 꽃이 함께 달려 있다. … 자연을 비유와 상징의 재료로 하여 삶을 기록할 수 있는 이가 세상에서 제일가는 부자다. 황금 버들의 문이 나를 움직인다면 내가 시작하는 경험의 아름다움과 약속에 부합하는 일이다. …

내가 앉은 자리 주변으로 자라는 비리데박새는 키가 20센티미터쯤 되고 규칙적인 주름이 잡힌 잘생긴 잎이 곧은 줄기에 가지런히 돋아 있다. 양치식물도 수북하게 땅을 덮었다. 함께 보니 열대식물 같은 인상을 준다.

비리데박새
False hellebore
(*Veratrum viride*)

1853년 5월 11일

세잎황련 꽃이 하루 이틀 보였지만 봉오리 수에 비해 꽃은 적다. 꽃은 실낱같은 꽃자루에 멀찍이 달려 있고 잎과도 떨어져 있다. 펜실바니아범의귀Water saxifrage는 돌려난 잎 위에 키 큰 줄기가 곧게 돋아 있으며 여기저기서 하루 이틀 꽃이 보였다. 애기수영Sheep's sorrel은 이제 밤색이 되었고 곳곳에 제법 무성하게 피어 있다. 5월 8일쯤 핀 듯하다. 블루베리[5]가 포터 삼각지[6]에 보인다. 베리에가타개연이 한 송이 피었다.

1859년 5월 11일

우불라리아 페르폴리아타Uvularia perfoliata가 빗속에서 고개를 내민다. 9일쯤 핀 것 같다. 꽃을 꺾자마자 숲속인데도 내가 기억하는 *초원* 향기가 훅 끼쳤다. 하지만 꽃에서 독특한 향이 난다는 사실을 발견했고, 지난번에 초원의 향기라고 생각했던 냄새가 바로 *이것*이었다는 생각이 들었다. S(찰스 스미스)는 이 향을 맡고 캐나다두루미꽃을 떠올렸다.

1853년 5월 12일

폰커티셋 언덕에 배나무Wild pear 꽃이 피었다. 꼿꼿한 줄기와 아담한 나뭇가지를 보고 알아차렸다. 하얀 배꽃은 사과나무 꽃만큼 예쁘지는 않지만 더 일찍 폈다. …

초원 가장자리의 따뜻한 둑 위에 노란 캐나다송이풀Lousewort 한 송이를 발견하고 놀랐다.

세잎황련
Goldthread
(*Coptis trifolia*)

캐나다송이풀
Lousewort
(*Wood betony, Pedicularis canadensis*)

1857년 5월 12일

토레이아나버드나무. 씨방이 노출되어 있고 암술머리는 적갈색에 가까운 살색이며 특유의 가느다란 목질 꽃대와 선명한 줄기가 돋보인다. 미상꽃차례가 느슨하고 성글어 보인다.

10년 동안 수없이 많은 버드나무 품종이 철로 둑길에 심겼지만 아무도 내력을 알지 못한다. 나를 제외하면 콩코드 사람 누구도 버드나무 품종 한 가지 이름조차 대지 못하니 한 해에 한 가지만 알아내도 큰 발견이다. 10년간 이 모든 버드나무 씨앗

토레이아나버드나무
Wand willow
(*Salix cordata=S. eriocephala=Salix torreyana*)

이 어딘가 다른 지역에서 옮겨온 것을 생각하면 인간이 모르는 것이 얼마나 많은지 다시 생각하게 된다.

1858년 5월 12일

일찍 핀 양지꽃이 이제 확실히 전성기로, 선명하고 환한 노란색이 둑에 아주 예쁜 점을 찍는다.

1860년 5월 12일

마을 공유지에 설탕단풍을 맴도는 벌 울음소리가 가득하다.

1854년 5월 13일

어제 본 바로는 수스쿠에하나에자두Sand cherry 꽃이 오늘 피기 시작할 듯하다.

1852년 5월 14일

오늘 꺾어온 캐나다두루미꽃은 지금껏 본 그 어떤 꽃보다 향기롭다. 잎 가운데 솟아난 꽃송이가 길가에 그윽한 향을 뿜는다. 초원에서 자라는 딸기는 처음 보는 품종이다. 바람꽃이 한창이다. 우라우르시딸기나무Bearberry도 꽃을 피웠다. 종 모양의 하얀 꽃에 붉은 빛이 감돌고 꽃 끄트머리에 빨간 테두리가 있으며, 밑동은 맑은 구슬 같으며 붉고 투명하다.

인간의 뿌리는 곧은 뿌리가 아니고 아주 작기 때문에 대부분 여기저기 이식할 수 있다. 별로 뻗어 내리지도 않기 때문에 땅속으로 삽을 찔러 넣어 뿌리를 송두리째 파낼 수 있다.

1853년 5월 14일

베리에가타개연의 푸르스름한 봉오리가 위아래로 까딱거리고 이미 노란빛을 살짝 비치고 있다. 물속에서 보내는 가장 이른 꽃의 신호다. 커다란 *부채꼴* 접시 같은 잎이 수면에 올라오기 시작했고 미국수련White pond lily의 붉고 동그란 잎도 보였다. 이제 아래도 위도 붉은색이다.

1855년 5월 14일

집 근처에 미국너도밤나무 꽃이 피기 시작했고 숲에 있는 꽃은 내일쯤 피어 *아마* 모레쯤 풍성해질 것 같다.

미국너도밤나무
American beech
(*Fagus ferruginea*=*F. grandifolia*)

1860년 5월 14일

초원의 사초는 덤불과 밑동이 여전히 갈색인데도 어느새 이른 꽃을 피웠다.

1853년 5월 15일

아르겐테아양지꽃Silvery cinquefoil 꽃송이가 열렸다. 꽃잎에 아직 초록색이 남아 있을지도 모르지만 아래쪽 잎 부분이 얼마나 예쁜지 이를 만회하고도 남는다. …

황금버드나무 꽃은 전성기가 지났고 꽃차례가 떨어지기 시작했다. 미나리아재비와 아르겐테아양지꽃, 들판에 흔들리는 풀이 밤색으로 물들면서 우리를 새로운 계절로 안내한다. 붉은 허클베리Huckleberry 꽃이 피었다. 장소가 좋았으면 며칠 일찍 피었을 것이다. 따뜻한 곳에서는 첫 이리시폴리아참나무 꽃과 루브라참나무Red oak, 베루티나참나무Black oak 꽃이 오늘쯤 필 듯하다.

빨간 나비가 날아간다. 전에도 본 것 같다. 초원에 솟아 있는 언덕 비탈에 스카렛페인티드컵 꽃이 만발했다. 가느다란 잎 위로 15~20센티미터 높이에 빨간 불꽃이 달려 있다. 타는 듯한 빛깔이 7월을 알리며 우리가 아직 경험하지 못한 열기를 예고한다. 이 들판은 한층 여름에 다가섰다. 노랑은 봄, 빨강은 한여름의 색이다. 옅은 황금색과 초록색을 지나 미나리아재비의 노란색에 이르렀고 주홍색을 지나 타오르는 7월처럼 붉은 필라델피아백합Red lily에 다다랐다. … 스카렛페인티드컵 초원의 서쪽 가장자리에 있는 애기미나리아재비는 하루 이틀 전에 꽃이 피었고 파우키폴리아애기풀Fringed polygala도 그쯤 되었다. 이 근처 돌다리의 유럽나도냉이Barbarea vulgaris 꽃도 그 무렵이다.

1859년 5월 15일
윌리스 샘에 향기풀Vernal grass이 무성하다. 누디칼리스두릅Sarsaparilla 꽃도 피었다.

1860년 5월 15일
캐나다송이풀이 언제인지 냉해를 입었다.

1852년 5월 16일
민들레보다 아름다운 꽃은 못 보았다고 말할 뻔했다. 민들레에는 봄의 향기가 난다. 자신만의 향이 없는 꽃이 참 많지만 민들레만큼은 소박한 봄내음을 풍긴다.

세실 벨워트Sessile-leaved bellwort의 연해 보이는 줄기에 잎 서너 개가 달려 있다. 옅은 초록색의 섬세한 잎은 가장자리가 구부러져 있다. 수수한 빛깔의 홑꽃이 하늘을 바라볼 가치가 없다는 듯 고개를 숙이고 우아하게 늘어져 깔끔한 인상을 준다. 잎은 건조하며 향기는 무척 감미롭지만 금방 사라진다. 올봄 처음 발견한 세실 벨워트의 아름다운 모습에 유쾌해진다. 이 꽃은 습도가 높은 숲이나 늪에서 약간 흩어져서 자란다. 늘어진 꽃을 살펴보면 꽃잎이 기하학적으로 완벽한 육각별의 형태

를 하고 있다. 곧 사라져버리는 희미한 향기가 기분 좋게 느껴진다. 냄새가 정말 나는지 어떤지 확실하지 않다. 지금 오바타 제비꽃이 많이 피었지만 지대가 높든 낮든 풀밭에서는 찾기 힘들고 풀이 거의 없는 맨땅에서 자란다. 대지가 꽃에 하늘을 비추었다.

코앞에 꽃다발을 들이민 듯 온 땅이 향기롭다. 이곳 바위틈에서 자라는 캐나다매말톱꽃은 버지니아범의귀보다 비범하고 사

세실 벨워트
Wild oats
(*Sessile-leaved bellwort, Uvularia sessilifolia*)

실 버지니아범의귀라는 이름에 더 잘 어울린다. 지금 캐나다매
말톱꽃은 만개하여 자연이 쌓은 돌을 장식하고 있다. 아름다운
진홍색과 노란색 꽃 무더기가 잿빛 절벽 틈새에서 자라는 광경
은 더할 나위 없이 아름답다. 풀밭에서 아주 옅은 푸른색 쿠쿨
라타제비꽃Viola cucullata을 발견했다.

올봄에 맡은 것 중에 가장 달콤한 향이 둑길에 풍긴다. 최근
침수한 초원에서 날아오는 향이다. 무엇이 이런 향을 내는지

쿠쿨라타제비꽃
Blue marsh violet
(*Viola cucullata*)

상상이 가지 않는다. 그 어떤 꽃다발에서도 느껴보지 못했다. 아주 달콤하고 그윽하지만 물에 잠겨 솟아 있는 메도 그래스 Meadow grass 외에는 아무것도 보이지 않기 때문에 무슨 향인지는 알기 어렵다. 극락도[7]의 그 어떤 꽃내음도 이보다 달지는 않다. 하지만 나는 향기의 주인을 결코 알아내지 못할 것이다. 온갖 수생식물이 합해진 향일까?

1853년 5월 16일

일주일 전에 에드워드 호어가 프리처드 씨네 정원에서 광대나물Henbit을 발견했다.

애기똥풀 꽃이 핀 지 하루나 이틀쯤 되었고 캐나다철쭉Rhodora과 세르눔연영초Nodding trillium, 펜실바니아제비꽃Yellow violet이 적어도 어제 피었다. 가시칠엽수Horse chestnut 꽃은 오늘이다. 꽃자루가 가늘고 긴 설탕단풍 수꽃은 얼마나 잘생겼는지. 길이는 약 8센티미터이고 술 장식처럼 생겼으며 잎과 함께 나온다.

1854년 5월 16일

키네레아가래나무Butternut가 내일 필 것 같다. 꽃이 피기 시작한 사사프라스Sassafras 옆에 음양고비Osmunda claytoniana, Interrupted fern로 보이는 커다란 양치식물이 60센티미터 정도로 자랐다. 시커먼 잎사귀는 곧 초록색으로 덮일 것이다.

광대나물
Henbit
(*Lamium amplexicaule*)

1852년 5월 17일

이리시폴리아참나무가 이제 막 꽃피우기 시작했다.

1853년 5월 17일

따뜻하고 습했던 지난밤에 엄청난 변화가 있었다. … 꽃산딸나무Cornus florida가 개화 중이고 오늘 내로 꽤 필 것이다. 총포가 아직 퍼지지 않았기 때문에 진짜 꽃은 5월 20일은 지나야 하는데 주의할 것.

강섬에 돋아 있는 푸베스켄스둥글레Polygonatum pubescens 꽃송이가 막 벌어졌다. 조그만 둥글레Solomon's seal 품종이다. … 보아하니 버지니아조름나물Buckbean이 그 특유의 솜털로 보송한 꽃

푸베스켄스둥글레
Small Solomon's seal
(*Polygonatum pubescens*)

을 피울 듯하다. 버지니아조름나물 잎은 눈에 거의 띄지 않는
다. 잎 하나 없는 줄기에 복사나무를 닮은 풍성한 분홍색 꽃이
달린 캐나다철쭉이 무척 독특하다. 미국기생꽃Trientalis은 흰 별
이 하나나 둘, 또는 셋이 모인 꽃으로 이름이 잘 어울린다. 파우
키폴리아애기풀 꽃의 색은 초원이나 키 작은 숲에서 보기 드물
게 짙고 섬세하며 잎은 아주 부드럽고 연하다. 한여름이 가까
워질수록 꽃의 색도 강렬하게 불타오른다. 꽃은 붉을수록 더욱
꽃답다. 우리 몸에 흐르는 피는 하얀색도 노란색도, 물론 파란
색도 아니다. 세르눔연영초는 어제나 그제 개화한 듯하다. 꽃향
기가 아카우레복주머니란Pink lady's slipper과 비슷하다.

페어 헤이븐으로 돌아오는 길에 휠러 초원의 독특한 향기가

세르눔연영초
Nodding trillium
(*Trillium cernuum*)

포터네 울타리에 확 풍겼다. 꽃에 딸기, 파인애플이 섞인 듯한 상쾌하고 달콤한 향기였다. 다가올 여름을 미리 보여주고 가을에 맛있게 과일로 익을 향이다. 맡기만 해도 모든 병을 낫게 할수 있을 것이다. 어떤 정원의 향기와도 비교할 수 없는, 정원 속 정원을 채우는 향기랄까.

1854년 5월 17일

화려한 캐나다철쭉 군락이 그 짙은 색으로 늪에 불을 질렀다. 떼 지어 피는 꽃 중에 처음으로 멀리서도 눈을 사로잡는 꽃이다. 잎에 숨지 않고 적나라하게 고개를 들고 있다.

1856년 5월 17일

리 소유지의 캐나다매말톱꽃이 활짝 피었다. 바위에서 5미터, 물푸레나무Ash에서 동쪽 방향으로 5미터 떨어진 곳이다.

1857년 5월 17일

크고 작은 식물들 사이에서 스위트펀Sweet fern 임성화를 발견했다. 불임성 꽃차례는 떨어져 나가고 있다. 불임화가 있는 식물은 거의 없다.

1853년 5월 18일

어제 절벽에서 캐나다해란초Linaria canadensis를 발견했다. 면밀하게 꽃을 관찰하다 보면 따뜻하고 조건이 좋은 장소에서 동종 식물의 꽃이 몇 주 먼저 피는 것을 발견할 수 있다. … 미국 물푸레나무White ash 꽃이 만개했다.

1857년 5월 18일

오후에 프랫과 함께 루테아자작나무 늪을 지나 베이트먼 호수에 갔다.

프랫은 어제 캐나다철쭉의 첫 꽃과 재배종 배나무꽃을 보았다고 말했다. … 내가 알고 있는 개화기로 판단해보면 예년보다 늦되었다. 루테아자작나무 늪 북서쪽에는 아주 크고 잘생긴 늙은 자작나무가 있다. 탁 트인 곳에 자라기 때문에 쉽게 눈에 띈다. 아직 꽃가루를 뿜기 전이고 꽃차례는 채 반도 늘어지지

스위트펀
Sweet fern
(*Comptonia peregrina*)

미국물푸레나무
White ash
(*Fraxinus americana*)

않았지만 갈색 무늬가 있는 검누른 술 자체로도 아주 예뻤다.
하지만 늪 서쪽의 루테아자작나무는 꽃이 만발했고 많은 꽃차
례가 땅에 떨어졌다.

1860년 5월 18일

수스쿠에하나에자두꽃이 거의 전성기에 이르렀다. 꽃은 사방
으로 뻗어있는 짤따란 줄기를 따라 가득 피어서 길이 30~45센
티미터에 직경 4센티미터로 일정하게 단단한 원기둥을 형성한

다. 꽃송이는 모든 방향을 바라보고 있다. 꽃자루 길이에 따라
이 원기둥은 균일한 직경을 갖는다. 조그만 잎사귀가 섞인 하
얗고 예쁜 꽃 지팡이.

1851년 5월 19일

트리필룸천남성Arum triphyllum과 세르눔연영초를 코넌트 늪에
서 발견했다. 물푸레나무 꽃도 보였고 사사프러스 꽃은 꽤 눈
에 띄었다. 또한 코냅텀 숲에 파우키폴리아애기풀 꽃이 피었다.

1858년 5월 19일

구르가스 연못 구덩이를 망원경으로 들여다보았고, 버지니아
조름나물 꽃 *서너* 송이를 발견했다.

1852년 5월 20일

꽃은 모두 어여쁘다. 흰버들White willow 꽃이 피기 직전이다.
강물 수위가 높아져서 초원에 범람하는 데도 잎이 돋기 시작했
다. 애벌레가 세로티나벚나무Black/wild cherry에 집을 지었다. 사
과나무 꽃이 피고 있다. 대부분 금방이라도 꽃망울을 터뜨릴
준비를 마쳤고 잎은 반쯤 생겼다. 때죽생강나무Feverbush 꽃을
발견했지만 오래되었는지 싱싱하지 않다. 내년에 꼭 관찰해야
겠다. 일주일 전에는 싱싱했을 것 같다.

코넌트 샘에서 까치밥나무류Currant 꽃을 발견했다. 미국 토
종 꽃일까? 아카우레복주머니란이 봉오리를 맺으면서 흰색이

트리필룸천남성
Jack-in-the-pulpit
(*Arisaema triphyllum*)

사사프러스
Sassafras
(*Sassafras albidum*)

되었다. 오바타제비꽃은 자청색인데 무척 짙고 *붉은* 기가 많이 돈다. 페다타제비꽃은 보랏빛이 감도는 엷은 파란색이다. 쿠쿨라타제비꽃은 잿빛이 돌지만 더 확실한 파란색이고 어두운 줄무늬가 있다.

1853년 5월 21일

강섬에 도착했다. 펜실바니아물푸레나무Red ash와 함께 요즘 가장 아름다워 보이는 것은 미국흰참나무의 흰 꽃차례 위에 높이 드리운 은색 잎 캐노피다. 5월의 꽃을 가꾸기 위해 공중에 조그만 천막 수천 개가 쳐져 있다. 연약한 꽃을 보호하는 작은 양산들.

포도덩굴 그늘에 도착했다. 샘에 있던 잎과 나뭇가지, 진흙 따위를 치워서 샘이 더 깊어지고 물이 빠지도록 해주었다. 곧 깨끗하고 차가운 물이 빠져나갔다. 유럽나도냉이 꽃이 무성해졌고 강을 따라 곳곳에 피어 있는 모습이 겨자Mustard 꽃 같다.

1856년 5월 21일

애기똥풀Chelidonium이 피었다. 트리풀로루스산딸기Dwarf raspberry 꽃도 소밀 개천가에 풍성하게 피었다. 언제 핀 것일까?

에머슨 소유지에 있는 어린 숲에서 여성들과 화려한 붉은가슴밀화부리를 보았다. … 그늘진 곳에 푸베스켄스둥글레 꽃이 거의 다 피었다. 다른 곳에는 벌써 피었을 것이다.

호스머 샘 근처에 있는 유료 도로와 가까운 고랑에서 15일에 핀 꽃을 발견했다. 보레알리스별꽃Stellaria borealis인 듯하다.

1853년 5월 22일

드워프 단델리온Dwarf dandelion 꽃이 피었다. 민들레보다 붉은 기가 도는 노랑색이다. 노랑 베들레헴 스타Bethlehem star와 창질경이Ribwort 꽃도 있었고, 대부분 작은 열매를 맺었지만 월귤Mountain cranberry도 곳곳에 꽃을 피웠다.

많은 버지니아범의귀 꽃이 열매를 맺고 있다. 그중 두세 군데에 빽빽하게 모여 있는 꽃은 산떡쑥Pearly everlasting처럼 희다. 둥글게 밀집해 있는 꽃송이를 보아하니 수술도 없고 어딘가 비정상적인 발육부전 상태였다. 어떻게 설명해야 할지 모르겠다.

1854년 5월 22일

클램셸에서 아그라리움토끼풀Yellow clover의 조그만 장방형 꽃송이가 금방이라도 필 듯하다. 애기미나리아재비Tall buttercup는 내일이나 모레면 될 것이다. 민들레는 얼마 전부터 열매를 맺었다. 펜실바니아범의귀 꽃은 활짝 피었다.

1853년 5월 23일

오늘 어두운 오렌지 빛이 도는 미국금방망이를 보고 놀랐다. 처음에 버드나무, 민들레, 양지꽃(둥근동의나물도 나중에 가서야 조금 어두워지지 않았던가?)은 밝고 옅은 봄의 노란색이었고 그 다음 더 어둡고 짙은 미나리아재비(둥근동의나물보다 조금 더 어두운

애기미나리아재비
Tall buttercup
(*Ranunculus acris*)

것 같다)가 피었다. 그리고 미나리아재비와 드워프 단델리온, 미국금방망이의 색은 크게 차이가 난다.

계절은 순환하고 7월이 다가온다. 새롭게 피어나는 모든 꽃은 분명 인간의 새 기분을 표현한다.

내가 이에 걸맞게 짙은 주황빛을 띤 생각을 하지 않았던가? 꽃의 빛깔을 따라 감흥이 달라지기 시작한다. 루핀Lupine 꽃이 핀 지 며칠 지났는데 아마 19일쯤으로 보인다. 불란서국화 Oxeye daisy는 내일이나 모레 필 것 같다. 얼마 전에 민들레와 백두산떡쑥속 열매가 여물면서 가을의 정취를 물씬 풍긴다. 미국흰참나무 꽃을 아직 못 봤지만 습지흰참나무Swamp white와 밤나무Chestnut 꽃으로 마음을 달랬다.

미국흰참나무
White oak
(*Quercus alba*)

1854년 5월 23일

나도냉이Barbarea 꽃이 핀 지 며칠 지났다. 노란 도르버그[8]가
강에서 버둥거리고 있다.

유럽나도냉이
Common winter cress
(*Barbarea vulgaris*)

1857년 5월 23일

칼미아 폴리폴리아Kalmia polifolia를 찾으려고 늪에서 진퍼리꽃
나무와 물이끼Sphagnum를 헤치며 걸어 다니다가 진퍼리꽃나무
에 다리를 긁혔고 물이끼에 푹 빠졌다. 다리에 느껴지는 물의
온도가 기분 좋게 차갑다. 산성 늪에 피부가 벗겨질 염려는 없
다. 내가 기다려온 일종의 세례다.

1853년 5월 24일

지금 좀개불알풀Smooth speedwell 꽃이 한창이고 뒷골목, 늪 다
리 위쪽, 허바드 소유지 앞쪽을 하얗게 물들인다. 작고 귀여운
팬지를 닮은 꽃이 사방으로 피어 있다. … 그제 카롤리아나장
구채Wild pink 꽃이 피었다.

1854년 5월 24일

페드릭 초원에 갔다. 애기석남Adromeda polifolia 꽃이 피어 전
성기가 일주일 이상 지난 것을 발견하고 놀랐다. 진퍼리꽃나무
Andromeda calyculata는 거의 끝났고 블루베리 꽃도 지고 있다. 물
에 50센티미터 가까이 잠겨 있고 물위로 드러난 부분은 거의
없다. 꽃이 피기 시작했을 때보다 수위가 몇 센티미터 올라간
것이 분명하다. 겁 많은 식물학자라면 꽃을 꺾을 생각을 못할
것이다. 산앵도나무속 꽃은 같은 과 어느 식물보다 흥미롭다.
거의 구체에 가깝고 꽃 가장자리가 빨간색이나 장밋빛으로 물
들어 있는 것을 제외하면 꽃받침까지 맑은 흰색이다. 진퍼리꽃

나무는 이름을 참 잘 지었다. 물속으로 30~60센티미터 정도 들어가야 닿을 수 있기 때문이다.

애기석남
Bog-rosemary
(*Andromeda polifolia*)

1855년 5월 24일

베루티나참나무 꽃가루가 어제쯤 떨어진 듯하다. 진홍참나무 Scarlet oak 꽃가루도 떨어졌지만 그보다 조금 늦었다. 베루티나참나무 수꽃이 길고 잘생긴 술에 8~10센티미터 정도로 두껍고 빽빽하게 늘어서 있다. 술은 작년 나뭇가지 끝에 매달려 있으며 길이 13~15센티미터에 폭은 10센티미터 정도. 진홍참나무 술의 길이는 그 반도 되지 않는다. 잎은 좀 더 푸르고 연하지만 지금은 약간 시들었고 베루티나참나무에 나지 않는 달콤한 향기를 뿜는다. 내가 볼 수 없는 꼭대기 쪽에 두 나무 모두 더 진전이 있을 듯하다. …

애기석남 꽃이 전성기이지만 잎은 보기 싫게 검어졌다. 그래도 꽃은 섬세하고 연약해 보이며 장밋빛이 도는 흰색으로 약간 수정 같은 느낌을 준다. 애기석남 싹과 새 잎이 돋은 것은 꽃이 피고 있을 때이거나 핀 직후이고 이제 3센티미터 정도까지 자랐다. 버지니아조름나물에 첫 꽃이 핀 것은 18일쯤이지만 지금 본격적으로 꽃망울이 터지기 시작했다. 예쁜 꽃이지만 총상꽃차례에 절반 정도만 피었는데도 아래쪽은 갈변하고 시들어서 흉해졌다. 안타깝게도!

1857년 5월 24일

미국물푸레나무가 포도 호숫가에서 어제쯤 꽃을 피웠지만 코 낸텀에서는 아직이다. 나무에 과일이 열린 것처럼 보라색의 커다란 꽃밥 덩어리가 몇 주간 어찌나 독특한 광경을 보여주던지!

버지니아조름나물
Buckbean
(*Menyanthes trifoliata*)

1851년 5월 25일

베르닉스옻나무Poison sumac로 보이는 어린 나무가 아직 작년 열매를 달고 숲 길가에 무성하게 늘어서 있다. 초록빛이 도는 조그만 노란색 꽃이 피었지만 잎은 세 갈래로 갈라진 우열형이 아니다. 키는 30~60센티미터. 무슨 나무일까?[9]

지금 초원에 피어 있는 아스터를 닮은 주황색 꽃은 무엇일까? 줄기를 뜯으면 달콤한 향이 난다.

바위 언덕에 핀 분홍색과 노란색의 여린 꽃은? 초록색 줄기와 잎이 시들해 보인다.

1853년 5월 25일

유럽장대Hedge mustard 꽃이 이제 막 피었다.

1857년 5월 25일

홀든 소유지에서 검은가문비Black spruce 꽃이 피었다. 그제가 아니라 어제 핀 것 같다.

햇빛 속에서 얄따란 솔방울 포엽을 올려다보면 눈부시게 아름다운 진홍색 불꽃이 일렁이는 듯하다. 솔방울은 멋진 초록 잎사귀 속에서 강렬하게 빛나고 자줏빛 불임성 꽃이 꽃가루를 떨어뜨린다. 가문비속Spruce 묘목 네 그루를 배에 실어 집으로 가져왔다.

그중에 한 종류만 정확히 구분할 수 있었고 솔방울로 보아 검은가문비[10]였다. 다른 두 가지는 솔방울색이 어둡거나 밝은

유럽장대
Hedge mustard
(*Sisymbrium officinale*)

변종으로 보인다. 마지막 것은 글라우카가문비White spruce와 아주 흡사하다. 하지만 글라우카가문비 솔방울은 원통형이고 포엽 가장자리가 아주 딱딱하며 솔잎이 더 길다.

1852년 5월 26일

관찰을 마치고 집으로 걸어왔다. 들판이 애기수영 꽃으로 붉어지기 시작한다. … 채닝은 붉은토끼풀Red clover 꽃을 보았고 아메리카알락해오라기의 노랫소리를 들었다고 한다. 캐나다송이풀은 참 형편없는 이름이다.

1853년 5월 26일

코낸텀에 있는 술집 근처의 불가리스매자나무Barberry는 내가 본 중에 가장 아름답고 우아하며 불룩한 관목이다. 원뿔형 건초더미처럼 생겼는데 폭이 넓고 잎이 무성하며 효모로 부풀린 듯 불룩하다. 이렇게 어둡고 보슬비가 내릴 때는 동양의 미가 느껴진다. 잎과 꽃이 평행하게, 아니 동심원으로 화환을 엮은 듯 배열되어 있고 가지가 서로 분리되어 전체적으로 가벼운 인상을 준다. 가지 윗면에 짙은 초록 잎으로 엮은 화관이 있고 생기 넘치는 노란 총상꽃차례가 아래쪽에 늘어진다. 불가리스매자나무가 아름다운 이유는 이렇게 꽃과 잎이 농밀하게 얽혀서 작고 짙은 꽃들이 지나치게 뭉치지 않기 때문이다. 그 모습을 보면 노란 법의를 입은 티베트(?)의 승려가 떠오른다. 가장 아래쪽 화환은 거의 땅 위에 누워 있다. 지나치게 가까이 가면 달

갈만 잔뜩 넣고 조미하지 않은 덜 익은 버터 푸딩처럼 역한 냄새가 난다. 이 관목에서 붉고 시큼한 과일이 익으리라고 누가 생각할 수 있을까?

1855년 5월 26일

미국흰참나무 꽃가루가 떨어지고 있다. 요 근래 추운 날씨 때문인지 참나무가 작년보다 4일 정도 늦게 꽃가루를 뿌렸다.

1859년 5월 26일

지금 노봉백산차 늪Ledum Swamp에 캐나다철쭉 꽃이 완연하다. 눈부신 색채의 섬이다.

1852년 5월 27일

궂은 날씨에도 불구하고 개똥지빠귀는 노래한다. 사과나무 꽃이 눈송이처럼 길을 덮어 하얗게 만들었다. 층층나무Dogwood 꽃이 피고 있다. 아카우레복주머니란이 피어서 공중에 향기를 퍼뜨린다. … 세르눔연영초는 희미하지만 그윽한 향을 지녔다. 캐나다두루미의 꽃향기는 강하지만 그다지 상쾌한 향은 아니다. … 조그맣고 줄무늬가 있는 옅은 파란색 좀개불알풀 꽃이 들판의 잔디밭에 지천이다. … 코너 샘 근처의 파우키폴리아애기풀은 아주 싱싱하고 연한 초록 잎과 불그스름한 자줏빛 꽃을 지닌 섬세한 식물이다. 자주색과 초록색이 선명하게 대비되어 더욱 아름답다.

캐나다두루미꽃
Canada mayflower
(*Twisted-stalk, Wild lily-of-the-valley, Convallaria bifolia=Maianthemum canadense*)

파우키폴리아애기풀
Fringed polygala
(*Polygala paucifolia*)

1853년 5월 27일

꽃산딸나무Cornus florida가 활짝 피었고 꽃 밑동을 싸고 있는 총포는 하얀색인데 초록빛을 띠는 것이 아니라 가장자리가 불그스름하다. 지나가는 흰 새떼를 닮았다. 조금 큰 꽃송이를 측정해보니 직경이 9센티미터였다. 어딘가 아주 새로운 특색을 보이는 나무다. … 이제 막 벌어지고 있는 제라늄Geranium 꽃봉오리가 어찌나 예쁜지! 작은 담배 같은 보랏빛 조그만 원통형 화분관에 꽃잎이 둥글게 겹쳐 있다. 화병에 꽂아둔 제라늄 꽃

제라늄 마큘라툼
Wild geranium
(*Geranium maculatum*)

봉오리가 눈에 띄게 벌어졌다. … 아그라리움토끼풀 꽃이 핀 지는 얼마나 되었을까? 소밀 개천에서 어제나 그제 비리데박새 꽃이 피었다. 커다란 꽃차례의 초록색 꽃에 노란 꽃밥이 달려 있다. 크고 주름진 잎은 셔츠 가슴께 주름장식 같다. 조심스럽게 뜯어보면 수분을 잔뜩 머금고 있었음을 알 수 있다.

1857년 5월 27일

키네레아가래나무 꽃차례에 달린 잎에 서리가 앉았다. 지난 일요일(24일)부터 이번 주는 꽃피는 주간이다.

1853년 5월 28일

벌버스 아레투사Bulbous arethusa 꽃이 핀 지 하루나 이틀 정도. 아마 어제인 듯하다. 어느 정도 생각은 했지만 어찌나 색이 선명하고 진한지 놀랄 만큼 아름다웠다. 초록빛 초원을 배경으로 선명한 색이 대비되어 꽃은 실제보다 두 배 정도 커 보였다. 토종 식물과 함께 있으니 무척 이국적인 느낌이다. 반점이 가득하고 곱슬하며 까락이 뻗은 꽃잎.

1854년 5월 28일

허클베리 꽃이 늦어지는 봉오리들 약간을 제외하고 거의 다 피었다. 짙고 선명한 붉은 꽃과 옅은 초록 이파리가 대비를 이루고 꿀벌이 수없이 찾아드는 등 구석구석 여름의 징후를 보여준다. 연중 생산되는 위대한 작물이다.

키네레아가래나무
Butternut
(*Juglans cinerea*)

1853년 5월 29일

오키덴탈리스산딸기Thimbleberry 꽃이 핀 지 2~3일째다. 소가 더위를 피하려고 강의 다리 근처에 서 있다. 나는 아래로 공기가 통하도록 가볍게 모자를 걸쳐 썼다. 미처 알아차리기 전에 카롤리나장미가 꽃봉오리를 맺었고 봉오리진 것을 눈치채기 전에 꽃을 피울 것이다. 열매철에 접어든 백두산떡쑥이 들판을 하얗게 덮었다. 한쪽에서 흰 솜털 덩어리가 민들레 씨앗 구체와 함께 휘날린다. 일부 식물은 이미 제 가을에 접어들었다.

1854년 5월 29일

버지니아귀룽나무Chokecherry가 개화를 중단했고 세로티나벚나무는 이제 시작이다.

1856년 5월 29일

스카렛페인티드컵 초원으로 갔다. 잎이 무성해지고 있는 코르누티꿩의다리Thalictrum cornuti 특유의 지독한 냄새를 오늘 느끼지 못했다. 어찌 그리도 덧없이 스쳐 가는지! 그 냄새는 특정한 시기에만 나는 것이 틀림없다. 나무에서 뻐꾸기의 허허로운 노랫소리가 들려왔다. 평소보다 더 샛노란 스카렛페인티드컵을 하나 발견했고 결국 에디스[11]가 더욱 완벽한 노란색 꽃을 찾았다. 꽃으로 뒤덮인 엔나의 골짜기[12].

코르누티꿩의다리
Tall meadow-rue
(*Thalictrum cornuti*=*T. pubescens*)

1857년 5월 29일

절벽 중턱에 이끼로 덮인 바위 아래 편안하게 앉아서 주변을 바라보았다. 머리 위로 싱싱한 잎을 드리운 물푸레나무와 히코리나무Hickory가 호수 쪽을 향해 있었다. 빗줄기가 점점 강해졌지만 비 덕분에 이런 경험을 할 수 있으니 오히려 기쁘다. … 불가리스매자나무 꽃의 버터향을 맡았다. 시들해진 미국물푸레나무가 오늘부터 며칠간 꽃밥을 떨굴 것이다.

1852년 5월 30일

이제 여름이다. 오늘은 산들바람에 휩쓸리는 날이다. 풀이 흔들리기 시작하는 들판 위로 그림자가 드리우는 날, 구름이 떠도는 날이다. 세네키오 꽃이 피었다. 풀밭 위 새 둥지에 커피색 알이 담겨 있다. 땅을 뒤덮은 양지꽃과 호우스토니아 카에루레나가 풀과 섞여서 대조를 이룬다. 햇살이 강하더니 이제 그림자가 졌다. 키 작은 관목에 야생체리가 피었지만 나무에는 아직이고 럼주 냄새를 풍긴다. 초원 곳곳에서 제비꽃이 보인다. 보랏빛이 짙은 꽃도 있고 옅은 꽃도 있다.

한낮, 이슬을 머금고 반짝이는 끈끈이주걱Drosera rotundifolia을 가까이서 관찰하니 제법 예쁘다. 바람꽃은 거의 눈에 띄지 않는다. 옐로 릴리Yellow lily가 지천이다. 지금까지 본 꽃 중에 가장 색이 화려하고 짙고 선명한 벌버스 아레투사는 잎이 거의 없고 실제보다 훨씬 커 보이며 강렬한 색으로 눈길을 사로잡는다. 제 존재를 표시하는 꽃. … 대가지붉나무Sumac glabra 꽃이 한창

끈끈이주걱
Round leaved sundew
(*Drosera rotundifolia*)

진행 중이다. 코너 둑길 옆에 프라벨라리스미나리아재비Yellow water ranunculus 꽃이 피었다.

1853년 5월 30일

관목처럼 보이는 어린 세로티나벚나무는 절벽 등 환경조건이 좋은 곳이라면 내일이나 모레 꽃을 피울 것이다. … 칼라일 다리를 지나 루핀이 잔뜩 피어 있는 가파른 둑에 도착했다. 이런 루핀 둑이 얼마나 많은지! 아주 멀리서도 알아볼 수 있는 파랑꽃. 그 둑에서 비너스도라지Specularia perfoliata로 보이는 식물

비너스도라지
Venus' looking glass
(*Specularia perfoliata=Triodanis perfoliata*)

을 발견했다. 잎은 작고 둔한 톱니모양으로 약 8센티미터 높이의 꼿꼿한 줄기 위에 약간 거리를 두고 교차로 줄기를 감싸듯 나 있다. 보아하니 *봉오리 속에서 열매를 맺은 것 같다.*

1854년 5월 30일

허바드 길에서 아레투사속 꽃이 풍성한 것을 보고 놀랐다. 2~3일은 된 듯하다. 하지만 얼마 전 홍수 때문인지 아레투사 초원에는 아직 피지 않았다. 잎이 거의 보이지 않다가 불시에 돋아난다. 모든 색을 담고 있는 아레투사는 초원에서 하늘로 불꽃을 터뜨리는 조그만 자줏빛 갈고리다. 비교적 색이 옅은 꽃도 있다. 강렬한 색을 지닌 이 식물은 초원에서 흠뻑 젖은 채로 있다가 갑자기 봉오리를 터뜨리고 한꺼번에 꽃을 피운다. 최고의 꽃이다. …

카롤리아나장구채 꽃은 단연 아주 예쁜 꽃이며 잊지 않고 기억해둘 가치가 충분하다. 지금 헤이우드 봉우리 남쪽에서 한창 피고 있다. 구체나 반 구체 형태의 빽빽하고 풍성한 덤불이 사방에 널려 있고 덤불 표면은 꽃으로 가지런하다. 가로 30, 세로 20센티미터 정도 되는 타원형 덤불의 꽃을 세어보았더니 만개한 꽃이 300송이였고 꽃봉오리는 그 세 배 정도여서 모두 합하면 천 송이가 넘었다. 아주 옅은 분홍색이 감도는 꽃도 조금 섞여 있었지만 대부분의 덤불에 새하얀 꽃이 가득했다.

1855년 5월 30일

양버즘나무Buttonwood 꽃은 이제 불임성이다. 임성꽃은 24일까지는 갈색이 아니었는데 28일에는 갈색이었다. 그렇다면 26일쯤 개화한 듯하다. …

23일에 꺾어온 펜실바니아소귀나무Myrica bayberry 꽃이 오늘 처음 꽃가루를 뿌렸고 꽃눈 위쪽에서 잎이 조금씩 벌어졌다. 아사 그레이는 "꽃보다 잎이 약간 앞선다"라고 했다. 꽃차례 길이는 6밀리미터 정도이고 꼿꼿이 서 있으며 불임성이다. 작년에 나온 나뭇가지 측면에 타원형 꽃차례가 달려 있다.

펜실바니아소귀나무
Northern bayberry
(*Specularia perfoliata*=*Triodanis perfoliata*)

1856년 5월 30일

제스 호스머 황무지 근처 리기다소나무 숲 언저리에 개불알
꽃이 피었다. 27일쯤에 핀 것 같다.

1857년 5월 30일

교회 묘지에 미나리아재비가 무성하다.

아카우레복주머니란
Pink lady's slipper
(*Moccasin flower, Cypripedium acaule*)

1858년 5월 30일

노봉백산차Ledum 꽃 한 송이가 피었다. 지난 일요일에 프랫이 몇 포기 뽑아버렸지만 그대로 있었으면 어제쯤 피지 않았을까? 분명 잎도 돋아나고 있다.

1850년 5월 31일

이리시폴리아참나무 꽃은 강인하고 활기차며 아주 잘생겼다.

1853년 5월 31일

내 삶에서 실제보다 훨씬 우화처럼 느껴지는 사건들이 있다. 그 자체로 아주 중요하기 때문에 다른 용도로는 쓰이지 않는다. 이들은 의미 있어 지려면 더 기다려야 하는 사건이나 역사에 그치지 않고 신화나 신화 속 구절 같은 존재가 되었다. 내 주관적인 철학과 아주 잘 어울리는 일이다. 예를 들어, 스스로 꽃을 제법 잘 안다고 생각하고 있을 때 사냥꾼이 예쁜 자줏빛 아잘레아Azalea, 즉 프리노필룸철쭉Pinxter flower을 가져와 내게 보여주었다. … 한 번도 보거나 들어본 적 없기 때문에 머릿속에 존재하지 않았던 귀하고 아름다운 꽃이 내 바로 주변에서 발견된다는 사실은 매우 함축적인 진리를 담고 있다.

나는 프리노필룸철쭉을 찾으러 다녔다(어젯밤 소피아가 브룩스 부인 집에서 가지도 잎도 없는 꽃 한 송이를 가져왔다). 브룩스 부인이 꽃병에 아직 예쁘고 싱싱한 커다란 가지를 꽂아둔 것을 발견했다. 부인은 멜빈이 그녀의 아들 조지에게 주었다고 했다. 나는 조지의 사무실에 들렀다. 그는 사람들과 함께 구르가스 씨의 사무실에 앉아 있을 때 멜빈이 그 꽃을 한아름 안고 와서 하나씩 나누어주었지만 어디서 구했는지는 듣지 못했다고 했다. 누군가 캡틴 자비스네 집에서 꽃을 보았다고 하기에 그 집으로 갔다. 아직 싱싱한 꽃이 그 집에 있었다. 집안 사람들은 토요일 밤에 멜빈에게 꽃을 받았지만 어디서 구했는지는 몰랐다. 스테드먼 버트릭네서 일하는 젊은 남자가 꽃의 출처는 비밀이라고 했다. 프리노필룸철쭉 덤불은 마을에 단 하나뿐이다. 멜빈과 스테드먼은 이 사실을 알고 있다. 전에 멜빈에게 물었을 때늪이나 미개간지에서 구했던 것 같다고 대답했다. 젊은 남자는 휠러 농원에 흐르는 강의 강섬에서 자라는 것 같다고 생각했다. 나는 이렇게 이른 오후에 멜빈이 집에 있으리라 기대하지 않았지만 그의 집으로 갔다(가는 길에 어제나 그제 핀 것 같은 괭이밥Woodsorrel을 보았다). 멜빈의 개가 집 문 앞에 있는 것을 보니그도 집에 있는 모양이었다.

그는 모자를 쓰지 않고 뒷문 앞 그늘에 앉아 있었다. 그늘에는 최근에 뽑은 프리노필룸철쭉이 커다란 양동이 한가득 놓여있었다. 저녁에 마을로 가져갈 거란다. 꽃이 피기 시작하는 가지도 하나 있었다. 그는 오전 내내 나가 있었고 강꼬치고기Pike를 일곱 마리 정도 잡았다고 말했다. 보아하니 술을 마셨다가이제야 깬 것 같았다. 어디에서 꽃을 구했는지 말해주지 않으려고 말을 빙빙 돌렸지만 나는 기어코 알아내야 했다. 멜빈은약간 꾸물거리더니 이웃에 사는 제이콥 파머를 레이저라고 부르며 그에게 꽃이 어디 있는지 알려줄 수 있냐고 물었다. 멜빈은 꽃을 '빨간 허니서클'이라고 불렀다. 시간을 끌면서 최대한 비밀을 지키려는 의도였다. 나는 젊은 남자의 말처럼 강 근처 휠러 소유지에 꽃이 있으리라 확신했다. 몇 주 전에 유럽나도냉이를 찾으러 어새뱃 강에 갔을 때 멜빈이 개와 함께 강을 건너는 모습을 보았기 때문이다. 유럽나도냉이를 뽑으려고 내 배에서 내렸을 때 숲에서 나온 멜빈이 내가 꺾으려는 꽃의 이름이 뭐냐고 물었다. 그다지 예쁘지 않다고 생각하는 모양이었다. "허니서클만큼 예쁘지는 않군요?" 이제 그가 말하는 '허니서클'이 캐나다매말톱꽃류가 아니라 프리노필룸철쭉을 의미한다는 사실을 깨달았다. 그에게 나는 식물학자이고 꼭 알아야겠으니 어디 있는지 말해달라고 했다. 멜빈은 자기가 알려줘도 내가 찾지 못하리라 생각했다. 나는 "말해주지 않아도 찾고야 말 테니 기분 좋게 말해주는 편이 낫지 않겠느냐"고 말했다. 이미 단서를 찾았고 포기할 생각은 없다. 꽃을 찾으러 강으로 갈 것이다. 당신도 알겠지만 나는 꽃향기를 아주 잘 맡는다. 멜빈은 내가 800미터 밖에서 냄새를 맡을 수 있으리라 생각했고 나나 채닝이 꽃을 발견했을 거라고 생각하고 있었다. 꽃이 피었을 때 채닝이 그 근처에 간 적이 있다고 멜빈에게 말했다고 한다. 멜빈은 그때 채닝이 꽃을 발견했으리라 생각했지만 아니었고, 채닝은 멜빈에게 그 얘기는 하지 않았다.

멜빈은 10년 전에 꽃을 처음 발견했고 그 이후로 매년 그곳에 갔다고 한다. 예전 선거철 무렵 개화를 하는데 그는 이 꽃이

'세상에서 가장 잘생긴 꽃'이라고 생각했다.

멜빈과 개, 나는 강으로 가서 멜빈의 배를 탔고 그는 어디에 꽃이 피는지 알려주었다. 한창 때를 약간 지난 것 같았고 채닝이 꽃에 얼마나 가까이 갔었는지 알 수 있었다. "아무한테도 말하지 않을 거죠?" 멜빈이 말했다. 나는 번거롭게 했으니 대가를 지불하겠다고 말했지만 그는 아무것도 받지 않았다. 내가 모르는 것보다 아는 편이 그에게는 더 나았다. 그는 지난 25일 수요일에 첫 꽃이 피었다고 생각했다. 꽃 덤불은 빼어나게 아름다웠고 습지철쭉과 비슷하게 달콤한 향을 풍기지만 그보다 컸고, 철쭉처럼 우중충하지 않고 생생한 장밋빛을 띠는 분홍색이었다.

SUMMER

세상을 초록으로 물들이며
절정에 이르는 꽃의 계절

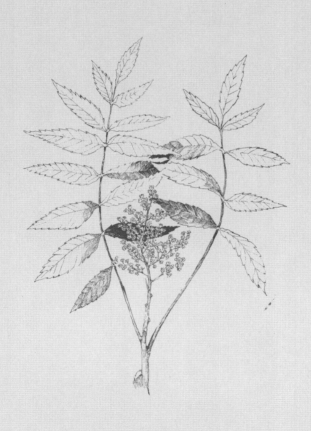

1852년 6월 2일

설탕당근Parsnip처럼 생긴 골든 알렉산더Golden alexander가 이스트 쿼터 학교 건물 근처에 자라고 있다. 불가리스매자나무 꽃이 풍성하게 피었다. 불쾌한 버터향이 공중에 가득하다. 산딸기Blackberry 꽃이 피었다.

골든 알렉산더
Golden alexander
(*Zizia aurea*)

1853년 6월 2일

보레알리스나도옥잠Clintonia borealis 꽃이 어제나 그제 피었다. 보레알리스나도옥잠은 백합과(?) 식물 중에서도 특히 흥미롭고 말끔한 식물이다. 줄기에 세 개씩 달려 있는 아주 잘생긴, 짙고 선명한 초록색 이파리가 지금 가장 눈길을 사로잡는다. 비겔로가 적절하게 묘사했다. "길이는 15센티미터 이상이고 도피침형이며 매끈하고 빛난다." 잎의 형태와 색은 완벽하다. 폭이 넓은 도피침형이고 아래쪽 한 가운데에 충해를 입지 않은 깊은 홈이 있다. 가운데 줄기에서 땅으로 아치 모양을 이루고 가끔 완벽한 대칭을 이루는 삼각형으로 배치되기도 한다. 줄기는 30센티미터로 '초록색 종모양 꽃'이 하나 이상 모여 있는 산형꽃차례를 달고 있다. 잎뿐 아니라 꽃부리까지 모두 초록색이다. 대부분 꽃줄기는 나지 않으며 잎만으로도 나그네의 눈길을 붙들기에 충분하다. 열매가 꽃처럼 보인다. 화병에 한 포기 꽂아두면 아름다운 형태부터 짙고 흠결 없는 잎사귀까지 멋진 장식품이 된다.

지금 애기수영이 들판을 붉게 물들었다. … 또 하나의 초록색 꽃 메데올라 비르기니아나Medeola virginiana가 핀 지 하루 이틀 정도 된 것 같다. … 다른 나무 밑에서만 자라는 관목처럼 프리노필룸철쭉이 키 큰 나무 그늘에서 자라고 있다. 생기 있는 장밋빛 분홍색 속살을 드러낸 산형꽃차례가 초록색이나 시커먼 색의 후미진 배경과 대비되며 반짝인다. 꽃부리 조각은 장밋빛 분홍색이고 꽃자루와 수술은 더 짙은 빨강이다.

보레알리스나도옥잠
Yellow clintonia
(*Clintonia borealis*)

1854년 6월 2일

코르누티꿩의다리가 이제 막 꽃봉오리를 맺었고 스컹크나
개에게서 나는 듯한 악취를 풍긴다. 괴상한 관계로군!

1860년 6월 2일

붉은토끼풀을 처음 보았다. …

베들레헴 스타가 지천이다.

베들레헴 스타
Bethlehem star
(*Common stargrass, Hypoxis erecta*=H. *hirsta*)

1853년 6월 3일

스카렛페인티드컵 꽃이 활짝 피었다. 덕분에 스카렛페인티드컵 초원을 붉게 물들었다. 눈부신 진홍빛의 향연이다. 붉은숫잔대Cardinal flower와 같은 색이지만 워낙 *풍성하게* 피어서 그를 능가한다. 스카렛페인티드컵은 언덕 한쪽의 건조한 땅에 처음 보였고 키는 15센티미터 정도였다. 개체 수가 적을 때는 무척 도드라져 보였지만 이제 미나리아재비와 섞여 초원을 온통 뒤덮고 있으며 대부분 20센티미터 넘게 자란다. 꽃 이름은 마음에 들지 않는다. 컵이 연상되지는 않기 때문이며 처음 봤을 때 나는 불꽃을 떠올렸다. 플레임 플라워나 빨강머리 꽃이 나을 것 같다. 스카렛페인티드컵은 이 너른 초원에 가득 피어 있지만 마을에서는 찾기 힘들다.

1857년 6월 3일

불에 탄 후 다시 싹이 돋아난 티어이데스편백 습지 바닥이 우산이끼Marchantia polymorpha로 덮여 있다. 별이나 우산모양의 임성꽃과 방패모양 불임성 꽃이 보인다. 늪 지반의 표피를 형성하는 무성하고 야생적인 식생이다.

1852년 6월 4일

골든 알렉산더는 지지아 아우레아Zizia aurea라고도 불린다. 시스투스Cistus가 피었다. 루핀이 한창이다. 캐나다해란초의 꽃은 오랫동안 지지 않는 작고 푸른 꽃으로 루핀과 함께 페어헤이븐

언덕 아래 피어 있다. 꽃이 별처럼 생긴 아르벤스점나도나물
Chickweed이 들판에 한가득이다.

1853년 6월 4일
도로에 나비나물속Vetch이 이제 막 짙은 보라색 꽃을 피웠다.

1855년 6월 4일
엘렌 에머슨[1]은 오늘 푸베스켄스제비꽃Viola pubescens이 거의
피지 않았다고 말했다. 하지만 파키다포노루삼Actaea alba 꽃은
활짝 피었다.

1852년 6월 5일
루핀이 영화를 누리고 있다. 4,000제곱미터가 넘는 너른 공간
에 자주색, 분홍색, 연보라색, 흰색 등 산뜻하고 다양한 색채가
펼쳐지며 꽃송이가 투명해서 햇빛이 비치면 색이 바뀐다. 그래
서 더욱 돋보이는 꽃이다. 루핀은 언덕비탈을 푸르게 색칠하고
들판이나 초원을 페르세포네가 거닐 만한 낙원으로 만든다. 잎
에는 이슬방울이 쉽게 맺힌다. 이 푸른색 꽃이 촘촘하게 모여
있는 광경이 나를 무척 들뜨게 만들었다. 엘리시온 들판[2]인 듯
천상과 극락의 색채가 모인 듯한 풍성함이란. 루핀이라는 이
름은 씨앗이 아기 얼굴처럼 생긴 데서 비롯되었다고 한다. 이
렇게 새파란 색을 보여주는 꽃은 찾기 힘들다. 루핀이 그토록
귀한 꽃인 이유다. 대지가 꽃으로 파랗게 물든다. 하지만 나는

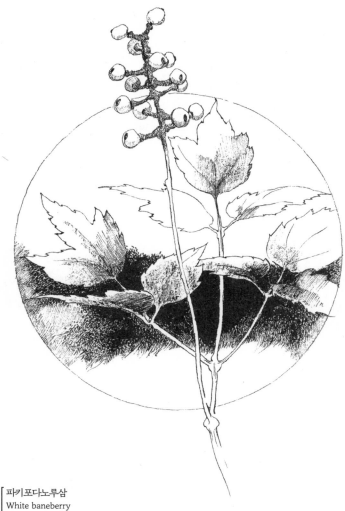

파키포다노루삼
White baneberry
(*Actaea alba*=*A. pachypoda*)

500미터 밖에서 비탈에 핀 루핀을 알아보지 못했다. 대기의 색조 때문인지도 모르겠다.

1856년 6월 5일

건조한 리기다소나무 숲 어디나 아카우레복주머니란이 보인다. 녀석들은 숲 바닥의 불그스름한 솔잎 위에 넓고 구부러진 초록색 잎을 펼쳐 6월을 반기듯 서 있다(심지어 늪에서도 자란다). 줄무늬가 있는 짙은 붉은색 주머니를 달고 있다. 그 와중에 풍성한 호밀이 바람에 흔들리기 시작한다.

1857년 6월 5일

나는 동시대를 살아가는 주변 식물에 관심을 가졌고, 덩치 큰 식물에 대해서는 꽤 지식을 쌓았다. 그들은 같은 행성에 살고 있고 친숙한 이름으로 불린다. 하지만 내가 석탄에서 흔적을 발견했던 괴상한 고대식물처럼 그들은 뼛속 깊이 야생이다.

1851년 6월 6일

밤에 마쿨라타독미나리Cicuta maculata를 채취했다. 잎맥이 브이자로 끝나고 뿌리는 모여나기 한다.

1852년 6월 6일

사이드 플라워링 샌드워트Side-flowering sandwort. 아르벤스점나도나물을 닮아 눈에 잘 띄지 않는 하얀 꽃.

마쿨라타독미나리
Cowbane
(*American hemlock, Cicuta maculata*)

1856년 6월 6일

연영초 숲 반대편에서 발견했던 버드나무 암그루와 수그루는 로스트라타버드나무Salix rostrata였다. 조셉 바렛이 밝힌 버드나무 중 황갈색 꽃을 지닌 품종이다. 이제 긴 부리를 막 열기 시작했다. 토레이아나버드나무의 꽃도 황갈색이다.

1857년 6월 6일

건조한 언덕에서 오렌지 빛이 감도는 노랑꽃 드워프 단델리온Krigia이 오전 내내 풍성하게 피어 있었지만 오후가 되어 꽃망울을 닫는 바람에 지나가는 이의 눈에는 거의 띄지 않았다.

1858년 6월 6일

얼마 전에 내린 서리로 버지니아조름나물이 시들어버린 것을 보고 놀랐다. 베들레헴 스타를 발견했다.

1854년 6월 7일

숲길과 숲 근처 초원에서 시스투스의 황금빛 대접을 발견했다. 아직 초록색인 산딸기가 놀라울 정도로 크다. 채진목속, 블루베리, 버지니아귀룽나무 등등. 꽃에서 열매를 향해 내딛는 한 걸음에 지나지 않는다.

1857년 6월 7일

일요일 오후 강과 폰커티셋 언덕에 마이닛 프랫과 함께 갔다.

프랫은 베이트먼 호수 근처 습지에서 만개한 산부채Calla palustris
를 가져왔다. 일부 시든 것으로 보아 개화한 지 10일쯤 지난 듯
했다. 또한 지난주 일요일이나 5월 31일에 피기 시작했다는 비
올라케아괭이밥Oxalis violacea도 가져왔다. 꽃이 핀 것은 얼마 되
지 않았지만 선괭이밥Yellow woodsorrel보다 크고 잘생겼다.

산부채
Wild calla
(*Calla palustris*)

1860년 6월 7일

흰전동싸리가 벌써 언덕 곳곳을 하얗게 물들였고 꿀벌 소리가 울려 퍼진다.

1853년 6월 8일

스트로브잣나무White pine가 꽃을 피운다. 나무 꼭대기에 피어 있는 것은 모두 암꽃이고 꽃자루 끝에는 조그만 진홍색 솔방울이 꼿꼿이 서 있다. 지난해 열린 초록색 솔방울은 길이가 7~10센티미터 정도였고 낫처럼 아래쪽으로 휘었다. 높은 곳에서 나무 꼭대기를 내려다봐야 가장 잘 보인다. 보아하니 이제 막 피기 시작한 듯하다.[3]

1858년 6월 8일

일찍 개화한 양지꽃이 군데군데 꼿꼿이 서 있다. 자주사라세니아 꽃은 얼마나 되었을까? 칼라무스석창포는?

1850년 6월 9일

리기다소나무 꽃가루가 호수 수면을 덮기 시작했다. 북서쪽 끝에 자라는 리기다소나무의 경우 꽃가루를 품은 꽃이 있는 나무는 단 한 그루밖에 없다.

1852년 6월 9일

하얀 잎을 수면에 띄웠지만 아직 꽃이 보이지 않는 프라벨라

자주사라세니아
Pitcher plant
(*Sarracenia purpurea*)

리스미나리아재비는 지금 강에서 꽤 돋보이는 꽃이다. 강가에 떠내려온 꽃잎이 모래에 선명한 줄을 그었다.

1853년 6월 9일

멀리서 기관차 증기가 뱀의 척추 모양으로 일정하게 피어오른다. 피스톤 엔진의 움직임 때문인 것 같다. 이슬이 맺혔는지 안개가 꼈는지 흐린 아침에, 씨앗인지 포엽인지 풀에서 떨어진 조각이 내 신발을 덮었다. 인동애기병꽃Diervilla에 어제쯤 꽃이 피었다. 미국수련 첫 꽃봉오리를 발견했다. 공유지에 무성하게 자라는 흰전동싸리가 달디 단 향을 공중에 뿜는다. 하지만 작년과는 다르게 다른 데서는 보이지 않는다.

오색방울새의 노랫소리가 들린다. 이번이 겨우 두 번째인가 세 번째다. 불란서국화로 들판이 새하얗다. 미국기생꽃도 많이 피었다. 바람꽃속 중에서도 특히 루아네모네(타릭트로이데스꿩의다리)가 기억에 남는다. 아직 꽃이 피어 있고 바람꽃보다, 기생꽃과 최근에 핀 베들레헴 스타를 비롯한 그 밖의 꽃들보다 오래 남아 있을 것이다.

초원은 이제 미국금방망이의 주황색과 미나리아재비의 밝고 윤나는 노란색이 섞여 노랗게 물들었다.

1854년 6월 9일

필브리아타잠자리난초Large purple fringed orchis 꽃은 핀지 2~3일쯤 되어 보인다. 두 송이는 완전히 열렸고 두세 송이가 봉오리만 맺었다. 아주 섬세한 옅은 자주색 꽃이 달린 큰 수상 꽃차례가 비리데박새, 양치식물, 미국금방망이 등과 함께 울창하고 그늘진 습지에 피어 있다. 이렇게 아름다운데도 무척 희귀해서 여간해서는 찾아보기 힘들다. 콩코드에서 나 말고는 매년 이 꽃을 발견하는 사람은 없을 듯하다.

미국기생꽃
Starflower
(*Trientalis americana, T. borealis*)

1858년 6월 9일

알레게니엔시스산딸기 꽃이 핀 지 얼마 되지 않았다. 무어 늪에서 키가 30~80센티미터 정도 되는 고수골풀Juncus effusus이 무성하게 자라고 있었지만 대부분 꽃은 아직이었다.

1852년 6월 10일

로렐 글렌 소유지에서 아케리폴리움분꽃나무Maple-leaved viburnum를 발견했다. 루고사층층나무Round-leaved cornel도 있었다. 칼미아Mountain laurel가 봉오리를 맺었다. 그곳에서 인동애기병꽃Yellow diervilla도 꽃 피울 준비를 마쳤다. … 포도덩굴이 있는 철길 근처 월든 호숫가에서 원인 모를 향을 맡았다. 덩굴에서 풍기는 향은 아니었는데 2~3주간 계속 같은 향을 풍겼다. 포도덩굴은 이제 막 꽃을 피운 듯했다. 목배풍등Solanum dulcamara을 보았다.

엘리프티카노루발 꽃이 피기 직전이다. 신리프[4]도 좋은 이름이다. 통발Utricularia vulgaris은 천박한 노란색 챙 모자를 쓴 행실 나쁜 여성처럼 지저분하다. 포도가 열매를 맺었을까? 라케모숩두루미꽃False solomon's seal은? 사니쿨라 마릴란디카Sanicula marylandica의 색이 아직 드러나지 않을 때는 잎과 줄기가 미나리아재비처럼 보인다.

1853년 6월 10일

우리가 거닐었던 이 멋진 야생 지역을 뭐라고 불러야 할까?

고수골풀
Tufted rush
(*Juncus effusus*)

엘리프티카노루발
Shinleaf
(*Pyrolla elliptica*)

… 옛 칼라일 길은 양쪽에 야생사과나무 초원과 접해 있다. 사과나무들은 대부분 어쩌다 씨앗이 날아왔거나 사과즙 찌꺼기를 버린 데서 움이 트는 등 우연히 터를 잡고 제멋대로 자라며, 자작나무와 소나무에 가려져 있다. 이 드넓은 과수원의 사과나무들은 열매를 제법 생산하지만 야생에서 삼림수로 자란다. 이곳은

사니쿨라 마릴란디카
Black snakeroot
(*Sanicula marylandica*)

가을에 산책하는 사람들에게는 천국이다. 끝없는 허클베리 밭과 수많은 산앵도나무속 늪도 있다. 이스터브룩스 컨트리[5]라고 불러야 할까? … 알레게니엔시스산딸기 꽃이 도로가에 하얗게 피어 있다.

1851년 6월 11일

달빛이 내리는 밤에 울창한 수목에 둘러싸여 있을 때 숲길은 가장 아름답다. 걸을수록 계속해서 예상을 벗어난 길이 펼쳐진다. 숲속 깊숙이 들어왔는데도 아무것도 발길에 채이지 않는다. 길이 아니라 발이 닿는 덤불마다 열리는 구불구불한 통로 같다.

밤에는 꽃이 없다. 적어도 다채로운 빛깔은 없다. 카롤리아나 장구채도 더 이상 분홍색이 아니고 빛을 최대한 반사하며 희미하게 빛날 뿐이다. 발밑의 꽃 대신 머리 위에 별이 피어 있다.

1852년 6월 11일

미국금방망이가 초원을 노랗게 물들였다. 베로니카개불알풀Veronica scutellata은 라일락처럼 연보라색이지만 그보다 예쁘다. 개천가에 개꽃마리Myosotis laxa가 총상꽃차례(?)를 활짝 펼쳤다. 작은 꽃 중에서도 무척 흥미로운 식물이며 작고 소박해서 더 아름답다. 꽃도 겸손해야 하기 때문이다. … 거의 들판 전체가 애기수영의 붉은색 실편(?)으로 뒤덮인 곳도 있다. 멀리서 보면 이렇게 산뜻한 붉은 옷을 입은 들판과 초록빛 초원, 푸른 하늘, 회색 구름과 솜털 구름이 대비를 이룬다. 애기수영은 붉은 구슬 같은 물결무늬를 빛내거나 초록빛이 섞여 일렁인다. 약 1만 5,000제곱미터의 공간에 곡식이 물결치는 듯하다. 농부나 목축업자에게는 골칫거리 잡초지만 풍경을 감상하는 이에게는 화가가 칠한 상쾌한 붉은색이다. 바라보고 있으면 여름 안으로 성큼 들어선 느낌이다. 소들은 이 풀을 피하는 것 같다.

1856년 6월 11일

교회 묘지에 아까시나무가 보이지만 꽃이 핀 지 얼마 되지 않았다. 오후에는 무척 더웠고 숲은 여름 한낮 특유의 정적에 잠겼다.

1860년 6월 11일

클램셸에 카렉스 텐타쿨라타Carex tentaculata가 한창이다. 꽃이 촘촘히 들어찬 꽃차례가 물망초 호숫가에 잔뜩 퍼져 있다.

1853년 6월 12일

로렐 글렌 소유지에 아케리폴리움분꽃나무가 9일쯤 활짝 피었다. 칼미아는 아마 모레 필 것 같다. 숲지빠귀의 노랫소리가 내 안의 시원하고 활기찬 아침 기운에 응답한다. 숲 속 서늘한 비탈의 마른 잎사귀 사이로 돋아 있는 푸베스켄스사철란의 잎이 산책객을 놀라게 한다. 잎의 모양은 아주 다양하고 가로세로의 하얀 잎맥이 풍부한 결을 만든다. 미술품 못지않다.… 만개하기를 기다리고 있었던 필브리아타잠자리난초를 찾으러 갔다.

루리다사초
Sallow sedge
(*Carex tentaculata*=*C. lurida*)

아케리폴리움분꽃나무
Maple-leaved viburnum
(*Viburnum acerifolium*)

강인한 식물(매 둥지 근처에 있다)이며, 약 15센티미터 길이의 수상꽃차례에 여리한 자줏빛 꽃 두 송이가 꽃차례 밑동부터 피어나기 시작했다. 오리나무 늪의 시원한 그늘 아래 비리데박새와 양치식물(꽃을 가린다)의 초록색 이파리와 대비되었다.

노베기카양지꽃Norway cinquefoil을 발견했다. 아레투사 언덕에 아레투사가 아직 남아 있고 니티다장미Moss rose가 피었다.

1852년 6월 13일

좁은잎칼미아Lambkill가 피었다. 이슬이 맺히는 아침에 아케리폴리움분꽃나무 꽃을 보고 얼마나 설렜던가. 이 꽃에 맺힌 이슬 사이로 이 세상 만물을 보아야 한다. 일찍 열린 젊고 희망찬 눈으로 보아야 한다. 마일스 늪의 헤르바케아청미래덩굴Carrion flower은 악취가 나는 초록색 덩굴식물로, 긴 꽃자루에 매달린 산형꽃차례에 작은 초록색과 노란색 꽃이 이제 막 피는 중이며 덩굴손이 있다. 냄새가 벽 틈새에 죽어 있는 쥐와 똑같고 보아하니 썩은 고기처럼 파리를 꾀는 듯하다(꽃 위에서 조그만 각다귀를 발견했다). 대단히 놀라운 냄새다. 꽃차례에서 작은 꽃 하나만 뜯어내도 온 방에 악취를 채울 수 있다. 자연은 꽃에 있는 모든 것을 모방한다. 꽃은 가장 아름다우면서 또 가장 못생겼고, 가장 향기로우면서도 지독한 악취로 코를 공격하고, 또, 그리고…. 6월 12일 클레머티스 개천에서 채닝이 우니플로라초종용Orobanche uniflora(제이콥 비겔로 명칭) 또는 아필론 우니플로룸Aphyllon uniflorum(아사 그레이 명칭)을 발견했다.

헤르바케아청미래덩굴
Carrion flower
(*Smilax herbacea*)

우니플로라초종용
One-flowered cancer root
(*Orobanche uniflora*)

1853년 6월 13일

제비꽃은 이제 대부분 진 것 같다. 네잎좁쌀풀Four-leaved loosestrife이 이제 막 꽃을 피웠고 카롤리나장미가 어제 피었다. 물망초 개천에 오피오글로소이데스방울새란 Pogonia ophioglossoides이 피었다.

1854년 6월 13일

해지기 직전 막 피어난 좁은잎칼미아의 원추꽃차례가 어찌나 아름다운지! 장밋빛이 도는 조그만 빨간 꽃은 가장자리가 십각형이고 오목한 꽃의 5센티미터 위로 작년 포자낭이 뒤로 휘듯 늘어져 있다. 재작년 것은 5센티미터 아래에 달려 있기도 하다. 올해 처음 보는 로즈 버그가 꽃잎에 앉아 있다.

1858년 6월 13일

노봉백산차가 8~13센티미터 정도 자랐다(장지석남속도 마찬가지다). 소나무 수지나 딸기와 비슷한 기분 좋은 향기를 풍긴다. 향이 꽤 강하고 날카로운 편이고 벌 특유의 냄새가 연상되기도 한다. 잎을 뜯어 코에 대면 따끔거리기까지 하다. 아직 어리고 자라는 중일 때 이렇게 강한 냄새가 난다.

1860년 6월 14일

아쿠아틸리스미나리아재비White water ranunculus가 개천에 지천이다. 개화한 지는 일주일 정도 된 것 같고 *햇빛 아래 꽃잎을*

활짝 펼치고 있다. 급류 속에서 어두운 갈색이 감도는 초록 잎 위로 가운데가 노란 예쁜 하얀 꽃이 보인다. 꽃자루가 뒤로 휘어서 꽃은 수면 위 1~3센티미터로 서 있고 꽃봉오리는 침수되었다.

1851년 6월 15일

철로 둑길 서쪽에서 첫 카롤리나장미를 보았다. 어느새 불란서국화가 돋았고 흰전동싸리가 온 들판을 다채롭고 화려하게 만들었다. 진한 붉은토끼풀와 단내를 풍기는 흰전동싸리. 들판은 해질녘 서쪽하늘처럼 붉은 식물로 발그레하게 물들었다.

초원에서 줄기가 매끈한 애기미나리아재비를 발견했다. 2주 전에 잔뜩 꽃을 피웠던 불보우스미나리아재비Bulbous buttercup가 보이지 않았다. 칼미아 앙구스티폴리아Kalmia angustifolia, 즉 좁은 잎칼미아의 장밋빛 꽃송이가 피는 중이다. 숲속의 캐나다두루미꽃은 시들해지고 있다. 숲길에 노란 베노숨조밥나물Hieracium venosum 꽃이 보인다. 탁 트인 길가에 두껍고 뻣뻣한 풀 사이로 자라는 베들레헴 스타는 옐로 아이드 그래스Yellow eyed grass라고 부르는 게 나을 것 같다. 상록분홍노루발Green pyrola은 줄기가 탑처럼 솟아 있고 잎이 넓은 노루발속 식물이다. 별처럼 생긴 하얀 꽃과 뾰족한 돌려나기 잎이 달린 미국기생꽃Trientalis americana은 이제 막바지인 듯하다. 서양꿀풀Prunella 꽃도 피었고 서양꿀풀보다 섬세한 코만드라움벨라타Thesium umbellatum도 하얀 꽃을 피웠다.

서양꿀풀
Heal-all
(*Prunella vugaris*)

코만드라움벨라타
Bastard toadflax
(*Thesium umbellatum*=*Comandra umbellata*)

1852년 6월 15일

꽃들은 얼마나 빠르게 봉오리를 펼치는지, 자연이 너무 빨리 일하는 것 같다. 온 힘을 다해 관찰해야 꽃들이 잇따라 피는 모습을 따라갈 수 있다. 이처럼 꽃들은 아무도 모르게 혁명을 일으킨다. 꽃에 아무리 관심을 기울여도 지나치지 않다. 우리는 가장 선명한 색을 좇아 행군하며, 색이란 우리의 깃발, 기치, '기장color'이다. 꽃은 눈에 띄려고 만들어진 것이니 그냥 지나쳐서는 안 된다. 그 밝은 색채는 눈과 관객의 존재를 암시한다. 꽃을 보려고 온 세상을 돌아다닌 사람도 많다. 이집트 여행객이 훔친 꽃은 결국 세심하게 포장되어 꽃의 남자 린네[6]에게 배달되었다. 아케리폴리움분꽃나무에 자줏빛 꽃이 피었다. …

이곳 웰 초원 위쪽에서 필브리아타잠자리난초를 발견했다. 기대 이상으로 예쁘고 연보랏빛이 감도는 자주색 수상꽃차례다. … 올해 발견한 가장 아름다운 야생화라고는 말하기 어렵다. 왜 사람들이 볼 수 없는 먼 늪에서만 자라는 것일까? 희미하게 풍기는 향이 아카우레복주머니란과 비슷하다.

1853년 6월 15일

토끼풀이 한창이다. 토끼풀 들판보다 풍요로운 존재가 있을까? 척박한 땅도 토끼풀로 덮여 있으면 더할 나위 없이 비옥해 보인다. 이는 곤충 우는 소리가 울려 퍼지는 6월 고유의 특징인지도 모른다. … 대지의 뺨을 붉히며 굳건히 자리를 지키던 애기수영을 이제 붉은토끼풀이 대신한다. 화가는 천국을 묘사할 때

땅에 꽃을 너무 많이 그리는 경향이 있다. 모든 일에는 절제가 있어야 한다. 우리가 꽃을 사랑하긴 하지만 꽃을 밟지 않고는 움직일 수 없을 정도로 발밑에 수북이 깔고 싶어 하지는 않는다. 하지만 토끼풀 꽃이 핀 들판이라면 예외로 봐 줄 수 있을 것 같다.

연영초 숲 북동쪽에는 카롤리나장미가 많다. 너무 흔한 꽃으로 무시되는 경향이 있지만 카롤리나장미는 꽃들의 여왕이 아닌가? 잎의 초록빛 그늘에 반쯤 가려 있지만 흘낏 보기만 해도 꽃잎이 얼마나 풍성하고 선명한지. 카롤리나장미는 야생성이 아니라 고귀하고 섬세한 일종의 예의를 갖추고 있다. … 꽃 피기 직전의 봉오리를 가져와서 물병에 꽂아 두었더니 다음 날 아침 꽃망울이 터져서 방을 향기로 가득 채웠다. 필그림[7]들은 야생에서 이 꽃을 발견하고 고향을 떠올렸을 것이다.

1854년 6월 16일

어제 자주색 개망초속 식물을 발견했다. 꽃이 흰색인데다 비슷한 점이 많아서 주걱개망초Erigeron strigosus인지 개망초Erigeron annuus인지 헷갈렸다. … 다시 미국수련의 향이 풍기는 것을 보니 기다렸던 계절이 온 모양이다. 모두 여름을 만들어내는 소중한 경험들이다. 미국수련의 향기는 순수함의 상징이다. 이 꽃은 고인 흙탕물에서 자라나 순수하고 어여쁜 꽃망울을 터뜨리며 향기도 무척 달다. 더럽고 끈적이는 대지의 오물 속에 얼마나 순결하고 달콤한 꽃이 숨어 있다가 나왔는지 보여주려는 것 같다. 이 근처 꽤 넓은 범위에서 제일 먼저 핀 것 같은 꽃을 뽑왔다. 수련의 향기는 굳은 희망을 불어넣는다.

나는 노예제도와 북부의 비겁함, 원칙주의에도 불구하고 성급하게 절망에 빠지지 않을 것이다. 수련 향은 언젠가 인간이 하는 일에도 그만큼 달콤한 향이 밸 때가 오리라는 것을 암시한다. 그때 대지는 어떤 향기를 뿜어낼지….

도랑을 따라 자라는 니티다장미Rosa nitida의 반쯤 열린 꽃망울이 짙은 장미색을 내보인다. 어찌나 빛나는지 아직 낮인데도 그 주변은 황혼녘 같다. 어제 핀 밝은 꽃잎이 벌써 검은 진흙바닥에 두텁게 깔려 있다.

좀 더 일찍 핀(?) 니티다장미 잎은 좁고 빛나며 줄기에는 가시가 돋혀 있고 꽃잎은 적당한 크기의 장밋빛 분홍색이다.

로사 루시다Rosa lucida 잎은 좀 더 넓고 윤기가 떨어지지만 꽃잎은 니티다보다 크고 더 짙은 보랏빛이다. 아직 향은 강하지 않고 중심에 멋진 노란색 수술이 있다. …

필브리아타잠자리난초를 뽑아서 물병에 꽂아 둔 지 8일째지만 한 송이가 아직 완벽히 싱싱하다. 수상꽃차례에 절반 정도 꽃이 피었을 때 꺾었는데 일주일 이상 지나야 완전히 꽃을 피우며 그동안 전혀 시들지 않는다. 내가 사는 곳이 정원, 아니 천국이 아닐까? 나는 매일 아침식사 전에 밖으로 나가서, 하루 종일 읽고 쓰는 방에 향을 채워줄 꽃을 모아온다.

1858년 6월 16일

산딸기류 꽃의 향기는 얼마나 상쾌하고 건강한지! 인류에게

로사 카롤리나
Carolina rose
(*Rosa carolina*)

아주 가깝고 소중한 존재인 장미과 결과結果식물 전체가 떠오른다. 건강에 좋은 과일을 연상시키는, 맛좋은 향을 내는 꽃이다.

1853년 6월 17일

요즘 오피오글로소이데스방울새란이 점점 늘어나는 것 같지만 벌버스 아레투사에 비하면 지나치게 색이 옅고 뱀 같은 냄새가 나서 완전히 딴판이다.

1854년 6월 17일

큰메꽃Wild morning glory은 어제 핀 듯하다. 이름이 멋지다. 종이나 트럼펫 모양으로 퍼진 꽃을 물들이는 희미한 붉은빛은 새벽 그 자체 같다. 사르세니아 푸르푸레아는 일부 서식지에서 새 잎이 돋았고 이제 충해를 입지 않는다. 오피오글로소이데스 방울새란은 *아마* 하루나 이틀이면 필 것이다.

1852년 6월 19일

필브리아타잠자리란초가 잘 버티고 있다. 오늘 아침에 모자에 한 포기 담아서 하루 종일 갖고 다녔지만 집에 와도 하루나 이틀 정도는 싱싱할 것이다. 초원에서도 보랏빛 해오라비난초류에 아레투사까지 발견할 때면 참 이상한 날처럼 느껴진다.

1860년 6월 19일

주름미역취Tall-rough goldenrod는 비옥한 땅에서 보통 두 포기 이상 모여 있고 길이가 90센티미터 이상 자라기도 한다. 오도라미역취Fragrant goldenrod 중에는 길이가 60센티미터 정도 되는 것도 있다. 카렉스 텐타쿨라타의 수상꽃차례는 특유의 희끄무레한 색이다.

1853년 6월 20일

나무가 우거진 둑의 초록빛 후미진 곳에서 색이 환한 카롤리나장미를 발견했고 옐로 릴리 뒤쪽으로 작고 흰 메일베리

메일베리
Maleberry
(*Panicled andromeda, Lyonia ligustrina*)

Maleberry 꽃도 보였다.

초원에 있는 도랑에서 수련 두 포기를 발견했다. 물이 거의 빠져나간 얕은 늪에서 막 피어나는 미국수련의 첫 꽃은 아주 묘하게 아름다우며 우리가 아는 그 무엇과도 다른 존재다. 곤충이 발견하기 전이라 무척 싱싱하고 깨끗했다. 그 순수함이 얼마나 감탄스러운지, 향기는 어찌나 감미로운지. 고인 물 바닥의 검고 비옥한 점액질 흙이 티끌 하나 없이 순수한 수련을 만들어내다니 무척 의미가 깊다. 순수를 상징하는 최고의 꽃이 진흙에서 피어난다는 것은 놀라운 일이다.

1852년 6월 21일

오피오글로소이데스방울새란의 냄새는 뱀과 똑같다. 자연에서도 아름다움과 불쾌함이 이렇게 결합되니 참 괴이하다. 꽃뿐만 아니라 사람도 순수함과 아름다움으로 공중에 향내를 풍길 수 있어야 한다. 화려하지만 향이 없거나 불쾌한 냄새를 풍기는 꽃은 수많은 인간의 특징을 표현한다.

1853년 6월 21일

18일 아침 일찍 평소보다 깊이 노를 젓다가 손에 미지근한 강물이 닿았다. 언제인지 가는네잎갈퀴Galium trifidum가 조그만 흰색 꽃잎 3개를 펼쳤다. 코너샘에서 꼿꼿한 넓은 잎에 잎맥이 3개이고 초록색 꽃을 피운 식물을 발견했는데, 아마 키르카에잔스갈퀴Galium circaezan인 듯하다.

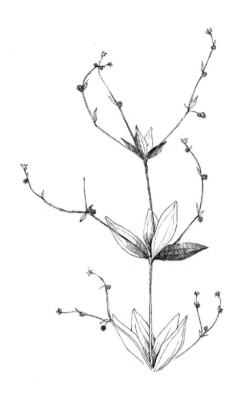

키르카에잔스갈퀴
Licorice bedstraw
(*Galium circaezans*)

1854년 6월 21일

딥 컷 숲에 리펜스호자덩굴 꽃이 핀 지 하루나 이틀 정도 된 것 같다. 캐나다두루미꽃이나 세로티나벚나무 나무껍질, 복사나무 씨앗과 비슷한 상쾌한 향을 풍겼다. *어딘가에서 인디고Indigo 꽃이 어제쯤 피었다.* 허바드 길의 그래스핑크가 어제나 그제 핀 것 같다. 같은 난초과 중에서 아레투사 다음으로 잘생긴 녀석이다. 풀 속에서 반쯤 피어난 진홍색 니티다장미가 장밋빛 광채를 빛내는 모습이 다시 한 번 나를 매료시켰다.

그래스핑크
Grass pink
(*Calopogon pulchellus*=*C. tuberosus*)

1851년 6월 22일

철로 둑길을 걸었다. 여름이 깊어질수록 들판과 초원에 다양한 색채가 펼쳐졌고 태양은 제가 가진 물감을 조금씩 모두 선보이는 중이다. 저녁놀이 풀밭 아래에 깔린 듯 붉은토끼풀이 장밋빛 석양 같은 붉은 색을 칠했고 불란서국화와 흰전동싸리의 하얀색을 보기만 해도 달콤한 내음이 나는 듯했다. 초원 한쪽에 애기미나리아재비가 별처럼 흩어져서 낙농장의 번영을 알렸다. 가까이서 보면 더욱 예쁜 등심붓꽃Blue-eyed grass이 초원에 회청색을 얹는다.

1852년 6월 23일

로렐 글렌 소유지에 갔다. … 인동애기병꽃이 핀 지 일주일 정도 된 것 같다. 루고사층층나무는 라케모사흰말채Panicled cornel와 꽃모양이 비슷하다. 시원하고 그늘진 숲에 피어 있는 우윳빛 칼미아에서 자연의 생기가 느껴졌다. 크기도 크고 항상 싱싱해서 가히 최고의 꽃이라 할 만하다. 꽃봉오리가 묘하게 접혀 10개 모서리가 있는 신기한 각뿔 모양을 하고 있다. 아르벤스엉겅퀴Canada thistle가 자줏빛을 드러내기 시작했다. 데이킨 집 근처 담장에서 자라는 멋진 엉겅퀴는 무슨 품종일까? 아직 꽃이 피지는 않았다. …

카롤리나장미의 아름다움과 향기는 무척 산뜻하고 활기찬 느낌을 준다. 가시에도 불구하고 인간이 그토록 장미과 식물을 좋아해온 것은 당연한 일이다. 장미는 다른 꽃들보다 튼튼하고 완

칼미아
Mountain laurel
(*Kalmia latifolia*)

벽한 구석이 있다. 빛깔, 꽃봉오리, 향기, 줄기가 특히 도드라지
는 덤불과 새붉은 열매까지. … 카롤리나장미 봉오리 몇 개를 방
에 가져와서 물병에 꽂아두면 다음 날 한 송이에 꽃이 피어 방
전체에 향기를 내뿜고, 그 다음 날 꽃잎이 떨어지고 새 봉오리에
꽃이 핀다.

　내 모자는 안감 가운데가 주름져 있어서 칸막이 역할을 하기
때문에 식물상자로 사용하기에 더없이 좋고 편리하다. 목욕이
라도 할 때면 모자 속 어둠에 무언가 들어 있고 한참 걷는 동안
꽃을 싱싱하게 지켜주었던 증기가 머릿속에서 피어오를 것 같

인동애기병꽃
Yellow diervilla
(*Bush-honeysuckle, Diervilla trifida=D. lonicera*)

은 느낌이 든다. 꽃은 물을 주지 않아도 식물상자에 하루 종일 넣어두었다가 꺼내면 여전히 싱싱했다. …

이 초원에는 스위트펀 덤불과 소박하지만 예쁜 붉은색 좁은잎칼미아가 단독으로 또는 다른 덤불에 섞여서 곳곳에 자라고 있다. 산책객은 보통 때보다 짙은 붉은색 꽃에 마음을 뺏기고 만다. 싱싱한 상태로 집에 가져올 수 있는 꽃이었다면 더 잘 알려졌을 텐데. 좁은잎칼미아와 함께 스트로브잣나무와 백자작나무도 풀 위로 잔뜩 우거졌다.

1853년 6월 23일

클램셸 언덕에 자라는 참나무들 근처에서 며칠 전 비너스도라지가 잎이 무성한 수상꽃차례 꼭대기에 꽃을 피웠다. 색이 짙고 수려한 비너스도라지는 라일락과 비슷하게 붉은빛이 도는 보라색 꽃이다. 꽃차례 아래쪽에 먼저 핀 꽃에는 꽃부리가 없었다. 수상꽃차례 한가득 개화했을 때는 정말 으뜸가는 꽃이다.

길가의 사자귀익모초Motherwort는 어제 핀 듯하다. … 요즘 한낮에 따뜻할 때는 고지대 모래들판의 자작나무와 소나무 아래 네잎좁쌀풀이 점점이 박혀 있는 조그만 눈과 눈이 마주치곤 한다.

1854년 6월 23일

절벽에서 비너스도라지가 멋진 짙은 자주색 꽃을 피웠다. 얼마나 되었을까?

사자귀익모초
Common motherwort
(*Leonurus cardiaca*)

1852년 6월 24일

오늘 소나무 꼭대기가 대부분 서쪽을 향한 것을 발견하고 낙담했다. 바람의 영향이라도 받았을까. 메일베리에 거품을 얹어 놓은 듯하다. 린네풀Linnaea borealis 꽃이 이제 막 졌다. 한참 전에 발견했어야 하는데. 그 잎이 땅을 수북하게 덮었다.

1852년 6월 25일

절벽에 핀 비너스도라지가 어여쁘다. 며칠 전에 핀 듯하다.

1852년 6월 26일

백합은 누구나 꺾고 싶어 하는 흔치 않은 꽃인데, 구하기 힘들다는 이유가 가장 크다. 농사짓는 집 아들이라면 자주 나가 한참을 돌아다니며 보이는 족족 꽃봉오리를 모으곤 한다. 백합은 벌레가 끓기 쉬워서 자연에서 개화한 완벽한 꽃을 찾기는 쉽지 않고(그렇게 핀 꽃만이 완벽하다) 사람이 꽃봉오리를 따서 꽃을 피우는 경우가 많다.

어렸을 때 말린 백합 줄기로 담배를 만들어 피웠던 즐거운 기억이 희미하게 난다. 이런 것들을 구할 곳은 많았지만 백합 줄기보다 독한 것은 피우지 못했다. 노랗게 늘어진 수술이 아래위로 흔들리도록 줄기를 불면서 놀곤 했다. …

습지흰참나무Swamp white oaks의 빛나는 초록 잎사귀 아래 울퉁불퉁한 줄기에 기대 사람 키만한 카롤리나장미 꽃송이를 본다. 요즘 강에서 가까운 저지대의 수풀이나 잡목림에 헤르바케

린네풀
American twinflower
(*Linnaea borealis*)

아청미래덩굴의 고약한 냄새가 진동해서 언뜻 죽은 개가 강가
에 떠내려 왔나 생각하게 된다.

온갖 미추美醜와 희로애락이 꽃에 드러난다. 모든 종류와 수준의 고매함과 불결함이 꽃 속에 존재한다. 자연은 무슨 목적으로 썩은 고기 냄새로 저지대를 채우는 꽃을 만들었을까? 세상에 아름다움과 미덕이 존재하는 만큼 그에 상응하는 추함과 악덕이 꽃으로 표현된다. 모든 인간은 자기 인격을 표현하는 꽃을 가지고 있다. 그 꽃은 아무것도 숨기지 못한다. 강과 가까운 곳에 정원을 소유한 마을 사람들은 버드나무나 층층나무속Cornel 근처에 가면 헤르바케아청미래덩굴 냄새를 맡고 강가에 썩은 고기가 있나 보다고 생각한다.

1852년 6월 27일

분홍바늘꽃Epilobium angustifolium이 엷은 자주색(분홍빛?) 첨탑을 뿜낸다. 15일에 색이 비쳤었다. 20일쯤 핀 듯하다. 여름날 맹아림의 건조하고 탁 트인 산비탈에서 무척 눈에 띄는 꽃이다.

1852년 6월 28일

달맞이꽃Oenothera biennis의 꽃은 화려하지만 줄기와 잎은 약간 보기 흉하다. 정원에서 오도라투스산딸기Rubus odoratus를 발견했다.

1851년 6월 29일

올해 흰전동싸리가 대단히 무성하다. 몇 년 이상 들판에 씨앗을 뿌리지 않았는데도 붉은토끼풀보다 흰전동싸리가 훨씬 많

분홍바늘꽃
Fireweed
(*Epilobium angustifolium*=*Chamerion angustifolium*)

달맞이꽃
Evening primrose
(*Oenothera biennis*)

오도라투스산딸기
Purple flowering raspberry
(*Rubus odoratus*)

이 보인다. 두 꽃의 크기는 비슷하다. 풀을 바싹 벤 초원에서 생장이 더딘 흰전동싸리를 발견했다. 작년에는 그곳에 토끼풀이 거의 없었던 것으로 기억한다. 길가나 정원 구석, 무수히 발에 밟히는 풀밭에도 짧은 줄기에 매달린 조그만 흰색 꽃송이가 만발하다. 하지만 지금은 벌이 들끓는 계절이고 녀석들은 토끼풀 꽃을 아주 좋아하기 때문에 꽃을 차지하기가 쉽지 않아 보인다. 어쨌든 빨리 꿀을 만들 수 있게 일거리를 확보하는 것이 관건이다. 어째서 올해 유독 이렇게 토끼풀이 잘 자랄까!

나는 지금 길가에 핀 서양꿀풀의 꽃잎을 바라보고 있다. 메일베리가 열매처럼 생긴 흰 꽃을 피웠다. 올여름 습지철쭉을 처음 보았다.

조그마한 라케모사흰말채 Panicled cornel가 담장에서 꽃을 피우고 있다.

1852년 6월 29일

길가에 디오이카쐐기풀과 비슷한 사자귀익모초 Leonurus Cardiaca가 자란다. 조용한 안식일 아침 외딴곳에 있는 흐린 강과 호수를 떠올리면 기분이 상쾌해진다. 순결한 미국수련이 갓 피어나 곤충이 우글거리기 전, 잔잔한 수면에 떠서 공중에 향기를 뿜는 광경. 그럴 때 자연은 더없이 평화롭고 순수하고 향기롭다. 햇살 아래 꽃잎을 펼친 수많은 미국수련이 기름처럼 매끄러운 수련 잎 위에 떠 있고 잠자리가 이 광경을 훑어본다. 수련을 잡아당겨 긴 줄기까지 딸려 오게 하려면 기술이 필요하

폰테데리아 코르다타
Pickerelweed
(*Pontederia cordata*)

다. 커다란 베리에가타개연은 강의 생식력을 잘 보여준다.

창포 사이에 라모숨흑삼릉Sparganium ramosum이 보인다. 분류학자에 의하면 부들과 연관 있는 식물이다. 폰테데리아 코르다타Pontederia cordata의 수상꽃차례에 꽃 한 송이가 피어나려 한다.

에그락 강섬에 흰미나리아재비White buttercup를 닮은 버지니아바람꽃Anemone virginiana이 피었는데 개화한 지 얼마 되지 않은 듯하다. 캐나다매말톱꽃이 아직 피어 있는 것을 발견했다.

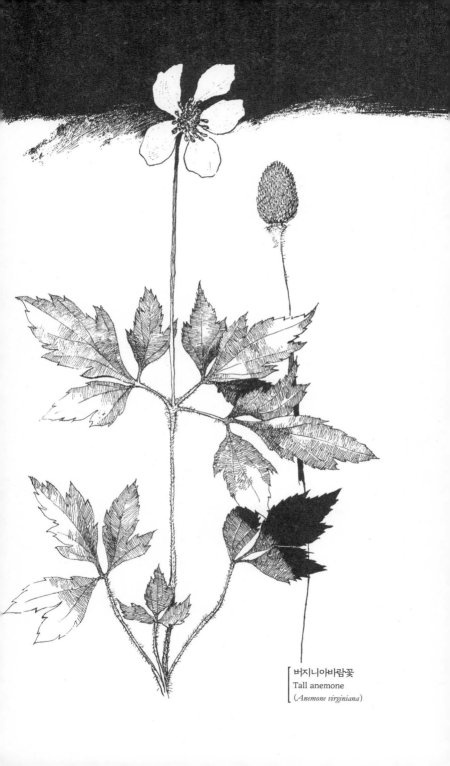

버지니아바람꽃
Tall anemone
(*Anemone virginiana*)

1851년 6월 30일

북방푸른꽃창포Iris versicolor가 초원에 생기를 불어넣는다. 산 앵도나무가 이제 꽃을 피웠다. 생생한 잎순이 땅을 30~60센티 미터 덮었다.

1852년 6월 30일

이맘때가 진정 꽃의 전성기가 아닐까? 카롤리나장미, 습지철 쭉, 큰메꽃, 아레투사, 오피오글로소이데스방울새란, 해오라비 난초류, 북방푸른꽃창포, 분홍바늘꽃, 칼미아, 미국수련이 동시 에 피는 시기!

1852년 7월 1일

지금 카롤리나장미가 한창이다. 건조한 연못 구덩이에 특히 무성하고 허클베리 덤불이나 양치식물, 스위트펀과 함께 보인 다. 야만인들만 어슬렁거릴 때 헛되이 꽃을 피워온 것 같다. 하 지만 이제 소가 풀을 뜯는 초원을 장식할 뿐이다.

우리는 강에서 노를 저어 수심 1미터 정도의 얕은 지점으로 갔다. 수련 잎이 수면을 가득 뒤덮었고 수련 꽃 수백 송이가 막 봉오리를 펼쳤다. 하지만 꽃들마다 벌레가 꾀어 각다귀가 앉아 있었고 우리는 벌레를 익사시키지 않고 살짝 털어냈다. 그랬더 니 꽃잎이 닫혔다.

갓 봉오리를 연 수련은 진줏빛이었고 수련 잎이 떠 있는 물 은 꽤 잔잔했지만 바람이 불자 파동이 일어 꽃이 앞뒤로 움직

북방푸른꽃창포
Blue flag
(*Iris versicolor*)

였다. 밧줄로 잡고 있는 배의 움직임과 비슷했다. 꽃받침부터 둘째 줄 꽃잎까지 펼쳐진 화사한 장미색 수련은 반쯤 열린 꽃봉오리 중 가장 돋보인다. 꽃잎과 꽃받침 잎 사이에 위치한 꽃잎은 빛을 받으면 더없이 반짝이며 보통은 초록빛이 비치다가 붉은 빛을 드리우기도 한다. 마치 수술부터 꽃잎까지 점진적으로 변해가는 느낌이다. 수련 잎 아랫면과 꽃받침 잎에서 보이는 채색 원칙을 따르는 것 같다. 하지만 이런 장밋빛 수련이 눈길을 끄는 이유는 다양성 때문이고 나는 사실 하얀색 수련이 더 마음에 든다. 이런 선명한 색은 땅의 몫으로 남겨두고 싶다. 수련이 만드는 공기를 마시면서 어느 수련이 가장 완벽한지 확실히 느껴보고 싶었다.

　라이스 나루터에서 점심을 먹으며 보니 강에 있는 모든 미국 수련이 꽃잎을 완전히 오므렸다. 오전보다 화창하지도 흐리지도 않은 날씨였지만 수련은 오후 내내 그렇게 꽃잎을 닫고 있었다. 오전에 뽑아서 물에 띄웠던 수련은 가래류 사이에 떠 있었는데 아직 싱싱했지만 꽃을 오므릴 힘은 없나 보았다. 정오에 수련들이 동시에 꽃잎을 오므리는 모습을 관찰하면 참 재미있을 듯하다. 낮 12시 점심을 먹기 전에는 그 많은 꽃송이가 활짝 펼쳐져 있었지만 저녁을 먹은 후로는 꽃잎을 펼친 수련은 하나도 찾을 수 없었다. 초원에서 막 꽃을 피운 미꾸리낚시 Polygonum sagittatum를 발견했고 베로니카개불알풀과 오피오글로소이데스방울새란이 풍성하게 자라고 있었다.

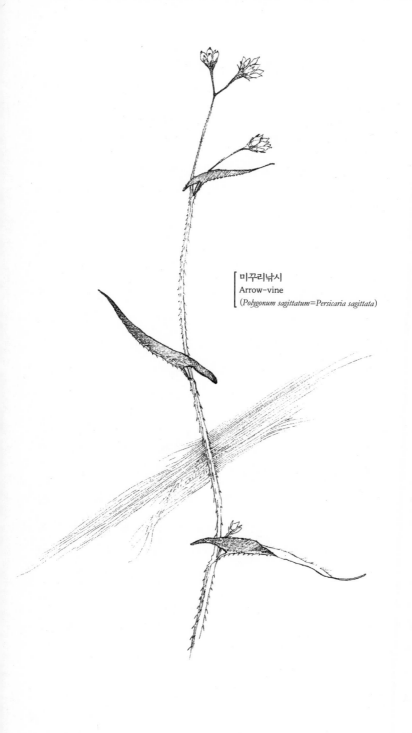

미꾸리낚시
Arrow-vine
(*Polygonum sagittatum*=*Persicaria sagittata*)

1852년 7월 2일

어젯밤 잠에서 깨어 그대로 누운 채, 낮에 노를 저었던 진흙과 수초로 가득한 강을 떠올렸다. 물밑 바닥에 수련이 뿌리를 내리듯 나는 낮의 경험에서 어떤 활기를 끌어오는 것 같다.

막 열리려고 하는 미국수련 꽃봉오리 하나를 뽑아서 물병에 꽂아둔 지 이틀 후 꽃잎이 보였고, 손으로 꽃잎이 겹쳐진 부위를 건드리자 툭 터지면서 빠르게 예쁜 꽃잎을 벌렸다. 원래 살던 호수에서처럼 꽃잎이 일정한 간격으로 완벽하게 배열되었고 물론 충해는 전혀 입지 않았다. 수련 줄기를 짧게 잘라 넓적한 물그릇에 올려두었더니 내 입김으로 조금씩 일렁이며 움직였다. 감탄을 겨우 억누른 숨결이 수련의 돛에 바람을 불어넣는다. 장밋빛을 띤 수련이었다. 내 생각에 사람들이 좋아할 만한 향이다. 고향 개천에 수련이 한창일 때 눈길 한번 주지 않으면서, 이집트 수련을 보겠다고 나일 강으로 떠나는 이들이 있다.

몇 년 전, 먹 감는 곳에서 흙무더기가 초원으로 떠내려왔고 지금은 붉은 줄기의 카롤리나장미 덤불이 제멋대로 자라 빽빽하게 뒤덮었다. 덤불 아랫부분 나무줄기는 보이지 않고 반짝이는 무성한 잎더미 위로 작고 붉은 줄기가 뻗어 있다. 땅거미가 지자 평소보다 구석구석 더욱 아름다워 보였다. 많은 장미들의 꽃잎이 온전치 못했지만 떠난 태양이 아직 빛을 비춰준다는 듯 여전히 아주 짙은 색이었다. 이 시간 장미는 발그레하게 빛나며 더 영적인 느낌을 준다. 형언하기 힘든 아름다움이다. 덤불 속에서 화려하게 부푼 꽃봉오리는 내일 꽃을 피우겠다고 약속하고 멋진 초록 봉오리는 훗날을 기약하며 아직 붉은 빛을 감춰두었다.

어느 단계에 있든 장미보다 아름다운 존재는 찾기 힘들다. 장
미와 함께 순백의 캐나다딱총나무White elder 꽃, 장미색이나 분
홍색의 큰잎조팝나무 꽃이 섞여 있었다.

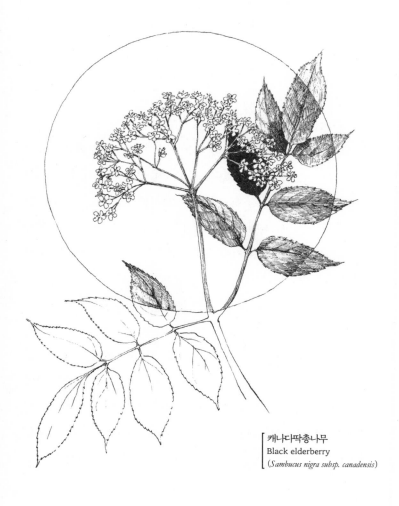

캐나다딱총나무
Black elderberry
(*Sambucus nigra subsp. canadensis*)

1854년 7월 2일

스미스 샘 근처의 건조한 고지대 초원에 필라델피아백합이 풍성하게 피었다. 줄기는 30~60센티미터 길이로 꼿꼿하고, 꽃잎은 약간 어두운 색조의 붉은 반점이 있으며 가장자리가 주름졌다. 꽃이 핀 지 며칠 지난 듯했다. 이 꽃은 불볕더위를 예고하는 붉은 석양처럼, 강렬하고 건조한 7월의 열기와 함께 우리를 찾아왔다(허클베리 꽃이 피기 전에는 항상 날씨가 건조해지지 않았던가?).

1857년 7월 2일

고윙 늪 남쪽 끝에 일부러 다듬은 듯 꽃잎 끝이 회선상인(말려 있는) 산부채 꽃이 피었다. 한군데서 발견하고 나서 다른 데서도 발견했다. 많은 것들이 우리의 시야 반경에 있는데도 인지 반경 내에 없기 때문에 보이지 않는다. 즉 우리가 그 대상을 찾아보지 않는다는 뜻이다. 넓은 의미에서 우리는 우리가 찾는 세계만을 발견한다.

1852년 7월 3일

메도 그래스Meadow grass 속에 노란 캐나다백합Lilium canadense 꽃송이가 하나둘씩 솟아 있다. 새끼 우드척이 제 집 구멍 앞에 앉아 내가 꽤 가까이 가는데도 움직이지 않았다. 토끼풀은 거의 시들었다. 움벨라타매화노루발Chimaphila umbellata 꽃이 며칠 전에 핀 듯하다. 꽃잎 아랫면은 자줏빛이 도는 크림색으로 꽃송이가 아래를 향할 때 그 부분이 보인다. 무척 아름다운 꽃이며 숲 바닥을 장식하는 작고 예쁜 샹들리에다. 길가에 자라는 당근Daucus carota은 제법 흥미로운 데가 있다. 산형꽃차례는 비겔로가 설명했듯 새 둥지처럼 생겼고 커다란 우열형 총포가 얽혀 있어 마치 숙녀의 화려한 반짇고리 같았다.

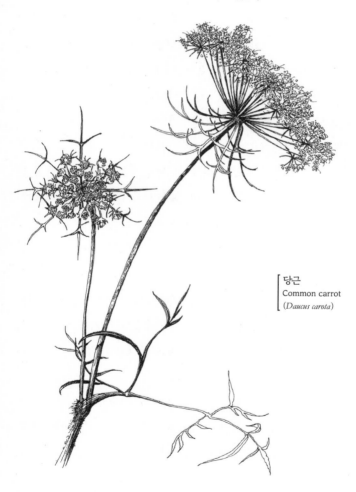

당근
Common carrot
(*Daucus carota*)

1854년 7월 3일

수초가 자라고 수련 잎이 떨어지는 강과 그 주변은 이제 한여름 무더운 날씨다. 폰테데리아 코르다타 꽃이 피기 시작했다. 끓어오르는 강물은 양쪽에 늘어선 반들반들한 수련에 갇혀 있다. 1.5킬로미터까지 길게 늘어선 수련 잎들은 햇빛을 받아 반짝이며 가끔씩 툭툭 거리며 소리를 낸다. 그 옆에 짙은 초록색 폰테데리아 코르다타가 꼿꼿이 서 있다.

잠깐 배를 떠났다가 돌아왔더니 앉는 자리가 델 듯이 뜨거웠다. 아레투사 초원에 루드베키아Rudbeckia hirta(새로운 식물이다) 꽃이 피었다(나는 동그란 꽃송이가 갈색이 아니라 칙칙하고 어두운 보라색 또는 밤색이라고 생각한다. 우드는 어두운 보라색이라고 했다). 6월 25일에 누가 꺾어놓은 꽃을 본 적이 있는데 아마 그때쯤 개화한 듯하다. 어제 구빈원 뒤쪽 풀밭에도 많이 피었다. 최근에 서부에서 들어온 꽃 같다.

1859년 7월 3일

허바드 숲 북서쪽에 리펜스호자덩굴 꽃이 흐드러지게 피었고 세로티나벚나무처럼 톡 쏘는 듯 강렬한 향기를 풍긴다. 복슬복슬한 흰색 꽃을 바라보며 즐겁게 꽃길을 걸었다.

1852년 7월 4일

베리에가타개연은 가까이서 보면 짙은 노란색이고 커다란 잎 위에 누워 있는 것 같다. 강의 비옥함을 보여주는 중요한 증표다.

루드베키아
Black-eyed Susan
(*Rudbeckia hirta*)

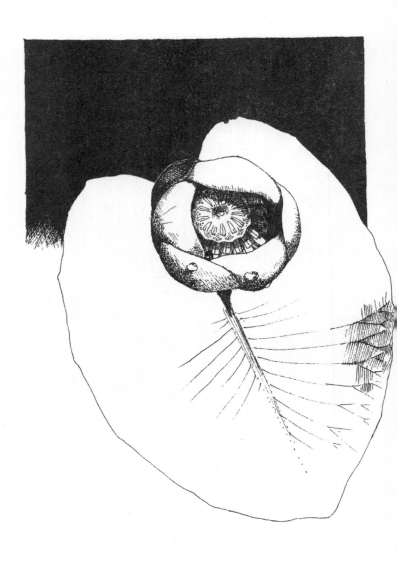

베리에가타개연
Yellow pond lily
(*Bullhead lily, Spatterdock, Nuphar variegata*)

1860년 7월 4일

존스워트Johnswort 꽃이 여기저기 눈에 띄기 시작한다. 7월 특유의 노란색이다.

1851년 7월 5일

말보로 길에 나비나물속처럼 생긴 고트루Tephrosia virginica가 빨간색과 노란색이 섞인 꽃을 피웠다. 저지티Jersey tea의 예쁜 흰색 꽃도 피었다. 숲길 한쪽에는 초라한 리네아레며느리밥풀꽃American cow-wheat와 수궁초속Apocynum 등이 보였다.

저지티
Jersey tea
(*New Jersey tea, Ceanothus americanus*)

움벨라타매화노루발 꽃이 어여쁘다. 조그만 산형꽃차례에 빨간 보석처럼 달랑거리는 꽃과 붉은 꽃받침 위에 하얗게 옹크린 꽃봉오리. 세븐스타 길 뒤쪽에서 칼라민트Calamint 꽃이 이제 막 피었다.

칼라민트
Calamint
(*Mountain mint, Pycnanthemum muticum*)

1852년 7월 5일

갓 꽃을 피운 제철 야생화를 꽃병에 담아 매일 식탁 위에서 볼 수 있다니 얼마나 멋진 일인지. 이런 꽃병 없이 집을 장식했다고 말할 수 있을까?

1854년 7월 5일

블루컬과 옵투시폴리움왜떡쑥Fragrant everlasting이 산뜻한 향을 풍기며 건조한 들판에 피어난다. 생각만으로도 상쾌해지는 광경이다. 클램셸 언덕 아래 어제쯤 캐나다박하 꽃이 피었다. 루핀 둔덕 모래밭에서 10센티미터쯤 되는 창촉을 주웠는데 너무 뜨거워서 오래 쥐고 있을 수가 없었다.

1856년 7월 5일

우리네 정원 한구석에 피는 달맞이꽃Evening primrose은 저녁 6시 반이나 8시 사이, 또는 해가 질 무렵에 꽃잎을 펼친다. 내가 목욕하러 갈 때는 꽃잎이 닫혀 있었지만 해가 지고 서늘해지자 그 무렵의 정적을 즐기는 듯 살짝 꽃망울을 열었다.

1851년 7월 6일

붉은토끼풀 꽃송이가 이제 검은색이 되었다. 녀석들은 초원과 기름진 땅에 더 이상 장밋빛을 드리우지 않는다. 그 다채로운 꽃을 볼 수 있는 시간은 짧았다.

흰전동싸리도 검게 변했거나 시들었다. 불란서국화는 아직 흰색이 남아 있다. 등심붓꽃은 거의 사라졌다. 들판의 풀은 보름 전에 비해 이제 싱싱하지도 예쁘지도 않다. 전보다 건조하고 농익은 들판은 이제 풀을 벨 낫을 기다린다. 풀과 꽃의 계절 6월은 지나갔다. 이제 풀은 건초가 되고 꽃은 과실이 될 것이다.

1852년 7월 6일

호스머 호수를 비롯해 몇 군데에 스트릭타좁쌀풀Lysimachia stricta 꽃이 활짝 피었다. 원통형의 총상꽃차례에 제법 예쁜 꽃을 피운다.

필라델피아백합Lilium philadelphicum 꽃잎은 활짝 열려 있고 짙은 주홍색에 반점이 있다. 숲길 근처 아주 건조한 땅에서 자라며 무척 흥미롭고 아름다운 꽃이다.

1854년 7월 6일

캐나다딱총나무 꽃이 흐드러지게 피었다.

1856년 7월 6일

서양팽나무 Celtis 아래 생울타리에 어린 루브라뽕나무Red mulerry가 자란다.

1859년 7월 6일

옛 코낸텀 저택 서쪽에 있는 웅덩이에서 지금 코르다타어리

스트릭타좁쌀풀
Swamp candles
(*Upright loosestrife, Lysimachia stricta=L. terrestris*)

필라델피아백합
Red lily
(*Wood lily, Lilium philadelphicum*)

루브라뽕나무
Red mulberry
(*Morus rubra*)

연꽃Heartleaf 꽃이 어찌나 예쁘고 돋보이는지(오후 3시). 꽃잎 다섯 개가 달린 작은 흰색 꽃송이는 5센트짜리 동전 크기이고, 조그마한 미국수련을 닮았다. 심장과 똑같이 생긴 부엽은 3센티미터 정도로 수련 잎 중에 가장 작다. 얄따란 줄기 하나에 잎이 하나씩 달려 있고(줄기의 길이는 30센티미터 이상이고 물의 깊이에 따라 달라진다), 비늘처럼 웅덩이 전체를 덮을 때도 있다. 가까이서 잎 아래쪽을 관찰하면 다양한 시기에 움을 틔운 꽃봉오리가 10~15개 달린 산형꽃차례가 숨어 있다. 봉오리는 한 번에 하나나 여럿이 꽃받침 조각 사이로 말려나와 빛과 공기를 향해 물위 1센티미터 정도에서 꽃부리를 펼친다. 그렇게 모든 봉오리가 잇따라 펼쳐졌다. 좁은 웅덩이 전체에 조그만 수련 잎과 예쁜 수련 꽃이 해를 바라본다. 그저 잎과 꽃만 존재한다.

1852년 7월 7일

콩다닥냉이Lepidium virginicum는 눈에 잘 띄지 않는 풀이고 그 열매 껍질은 약간 냉이와 비슷하다.

초원의 옐로 릴리, 건조지대와 숲길의 필라델피아백합 꽃이 필 무렵이면 꽃의 계절이 절정에 이르렀다는 생각이 든다. 그 풍경은 더 이상 불가능할 정도로 나를 놀라게 한다. 이제 나는 무슨 일이 있어도 놀라지 않을 것 같다.

1851년 7월 8일

소리쟁이Yellow dock의 두툼한 꽃송이가 시간의 흐름을 경고한다.

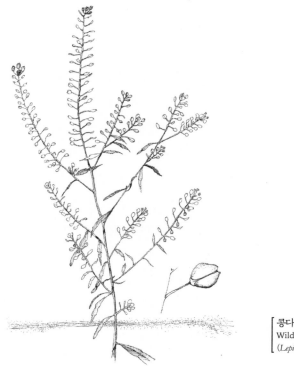

콩다닥냉이
Wild peppergrass
(*Lepidium virginicum*)

1852년 7월 9일

미국수련이란 조그만 배가 아닐지! 반쯤 핀 수련을 그릇에 담았더니 배처럼 똑바로 떠서 움직였다. 꽃부리가 반만 열려도, 완전히 펼쳐져도 아름답다. 정열적인 색채와 태양의 반점을 지닌 필라델피아백합은 꽃받침 외투까지 내놓고 어느 방향에서나 보이도록 꽃잎을 활짝 열어 불타는 계절을 알려준다. 꼿꼿한 줄기에 달린 예쁜 종 모양 꽃이 사방에 무성하게 피었다. 녀석들은 봄꽃이 아니다. 마을로 가는 길목에 자란다.

클래머티스 호수 근처 진흙 바닥에 소가 뜯어먹은 조그만 보플류Arrowhead가 아직 피를 흘리고 있다. 다른 몇 군데에서 일리산테스 그라티올로이데스Ilysanthes gratioloides가 진흙을 덮은 모습을 발견했다. 미국외풀 꽃은 라테리풀로라골무꽃Mad-dog skullcap과 약간 비슷하다.

미국외풀
False pimpernel
(*Ilysanthes gratioloides*=*Lindernia dubia*)

1852년 7월 10일

유니언 도로를 걸어가는데 길에 열기가 반사되어 숨이 막혔고 약간 머리가 아팠다. 길가에서 흰전동싸리White melilot 꽃을 발견했다. 지금 가장 흔하게 보이는 꽃은 서양고추나물St.John's wort이다. 수많은 들판이 샛노랗게 물들었다.

1857년 7월 10일

숲에 있는 피터 길에 자라는 고트루는 아름다운 꽃이라고 하기는 힘들지만 꽤 눈에 띄고 흥미로운 식물이다. 특히 이처럼 서늘하고 그늘진 곳에서 바라보면 선명한 장밋빛 자주색과 크림색 꽃이 예쁜 깃모양 잎단 위에서 산뜻한 대비를 이룬다.

1852년 7월 11일

큰메꽃이 한창이다. 새붉은 꽃과 촘촘하게 들어찬 덩굴이 건조한 아침나절에 더욱 매력적이고 시원해 보였다. 무척 섬세한 꽃이기 때문에 꽃다발을 만들면 곧 보기 싫게 변한다. 칼처럼 날카로운 잎을 가진 커다란 원추리Orange day-lily 꽃이 재배지를 벗어나 돌다리 뒤쪽 길가에 피었다.

코낸텀에 베이스Bass가 활짝 피었다. 9일에 개화하기 시작한 듯하다. 꽃이 핀 나무가 무척 돋보이며 기분 좋은 향을 뿜는다. 꽃에 앉은 벌의 노랫소리가 나무 전체에 울려 퍼진다.

초원에 오피오글로소이데스방울새란과 칼로포건이 잔뜩 자란다. 선명한 색만으로도 관심을 끌 만하다. 어쨌든 붉은 색은

흰전동싸리
White sweet clover
(*Melilotus leucantha*=*M. albus*)

원추리
Orange day-lily
(*Hemerocallis fulva*)

드물고 귀한 존재다. 우리 피의 색이기도 하다. 카롤리나장미가 그토록 멋진 데는 색깔이 한몫한다. 붉음을 뜻하는 'Red'는 켈트어 'Rhos'에서 비롯되었다고 한다. 자연에서 가장 소중한 색이다.

1857년 7월 11일

그래스핑크Grass pink 꽃은 정말 화려하다. 5~8센티미터 수상꽃차례에 크고 오목한 별모양 자줏빛 꽃이 *보통 3~5개씩 불규칙하게* 달려 있으며 서늘한 초록빛 초원에서 자란다. 게다가 향기도 좋다.

허바드 초원의 산앵도나무속 늪 남동쪽 탁 트인 초원(심비디움 초원이라고 부르면 어떨까)에 트리폴로루스산딸기 열매가 유독 많이 열렸다. 환하고 짙은 붉은색 열매는 익으면 아주 맛이 좋고, 라즈베리다운 기운이 느껴진다.

1856년 7월 12일

도로 근처 무어 초원 한 켠에 보라색 나비나물속 꽃들이 풀 위에 늘어져 있다. 풀밭에 보랏빛 색조가 반사된 것처럼 보인다. 우르티키플리아마편초White vervain를 발견했다. 대가지붉나무Smooth sumac는 어제 핀 듯하다. 코르누티꿩의다리가 초원 구석구석을 하얗게 물들이기 시작했다.

필라델피아백합이 한창이다. 횃불이 타오르듯 한 송이씩 곧게 뻗었고 화려한 꽃부리에 *다채롭게* 점이 찍혀 있으며 꽃마다

미국피나무
Linden
(*American basswood, Tilia americana*)

색조도 점모양도 저마다 다르다. 표범 무늬를 지닌 꽃이다. 줄기의 길이는 평균 30센티미터 안팎이다. 축축하고 풀이 무성한 초원에서 허클베리, 좁은잎칼미아 등과 함께 자란다.

1852년 7월 13일

미역취(솔리다고 스트릭타Solidago stricta인 것 같다)와 쥰케아미역취Willow leaved goldenrod가 월든 길에 시간이 흘렀음을 보여준다. 노란색 꽃에 얼마나 많은 이야기를 품고 있을까!

치커리Cichorium intybus[8]를 발견했다. 날씨가 너무 더워서 꽃부리를 닫은 것 같다.

1860년 7월 13일

오후 2시. 리틀 트루로에 갔다. 무성하게 자란 흰겨이삭Redtop에 꽃이 활짝 피어서 들판을 생생한 붉은색으로 칠했다. 붉은 자줏빛이 갈색에 녹아들어 멀리서 보면 땅이 적색사암처럼 보인다. 이렇게 제각각의 토지는 얼룩덜룩한 장기판 같다. 6월에는 적갈색 쥰그래스June grass가, 7월에는 붉은 *흰겨이삭*이 들판을 덮는다.

1853년 7월 14일

오늘 벡 스토 늪에서 푸른색과 청록색을 발견하고 다가갔더니 애기석남이었다. 늪의 북쪽 끝 한가운데였다. 꽃이 핀 지는 얼마 되지 않았다.

치커리
Chicory
(*Succory, Cichorium intybus*)

나는 이런 일을 자주 겪는다. 어딘가에서 보거나 듣거나, 좌우간 관심을 가지면 그 대상이 식물이든 무엇이든 곧 실제로 발견하게 된다.

일주일쯤 전에 에머슨이, 조지 브래드포드가 워터타운에서 가져온 희귀한 애기석남 표본을 보여주었다. 나는 칼 린네의 설명을 읽고 오랫동안 관심을 가져왔었다. 그런데 이렇게 애기석남을 잔뜩 발견했다. 깔끔하고 섬세해 보였고 15센티미터 길이의 진줏빛 잎순과 독특하게 바깥쪽으로 말린 좁은 잎이 달려 있었다. 꽃이 더 필 것 같지는 않다.

1854년 7월 15일

이제 봄과 가을의 경계를 지나 겨울을 향한 긴 비탈길을 내려가기 시작한다. 그늘진 언덕에서 허바드네 담장을 따라 먹 감는 곳으로 갔다. 최대한 발에 흙을 묻히지 않으려고 다리를 높이 들어 올리며 걸었다(들판은 쥐죽은 듯 고요했다). 담장을 따라 줄기 위쪽에 희끄무레한 잎이 달린 칼라민트가 자랐다. 이렇게 흐린 날에도 환하게 빛을 내는 광경이 무척 아름다웠고 나는 아주 익숙한 향기를 떠올렸다. 냄새를 맡아볼 필요도 없다. 그 향기를 기억하면 마음이 따뜻해진다. 자관백미꽃Asclepias incarnata에 노랗고 빨간 나비들이 셀 수 없이 앉아 있다.

1850년 7월 16일

작년 월든 호수에는 소나무 꽃가루가 풍성했는데 올해는 아

직 골무에 반도 모으지 못했다.

마당에 키가 30센티미터를 넘지 않는 4~5년 된 리기다소나무가 있다. 조그만 솔방울이 달렸지만 수꽃은 피지 않았고 약 1킬로미터 근방에 다른 리기다소나무는 없는 듯하다.

1851년 7월 16일

큰잎조팝나무 꽃이 피었고 길가에 서양톱풀Yarrow이 무성하다. 소박하지만 어여쁜 털조팝나무Hardhack가 무리지어 이제 막 붉은 꽃을 피우는 중이다. 스몰아스터Small aster도 많이 보이고 애기미나리아재비도 아직 시들지 않았다.

내가 걸음을 내딛자 서양꿀풀이 발밑에서 푸른빛을 반짝였다. 스피카타숫잔대Pale lobelia도 마찬가지. 키 작은 나무들이 성글게 자라는 숲에서 털좁쌀풀Lysimachia ciliata을 발견했다.

수궁초 꽃은 작고 섬세한 종 모양이다. … 목배풍등 꽃이 피었다. 최근까지 목초지였던 제임스 베이커 소유지 뒤쪽의 소나무 들판을 지나왔다. 이제 리기다소나무 숲이 되었고 풀잎이 솔잎 카펫에 자리를 내주는 곳은 여기뿐이다. 정말 기분 좋은 숲이다. 탁 트여 있고 평평할 뿐 아니라 여기저기 산딸기류 덩굴과 아카우레복주머니란, 핑크꽃 등이 피어 있다.

1852년 7월 16일

옐로 아이드 그래스Yellow-eyed grass의 작고 예쁜 노란색 꽃잎 세 장이 꼭대기에 매달려 있다. 물망초Forget-me-not는 여전히

털좁쌀풀
Fringed loosestrife
(*Lysimachia ciliata*)

풍성하다.

코낸텀의 미국피나무가 만들어내는 풍경은 무척 다채롭다. 꽃이 대롱대롱 달린 나뭇가지는 축 늘어져서, 그 밑에 서 있다가 고개를 들면 한 뭉텅이 꽃이 드리우는 커튼이 보인다. 잎처럼 생긴 포엽도 돋보여서 꽃과 같은 효과를 낸다. 호박벌과 꿀

[
옐로 아이드 그래스
Common yellow-eyed grass
(*Xyris difformis*)
]

벌의 노랫소리가 나무에 가득하다. 로즈 버그와 나비도 있다.

채닝이 말했듯 곤충들의 우아한 속삭임은 자연의 그 어떤 것과도 다르다. 바닷소리를 닮은 바람도 이와는 다르다. 대가지붉나무 꽃에도 벌이 잔뜩이다. 나뭇가지가 꽃과 함께 늘어져 땅에 닿았다. 공기에 단내가 가득하고 나무는 시로 가득하다.

물망초
Forget-me-not
(*Myosotis spp.*)

1854년 7월 16일

큰(?)털이슬Circaea(꽃이 하얀색이긴 하지만 말털이슬Circaea lutetiana 이다) 꽃이 핀 지 2~3일쯤 된 듯하다.

1856년 7월 17일

워터독 초원을 지나 빙퇴석 초원의 참나무 아래 커다란 트리 필룸천남성이 있었다. 평지에 자라는 열대식물처럼 키가 90센티미터 이상이고 겹잎의 길이는 30센티미터가 넘었다. 푸밀라 물통이Richweed도 있었는데 아직 꽃이 피지는 않았다.

1857년 7월 17일

비를 만나 리 절벽의 굵직한 스트로브잣나무로 피했다. 그 아래쪽에서 아름다운 움벨라타매화노루발 꽃을 발견했다. 수정처럼 맑고 자줏빛이 도는 흰색 꽃의 산형꽃차례를 드러냈고 꽃부리를 수평선에 비스듬하게 숙였다. 꽃 밑동에 있는 자주색이나 진홍색 동그란 포엽이 오목한 꽃잎 중심부의 큼직하고 끈적끈적한 초록색 씨방을 감싼다.

1852년 7월 18일

우리는 리 강굽이에서 빠르게 물을 거슬러 올라갔다. 수면은 폰테데리아 코르다타를 감상하기에 좋은 장소다. 수상꽃차례가 강 한쪽이나 양쪽에 빽빽하게 들어차서 너비 30센티미터 이상의 두툼한 푸른색 줄을 만들었기 때문이다. 이 꽃은 지금이

말털이슬
Large enchanter's nightshade
(*Circaea lutetiana*=*C. canadensis*)

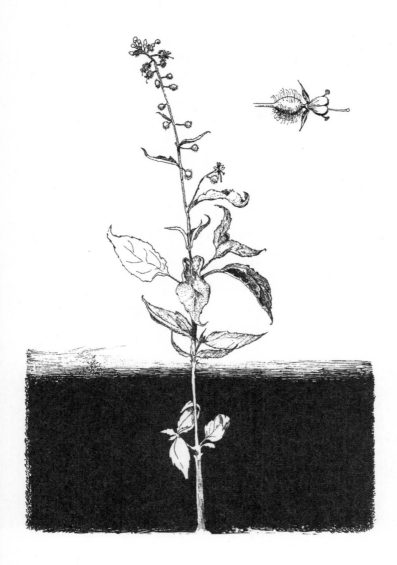

한창이며 시든 기색 없이 아주 싱싱한 푸른색이다. 햇빛이 비칠 때 서쪽을 보면 보랏빛이 돈다.

1854년 7월 18일

한여름의 열기로 잎이 일찍 성숙하듯 아스터와 미역취가 꽃을 피우기 시작한 것 같다. 지금 이 태양의 아이들을 찾고 있다. 일치감치 개화했던 봄꽃에게 이미 가을이 시작되었다. … 목향Elecampane이 자라는 휠러 저택 근처 길목에 놀랍게도 모나르다 피스툴로사Monarda fistulosa가 풍성하게 피어 있었다. 적어도 일주일 전에 개화한 것 같았다. 1미터가량의 줄기에 크고 아주 화려한 진홍색 꽃이 돌려나기로 달려 있고 그 밑에 붉은 포엽도 돌려나기로 돋았다. 밤Balm이나 섬머 세이버리Summer savory, 달콤한 마조람Majoram 향과 비슷하다. 하늘과 가까운 북서쪽에서 온 식물들이다.

콩코드에는 미국피나무가 거의 없지만 여름에 미국피나무 쪽으로 걸어가면 멀리서도 곤충들이 꽃을 맴돌며 속삭이는 소리가 들린다. 이 소리를 들을 수 있다면 먼 거리도 걸을 가치가 있다. 강변을 걷다가 이 멋진 소리를 듣고 근처에 미국피나무가 있다는 것을 알아차린 적이 두 번 있다(그냥 지나친 것도 이때뿐이다). 조금 멀리서 들으면 폭포나 마차소리 같고 가까이 가면 공장에서 방직기가 잔뜩 돌아가는 소리 같다. 대부분 호박벌이 내는 소리로 크고 둥그런 나무가 곤충들과 함께 살아 숨 쉰다. 나는 50미터 밖에서도 그 소리를 또렷이 들을 수 있다. 여름날 마을 어디든 미국피나무 근처를 지난다면 폭포가 떨어지듯 시끄러운 소리가 들려올 것이다.

1860년 7월 18일

황갈색 날개에 짙은 반점이 있고 배에는 은색 반점이 있는 나비가 시리아관금관화Asclepias cornuti에 자주 찾아온다. 시리아관금관화가 있는 곳이면 어디나 이 나비가 보인다.

모나르다피스툴로사
Wild bergamot
(*Monarda fistulosa*)

1851년 7월 19일

나의 계절은 자연의 계절보다 느리게 순환하는 듯하다. 내 시간은 다르게 간다. 하지만 나는 만족한다. 빠르게 변화하는 자연과 내 안의 본성까지 나를 다그치는가? 들려오는 음악소리가 어떻든 가까이 다가가자. 내가 사과나무처럼 빨리 자랄 필요가 있는가? 참나무처럼?

미역취가 이미 봉오리를 맺었지만 서둘러 꽃을 피우게 할 수는 없다.

오늘 다가오는 가을 첫 오렌지 꽃을 발견했다. 뱅갈 호랑이 같은 이 뜨거운 색조는 무엇을 뜻하는가? 노란색이 태양빛을 많이 머금기는 하지만 이것은 정말 활활 불타는 태양이다. 올해 들어 이제 막 생산된 꽃이다. 아르벤스엉겅퀴 꽃에 벌과 나비가 날아든다. 요 며칠 나비들은 시리아관금관화에 떼지어 몰려들었다. 습지철쭉 꽃이 진 지 오래인데도 늪과 둑길에서 여전히 향내가 진동한다. 카롤리나장미는 아직도 주변 식물의 잎사귀에 꽃잎을 흩뿌린다. 섬세한 붉은색, 흰색 큰메꽃. 내가 기억하는 큰메꽃은 가장 순수한 아침 공기를 가득 머금고 이슬로 반짝거리는 술잔이다. 덕분에 이슬점을 알 수 있고, 이슬은 다른 버팀대를 찾으며 도르르 굴러간다. 허바드 다리 둑길에 자라는 미국당귀Angelica 근처에서 발견했다.

1854년 7월 19일

이리시폴리아참나무에서 수염뿌리로 엮은 개똥지빠귀 둥지

와일드 모닝 글로리
Wild morning glory
(*Calystegia sepium*)

를 발견했고 녹청색 알이 3개 들어 있었다. 호손 다리에서 50미터 정도 뒤쪽 오른편에 자라는 개망초는 지난달쯤에 새로 돋은 것 같다. 주걱개망초보다 잎이 얇다.

개망초
Daisy fleabane
(*Erigeron annuus*)

1860년 7월 19일

풍성한 마디풀Polygonum 화단 표면에 꽃이 피는 중이고 아룬
디나케움사초Dulichium가 얕은 물속에 빽빽하게 서 있다. 경작
지에 흰명아주Pigweed, 망초Butter-weed, 돼지풀Roman wormwood과
비름Amaranth 같은 잡초가 눈에 띄게 무성하다.

일부 미국수련의 잎 아랫면은 잎맥이 일정하게 갈라지고 짙
은 진홍색을 띠는데 웬만한 꽃과는 비교되지 않을 만큼 멋진
색이다. 수련 잎 아래 빨간색 거미가 헤엄치는 모습이 자연스
럽다. 이 붉은 캐노피, 진홍색 하늘 아래 헤엄치는 물고기를 상
상해본다. 이 진홍색 면이 뒤집어진 것을 보고 배(아마 강꼬치고
기 낚싯배)가 지나갔으리라 짐작할 수 있다.

수련 잎은 아주 사이좋게 붙어서 겹쳐져 있다. 베리에가타개
연의 잎 하나가 이웃 잎사귀 위에 있고 그 아래 또 다른 잎이
있다. 그런 잎 무리 한가운데, 커다란 연잎의 결각 사이로 뻗은
줄기 옆에 조그만 코르다타어리연꽃 꽃이(초록색 잎에 가느다란
방사형 잎맥이 보인다) 활짝 펼쳐져 있는 것을 자주 발견한다. 수
련 잎은 빨리 시들지만 금방 새 잎이 올라와서 펼쳐진다. 한순
간도 쉬지 않고 잎을 틔워 올리고 또 펼친다.

1852년 7월 20일

향기 좋은 조그만 풀이 온 들판에 돋아나고 있었다. 처음에는
블루컬이라는 사실을 눈치채지 못했다. 한 해가 이토록 진지
하고 규칙적인 탓에 이 식물이 정해진 시간이 될 때까지 오랜

돼지풀
Common ragweed
(*Roman wormwood, Ambrosia artemisiifolia*)

시간 참고 기다려야 한다니 좀 애석하다. 하지만 이제 블루컬은 어김없이 온 땅을 뒤덮고 비바람이 불더라도 그 익숙한 향을 뿜으며 연중 제게 주어진 시간을 장식한다. 늦게 핀 커다란 개망초 꽃 한 송이가 눈길을 끌었다. 디오이카쐐기풀은 그다지 눈에 띄는 풀이 아닌 듯하다.

아사벳 강가의 축축한 저지대에서 디오이카쐐기풀과 비슷하지만 더 매끄럽고, 완만한 모서리 네 개가 있는 식물을 발견했다. 실린드리카모시풀Boehmeria cylindrica인가? 강가의 프리비알레택사Water plantain의 꽃이 거의 졌다. 잎이 질경이와 비슷하다.

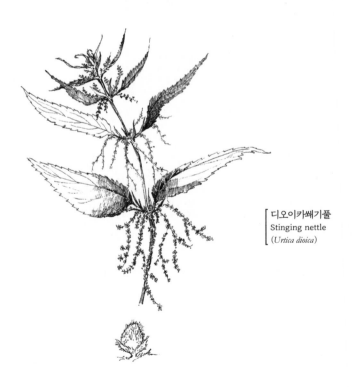

디오이카쐐기풀
Stinging nettle
(*Urtica dioica*)

실린드리카모시풀
False nettle
(*Boehmeria cylindrica*)

1851년 7월 21일

길가에 지저분한 메이위드Mayweed가 피었다. 무척 초라한 꽃
이다. 젖은 길가에 스카브룸조밥나물Rough hawkweed도 피었는데
꽃송이가 가을민들레Autumnal dandelion를 닮았다.

며칠 전 월든 호수에서 발견한 꽃은 버베나 하스타타Verbena
hastata로 보인다.

프리비알레택사
Nothern water plantain
(*Alisma triviale*)

1852년 7월 21일

코너 샘에 석양이 진다. 쌀먹이새가 갈라진 소리로 노래를 부른다. 아메리카 꾀꼬리는 하루에 한두 번 보인다. 린겐스물꽈리아재비Monkeyflower는 같은 강綱 식물 중에서도 무척 돋보인다.

1853년 7월 21일

배에 놓는 의자를 훔친 아이를 찾으러 페어 헤이븐에 갔다. … 페어 헤이븐 호수 입구는 그 어느 강보다 풍경이 아름답다. 자관백미꽃Asclepias incarnata의 다른 이름 워터 실크위드Water silkweed는 참 잘 어울린다. 강가 가장 축축한 땅에서 버튼부시Buttonbush, 버드나무와 함께 자라기 때문이다.

생명이 살아가는 터전일 때만 자연은 아름답다. 아름답게 살리라 다짐하지 않는 이에게 자연은 아름답지 않다.

코르누타통발Horned utricularia은 6월 16일까지만 해도 전혀 눈에 띄지 않았는데 지금 한창이다. 이 꽃과 큰고추풀류, 필리포르미스미나리아재비Filiform ranunculus, 그리고 란케오라타좁쌀풀Lanceolate loosestrife까지 함께 강변을 노랗게 물들였다. 서양가시엉겅퀴Spear thistle 발견.

코낸텀 호수 반대쪽 느릅나무 근처 루브라참나무 옆에서 버지니아바람꽃을 발견했다. 산비탈에 커다란 산딸기류가 잔뜩 빛나는 모습을 보고 놀랐다. 덤불들이 하나같이 풍성했다.

1859년 7월 21일

오늘 아사벳 강의 폰테데리아 코르다타가 아주 싱싱하고 선명한 푸른색을 뽐내며 *일치/감치* 전성기를 맞았다. 아주 어여쁜 광경이다. 화약 공장 근처의 강을 따라 조류Nesaea 꽃이 많이 피었었고 공장수로 입구에 아주 촘촘한 화단이 하나 있었다.

1852년 7월 22일

길가에 조그만 빨간색 나비로 덮여 있는 쑥국화Tansy가 눈에 띤다. 쑥국화는 재미없는 식물이 아닌데, 내가 너무 일찍 언급한 것 같다. 코너 길가에 자라는 잎이 미끈한 식물이 슬렌더초롱꽃Slender bellflower인가? 초록색 천남성Arum 열매와 *붉은* 연영초 열매를 발견했다. 잎겨드랑이에 꽃이 피는 라케모숩두루미꽃도 완두콩만한 동그란 초록 결실을 맺었다. 농부들이 초원에서 건초를 만들기 시작했다. … 대가지붉나무Rhus glabra 꽃은 노란 말벌과 나비로 가득 덮여 있으며 그렇게 꽃과 곤충이 함께 살아간다. 곤충이 꽃에 대해 얼마나 많이 말해주는지! 나 말고도 식물학자들이 있다. … 베이커 농장 늪에서 길리움 키르카에잔을 발견했다.

1860년 7월 22일

서쪽 비탈 옆 들판은 동서 양쪽으로 완만하게 경사가 졌고 그 가운데에 풀밭이 있다. 벽 위로 그쪽을 바라보면 흰전동싸리가 잘려나간 자리가 *짙은* 녹색이 되었지만 키 작은 하얀 꽃

불가레엉겅퀴
Bull thistle
(*Spear thistle, Cirsium lanceolatum=C. vulgare*)

대가지붉나무
Smooth sumac
(*Rhus glabra*)

송이는 아직 많이 남아서 벌이 찾아와 윙윙 거렸다. 들판 가장자리 후미진 곳과 풀밭에는 너비 20미터 정도의 레드톱 띠가 형성되어 있다. 낫이 닿지 않았고 아주 또렷한 색이다. 치자색에 가까운 노란색으로 밝고 산뜻한 메도 세지Sedge of the meadow도 보인다. 그리고 들판 위쪽 가장자리에 레드톱 띠가 먼젓번 것처럼 꽤 곧고 직선으로 이어진다. 꽤 낮은 저지대에는 청록색 곡식이 자란다. 들판 구석으로 더 들어가면 대단히 짙은 초록색 영역이 찬연한 빛 속에서 선명하게 빛난다. 이렇게 해서 대지에 무지개가 걸린다.

농부는 자기가 키우는 작물을 금전적인 관점으로 바라볼 뿐 얼마나 아름다운지 깨닫지 못한다. 이 조망은 실제 무지개만큼 흥미진진했다.

1853년 7월 23일

강에서 북쪽으로 거슬러 올라가면 버지니아물고추나물Elodea이 지천이고, 장미처럼 환한 붉은색의 렉시아Rhexia 꽃도 멀리 조그만 강섬에 피었다. 메도 뷰티Meadow beauty라는 멋진 이름으로도 불린다. 장미와 백합이 피었지만 그 못지않게 아름답고 눈부신 꽃이 아닐까? 며칠 전에 하스타타마편초 꽃이 피었다.

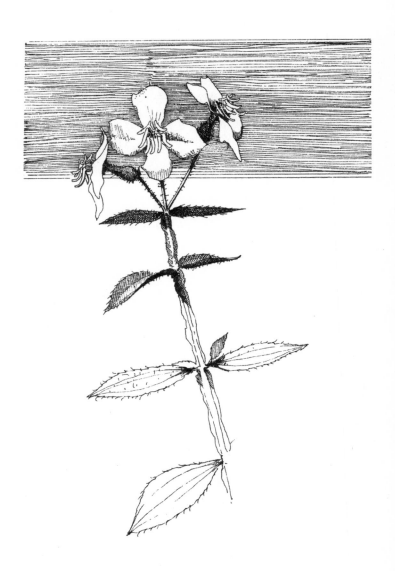

렉시아비르기니카
Meadow beauty
(*Rhexia virginica*)

하스타마편초
Blue vervain
(*Verbena hastata*)

1860년 7월 23일

강가를 따라 때늦은 카롤리나장미가 한창이다. 빛깔이 옅은 섬세한 꽃이 장미를 잊지 않게 해준다.

1853년 7월 24일

이 열기나 건조함과 봄은 정 반대의 계절이라, 봄이 언제였는지 아득히 멀게만 느껴진다. 4~5월에 자주 꽃을 찾아갔던 장소에 이제 갈 생각을 하지 않는다. 건조하고 황량한 가을이 되었기 때문이다. 촉촉한 수분의 시대는 끝났다.

오랜 기간 겨울의 눈이나 긴 봄비로 계절을 느꼈는데 이제 얼마나 변했는지! 돌아보면 그 역시 멋진 시간이었다. 지구의 정맥에 수분이 가득하고 모든 산비탈에서 제비꽃 꽃망울이 터져 나오는 시기.

1853년 7월 25일

그로노비새삼Dodder 꽃은 21일에 핀 듯하다. 블루컬, 미누스 우엉Burdock은 아마 어제. 아사 멜빈 소유지 근처, 뉴햄프셔 주에 있는 것과 비슷한 초원에 인디고Indigo 꽃이 아직 지지 않고 모여 있거나 점점이 흩어져 있다. 내가 알기로는 이곳에 가장 많다.

1854년 7월 25일

기다란 밤나무 꽃이 길에 떨어져 흩어졌다. 아직 캐나다장

대Arabis canadensis 꼬투리는 5센티미터에 못 미치고 여태 꽃이 피어 있다. 아메리칸 페니로열이 어제나 그제 핀 듯하다.

1856년 7월 25일

인플라타통발Whorled utricularia 꽃이 흐드러지게 피었다.

1853년 7월 26일

올해 필 꽃은 지금까지 열에 아홉이 다 핀 듯하다. … 프시코

인플라타통발
Floating bladderwort
(*Utricularia inflata*=*U. radiata*)

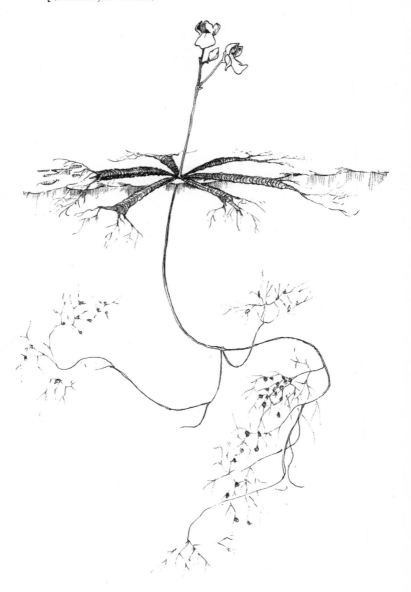

데스잠자리난초의 수상꽃차례는 아직 듬성듬성하다. 짐승이 나올 법한, 어둡고 축축한 동굴 같은 잡목림에 이 화려한 꽃이 조용히 서서 나를 지켜보는 모습을 발견하고 얼마나 놀랐던지. 향기가 무척 그윽하다.

1856년 7월 26일
미국흑삼릉Bur-reed 꽃 발견. 며칠 전에 핀 것 같다.

1852년 7월 27일
다양한 초목으로 뒤덮인 2미터 높이의 둑을 살펴보며 개천을 산책하니 무척 기분이 상쾌하다. 덴타툼분꽃나무Viburnum dentatum, 캐나다딱총나무, 노랑말채Red-stemmed cornel의 풍성한 초록색 열매가 둑에 옷을 입혀주었다.

자관백미꽃과 코르누티펭의다리가 나무 사이를 채웠다. *무엇보다* 물가에 드디어 붉은숫잔대가 피었고 강렬한 붉은색으로 배경과 대비를 이룬다.

1852년 7월 28일
풀을 깎은 들판에 키 작고 잎이 넓은 풀이 노랗게 덮여 있다. 6월처럼 공기가 상쾌하다. 이렇게 생긴 ∩ 커다란 보플류Sagittaria 꽃이 피었다. 수정처럼 하얀 넓적한 꽃잎이 3개 달려 있다.

1858년 7월 28일

담장 한구석에 서서 베이커 농장 서쪽 산허리에 자리 잡은 분홍색 영역을 바라보았다. 가로지르면 5미터 정도 거리를 덮은 분홍바늘꽃이었다. 안경을 끼고 보니 이끼처럼 촘촘해 보였지만 맨눈으로 보면 죽은 소나무 가지 같았다. 이 분홍색 꽃은 1킬로미터 밖에서 봐도 구분할 수 있다.

미국흑삼릉
Bur-reed
(*Sparganium americanum*)

1852년 7월 29일

 습지에 아직 호우스토니아 카에루레나가 남아 있다. 사과의 크기를 보니 추수할 때가 되었나 보다. 짧게 휜 가시와 좁은 포엽을 지닌 장미 몇 송이가 축축한 땅에 피어 있다. 페르폴리아툼등골나물Eupatorium perfoliatum 꽃이 이제 막 피기 시작했다.

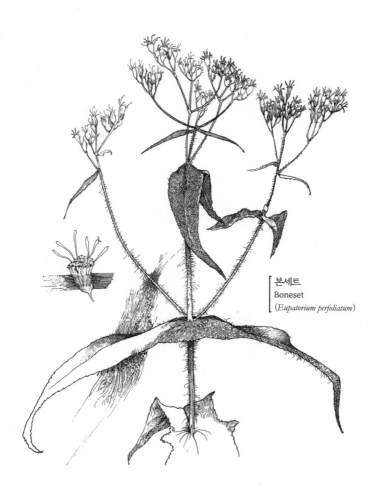

본세트
Boneset
(*Eupatorium perfoliatum*)

향기로운 블루컬과 돼지풀이 여기저기 돋았는데 특히 블루컬의 향기가 짙다. 기력을 찾게 해주는 풀들이다. 입맛이 떨어지고 기운 없는 여름날, 돼지풀로 입맛을 돋울 때다.

1853년 7월 29일

베르노니아 초원에서 캐나다박하의 푸른색 돌려나기 꽃이 무리지어 여기저기 한창 핀 것을 발견했다. 등골나물속Thoroughwort을 채취할 시기다. 붉은숫잔대도 지금이 전성기다. 미국부용Hibiscus이 채 꽃봉오리를 맺기 전에 건초 일꾼들은 그 목전까지 풀을 베고 있다. … 마른 도랑의 둑과 생울타리에 자라는 디바리카투스해바라기Small rough sunflower가 금세 나를 멀찍이 가을로 데려간다. 메마른 가을에 울릴 법한 귀뚜라미 소리도 들린다.

올해 돋은 미역취에게 그다음 단계가 남았다. 이 풀은 제초기를 피해서 자란다. 인간이 괴롭히지 않았다면 식물들이 어떤 장소를 선호했을지 우리는 모른다. 인간의 파괴행위를 피해 어디에서 가장 잘 자라는지 알 뿐이다.

터틀 소유지를 지나갔다. 아론의 지팡이Aaron's rod 꽃은 아직이다. 알레게니엔시스산딸기는 일주일 전부터 익기 *시작*했다. 조그만 헬리안테뭄 카나덴스Helianthemum canadense 꽃들이 눈에 띈다. 잎이 레케아 메이저Lechea major와 닮았다. 작년 가을에 꺾었을 때는 밑동에 서리가 앉았었고 이런 이유로 프로스트위드Frostweed라고 불리기도 한다.

캐나다박하
Horsemint
(*Wild mint, Mentha canadensis*)

헬리안테뭄 카나덴스
Hoary frostweed
(*Rock-rose, Helianthemum canadense=Crocanthemum canadense*)

1859년 7월 29일

덴타투스방동사니Cyperus dentatus가 초원의 딱딱한 모래밭에서 꽃을 피웠다. 지금 관찰하니 무척 흥미롭고 잘생긴, 밤색이 도는 밝은 자줏빛 면을 가진 납작한 수상화였다. 가을을 바라보는 색을 지닌 식물이다. 가까이서 보면 아주 단정하고 아름다운 꽃이다.

1852년 7월 30일

7월 중순에 피는 꽃들은 모두 가을을 떠오르게 한다. 한여름이 지날 무렵 우리는 뒤늦게 그동안 나태했다는 생각을 하고, 눈에 들어오는 모든 광경과 들리는 소리 하나하나에서 가을을 느끼고 싶어 한다. 중년의 인간이 삶의 마지막을 예상하듯이. 이제 텐지가 한창이고 수궁초도 아직 무성하다.

향매화오리Clethra alnifolia가 개화 중이고(흰 습지철쭉 꽃은 막바지다) 8월에도 그 아름다움을 감상할 수 있을 것이다. 늦게 피는

알레게니엔시스산딸기
Common highbush blackberry
(*Rubus allegheniensis*)

꽃 중에 주목할 만한 식물이다. 터틀 수문에 자라는 다육식물은 자주꿩의비름Sedum telephium인 듯하다. 지붕널에 꽂아두기만 해도 잘 자라기 때문에 하우스릭[9]으로도 불린다.

자주꿩의비름
Purple orpine
(*Live-forever*, *Sedum telephium*=*Hylotelephium telephium*)

1853년 7월 30일

팔마툼실고사리Climbing fern가 무성하다. 무척 아름답고, 가늘고 섬세한 양치식물로 큰잎조팝나무, 메일베리, 미역취 등의 줄기를 90센티미터 이상 감고 올라가는데 떼기가 쉽지 않다. 줄기 하단에는 아주 작은 영양엽이 무성하게 그늘을 드리우고 상단은 예쁘게 갈라진 포자엽이 햇빛을 받는다. 화환이나 화관에 어울릴 만큼 우리 양치식물 중 가장 아름답고 귀한 식물이다.[10]

1853년 7월 31일

퍼플 제라르디아Purple gerardia와 선형 잎이 달린 제라르디아가 내일이나 모레면 꽃을 피울 듯하다. … 내가 아는 꽃 중에 올해 아직 피지 않은 꽃은 40여 종이 채 되지 않는다.

1856년 7월 31일

베어가든 언덕을 지나가면서 보니 포터 소유지 옆 휠러 초원에 상구이네아애기풀Polygala sanguinea의 흰색 꽃이 셀 수 없이 피었고 빨간 꽃도 섞여 있었다. 도랑에서 25미터, 포터 울타리에서 15미터 정도 떨어진 곳에 바토니아 테넬라Bartonia tenella 꽃도 많이 보였다. 개화한 지 적어도 *며칠*은 지난 듯했다.

1852년 8월 1일

내가 미국층층나무Alternate-leaved cornel라고 부르는 식물의 동그란 열매가 아주 짙은 남색으로 익었다. 멀리서도 잘 보이는

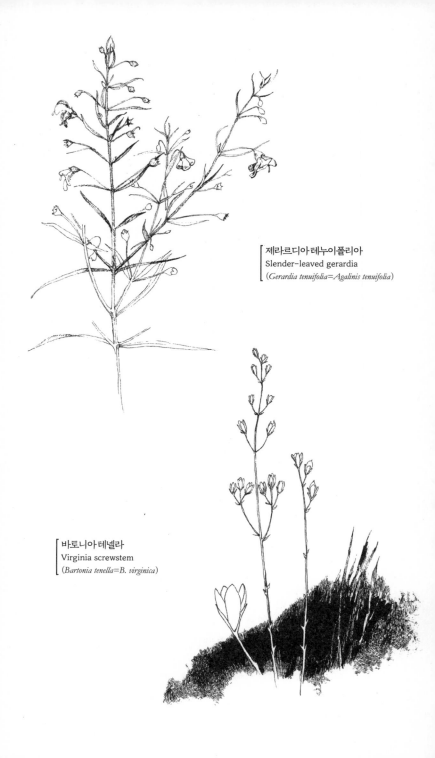

제라르디아테누이폴리아
Slender-leaved gerardia
(*Gerardia tenuifolia*=*Agalinis tenuifolia*)

바토니아테넬라
Virginia screwstem
(*Bartonia tenella*=*B. virginica*)

미국층층나무
Pagoda dogwood
(*Cornus alternifolia*)

예쁜 *빨간색* 취산꽃차례를 남겨두고 일치감치 열매부터 뚝뚝
떨어졌다. 큰자라송이풀Chelone glabra 꽃이 갓 피었다.

1854년 8월 1일

아피오스 아메리카나Groundnut 꽃이 활짝 피었다.[11]

아피오스 아메리카나
Groundnut
(*Apios americana*)

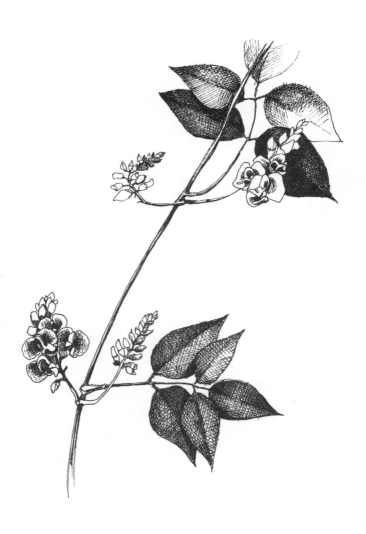

1855년 8월 1일

아메리칸 페니로열과 쥐털이슬Alpine enchanter's nightshade이 만개했다. 언제 피었을까?

1856년 8월 1일

그레이트 초원이 평소와는 딴판으로 약간 축축하다. 나는 신발을 벗고 맨발로 겨풀Cut-grass을 밟으며 3킬로미터 정도 걸어갔다. 겨풀은 예리한 톱처럼 상처를 낼 수 있으니 맨발로 밟거나 맨손으로 뽑지 않도록 조심해야 한다. 그곳에서 만개한 렉시아가 빽빽하게 피어 있는 화단을 보고 깜짝 놀랐다. 직경 5미터 정도의 얼음구릉에도 있었고 긴 두둑 위에서 양치식물과 란케오라타좁쌀풀Lysimachia lanceolata, 보플류 등과 함께 자라고 있었다. 밝은 장밋빛 꽃밭이 환상적인 풍경을 만든다. … 현재 들판에서 가장 풍부한 색감을 자랑한다. 하지만 풀을 베어 건초를 만드는 일꾼이나 초원 위를 날아다니는 새를 제외하면 이 완벽한 광경을 구경하는 이는 거의 없다. 그들이 아니었다면 이 화려한 깃발은 헛되이 펼쳐졌을 것이다.

1860년 8월 1일

강둑을 따라 늘어선 버드나무와 버튼부시, 마디풀은 밝은 초록색이지만 강변과 맞닿은 저지대 초원에는 밝고 생생한 노란색 사초가 만발했다. 그림에서는 절대 볼 수 없는 놀랄 만큼 환한 색이다. 색조도 다양해서, 지대가 가장 낮고 사초가 무성한 곳은 치자색 물감을 문지른 듯 색이 짙어졌다. 노란색 사초바다 한가운데에는 약간 짙은 초록색 섬이 그늘을 지우며 대단히 활기찬 색감을 뿜낸다.

봄처럼 밝고 쾌활한 이 노란색에는 조금도 가을이 담겨 있지 않다. 무성하던 레드톱이 낫 아래 빠르게 쓰러지고 있는 바로 옆 레드톱 들판과는 얼마나 대조적인지!

1852년 8월 2일

서양고추나물Common St. John's wort은 이제 찾기 힘들다. 붉어지는 붉나무류 열매가 보기 드물게 아름답다. 진홍색인가 주황색인가? 부러진 가지에 달려 있는 이파리들은 붉게 변했다. 등심붓꽃은 아직 남아 있다. 그로노비새삼은 꽃이 진 것일까 봉

등심붓꽃
Blue-eyed grass
(*Sisyrinchium spp.*)

오리를 맺은 것일까? 개천 옆 그늘진 저지대에서 프시코데스잠 자리난초가 피면서 새로운 꽃의 시대가 열렸다. 이 꽃은 단일 품종인 것 같다. 아레투사처럼 선명한 색은 아니지만 꽃이 무척 많이 핀다.

1854년 8월 2일

지금 저녁 산책을 하며 사색에 잠기고 싶다. 우리는 봄에는 아침을, 가을에는 저녁을 떠올리는 것 같다.

허바드 길을 걸을 생각이다. 큰자라송이풀 꽃이 이틀 전쯤 핀 듯하다.

1856년 8월 3일

인플라타통발이 하루 종일 피어 있다.… 홀든 늪 기슭에서 마일스 늪으로 가는 길에 미국층층나무Pagoda dogwood 열매가 익었다. 꽃은 개방형 취산꽃차례로 피며 흐릿한 푸른색이고 약간 납작한 구형이며, 위쪽에는 숙존성 암술머리가 있다. 다른 곳과 마찬가지로 꽃은 거의 졌다. 하지만 요정의 손가락을 펼친 듯한 붉은 꽃자루가 꽃보다 훨씬 아름답다. 어딘가 경쾌하고 솔직하면서도 마녀 같은 느낌을 주는 나무다.

1851년 8월 4일

이제 털조팝나무와 큰잎조팝나무의 시대다. 내 생각에 털조팝나무는 손꼽힐 만큼 아름다운 꽃이다. 지저분한 메이위

프시코데스잠자리난초
Small purple fringed orchis
(*Platanthera psycodes*)

큰자라송이풀
White turtlehead
(*Chelone glabra*)

버지니아깨풀
Three-seeded mercury
(*Acalypha virginica=rhomboidea*)

드 꽃도 길가에 피어 있고 들판에서 옵투시폴리움왜떡쑥Sweet everlasting 향기를 맡았다. 가뭄으로 풀이 말랐다.

1852년 8월 4일

길가 도랑에서 돼지풀과 비름을 약간 닮은 풀을 발견했는데, 무엇일까?(버지니아깨풀Acalypha virginica, Three-seeded mercury)

1854년 8월 5일

지금 강둑은 가장 흥미로운 상태다. 한쪽에는 개발나물Sium suave 산형꽃차례가 높이 매달려 펼쳐져 있고 폰테데리아 코르다타는 한창때를 지났으며, 미국수련은 아직 수가 줄지 않았고 코르다타어리연꽃이 꽃을 피웠다. 다른 쪽에는 니그라버드나무Salix Purshiana 잎이 무성하지만 약간 바삭해졌고 열기 때문에 갈색이나 노란색으로 변했으며, 버튼부시 꽃이 활짝 피었고 미카니아 스칸덴스 꽃이 하얗게 땅을 덮었다. … 미카니아 스칸덴스 꽃이 피고 폰테데리아와 수련 잎, 버드나무가 갈변하기 전, 초원의 풀을 베기 전에 강가는 가장 완벽한 상태다. 하지만 이제 폰테데리아 잎과 수련 잎은 *대부분* 갈색이나 검은색으로 변했다.

사실 7월의 열기가 찾아오면 가을이 시작된다. 앉은부채, 비

버튼부시
Buttonbush
(*Cephalanthus occidentalis*)

리데박새, 캐나다두루미꽃, 폰테데리아, 수련이 우리를 가을로 안내하는 듯하다. 겨울에서 한여름까지는 정말 긴 치받이였는데 한여름에서 겨울까지 또 긴 내리받이가 이어진다.

통발이나 인플라타통발은 거의 보지 못했지만 강의 입구부터 끝까지 양쪽에 푸르푸레아통발Purple utricularia이 아주 풍성하게 피었다. 페어 헤이븐 남서쪽의 넓은 수련 잎 밭은 이 꽃들로 선명한 자주색이 되었다. 수생식물 치고는 특이하게 강한 색조를 지녔다.

1855년 8월 5일

지금 꽃을 피운 비올라세아싸리Lespedeza violacea의 잎은 타원형이고 꽃은 2.5센티미터 정도다. 와이먼 소유지에서 100미터쯤 떨어진 곳에 언제인지 조그만 흰색 원지류Milkwort 꽃이 피었다. *올해 아주 흔하게 눈에 띄는 꽃이다.*

1856년 8월 5일

비턴 절벽 근처 밭의 폐가에서 선명한 큰땅빈대Euphorbia maculata 여러 포기가 다른 풀 가운데 반쯤 서 있었다.

1858년 8월 5일

춥고 흐린 날씨, 비오고 무더운 날씨가 며칠 계속 되다가 마침내 오늘 아침 갰다. 지금 불어오는 서풍이 시간을 조금은 되돌려주지 않을까. 강물이 계절에 맞지 않게 유독 수위가 높고

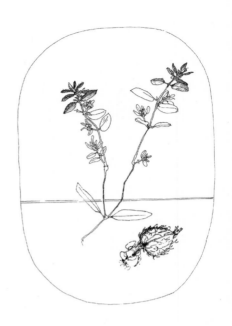

큰땅빈대
Eyebane
(*Euphorbia maculata*)

지금은 꽤 잔잔하다. 폰테데리아 코르다타가 한창이다. 버튼부시는 약간 시기가 지난 듯하다. 동그란 꽃송이 위쪽 반 정도가 빛을 받으니 갈색으로 보인다. 늦은 꽃을 피운 장미 덤불이 아직 초원 여기저기에서 눈에 띈다. 미카니아 스칸덴스 꽃이 피기 시작하는 모습을 한두 군데에서 겨우 보았다. 높은 수위 때문인지 미국수련이 평소보다 적어 보인다. 독특한 붉은 색조를 띤 워터 밀크위드Water milkweed 꽃이 장미처럼 강가를 따라 피었다. 큰고추풀류Gratiola, Hedge-hyssop가 곳곳에 노란색을 칠했다. 강가의 평평한 지대에서 붉은색 히스피드 아스페라석잠풀Hispid hedge-nettle 꽃을 발견했다.

개발나물이 다른 풀들 위로 하얀색 꽃이 핀 산형꽃차례를 들어올리기 시작했다. 푸르푸레아통발Purple utricularia이 수면을 군데군데 보랏빛으로 물들였다. 통발 중에서 가장 흔한 품종이다. 사이러스 호스머 초원 서쪽, 줄지어 자라는 버드나무 너머로 멋진 수련들이 보인다. 대부분 오전 10시가 지나야 꽃잎을 펼친다. 그중 하나가 수면에 꽃받침잎을 활짝 열고 있었지만 꽃잎은 끝이 살짝 구부러진 오목한 잎에 싸여 여전히 원뿔모양으로 닫혀 있었다. 노로 꽃잎을 건드리면 단번에 펼쳐진다.

레인보우 러시 호숫가에서 직경 15센티미터 정도의 수련 한 송이를 뽑았다. 꽃받침잎과 꽃이 길고 가늘고 좁았다(다른 것들은 보통 짧고 넓고 둥글다). 꽃받침잎 네 개의 얄따란 가장자리는 보통 그렇듯 하얬지만 붉은색일 때도 있다. 꽃잎은 네 줄에 총 25개 정도 달려 있다. 가장 바깥 열에 어긋나기로 난 네 개 꽃잎은 꽃잎들과 꽃받침잎 사이에 장밋빛 줄을 긋는다. 꽃받침잎과 바깥 열 꽃잎 모두 위 아래로 7~8개의 어두운 줄이 평행하게 그어져 있다. 위에서 수련을 보면 가운데가 노란 순백색의 별 같다. 중심부에 있는 짧은 꽃밥은 치자색이다.

페어 헤이븐 호수에 도착해 아스터 마크로필루스Aster macrophyllus의 향기를 느꼈다. 메인 주나 뉴햄프셔 주 북부에서 맡았던 것과 *약간 비슷한* 희미한 향이다. 왜 우리 위도 근방에는 이 식물이 많이 자라지 않을까? 웹스터 개천에서 처음 뽑았을 때는 몰랐지만 그것은 정원에서 재배하는 향초였다. 여기서 끈기 있게 냄새를 맡으면서 희미하게나마 꽃을 더듬어볼 수 있다.

오늘 *가장* 돋보이는 꽃은 한창 피어 있는 푸르푸레아통발이다. 특히 페어 헤이븐 호수 위쪽에 다른 통발보다 훨씬 무성하게 자랐다. 강물이 유입되는 장소 바로 아래쪽 평지에 있는 독특한 내포에 한가득 피어 있으니 나는 이곳을 푸르푸레아통발 내포라고 불러야겠다. 세어보니 30평방 센티미터 이내에 꽃 열두 송이가 물 위로 2.5~5센티미터 정도 올라왔고 사방으로 60미터 정도를 자줏빛으로 물들였다. 나는 지금도 이 꽃의 색을 알아볼 수 있다. 꽃봉오리는 어둡거나 짙은 자주색이다. 올해 유난히 많이 보인다.

1852년 8월 6일

습한 잡목림의 서늘하고 어두운 그늘이나 외딴곳에 시리아관금관화와 푸르푸레움등골나물Trumpetweed 꽃이 돋보이며 배경과 대비를 이룬다. 버드나무 아래 그 붉은 꽃들이 눈에 띄었고 어두운 땅 곳곳에 오리나무가 자랐다. 빨강 꽃 옆에 있는 파랑 꽃은 더욱 도드라진다. 나는 지금 하스타타마편초에 마음을 빼앗겼다. 위로 솟는 듯한 하스타타마편초 꽃 고리 속에서 흥미진진한 역사가 이어진다. 하스타타마편초는 이야기를 품고 있다. 피부에 덮인 정맥이나 동맥은 푸르게 보이고, 멀리서 볼수록 풍경은 더 아름답지 않은가? 도저히 설명하기 힘들만큼 감동적인 풍경이다.

이제 뒤늦게 피는 새 꽃은 별로 없는 듯하다. 풍성하게 결실을 맺은 작은 열매들이 그 자리를 대신한다. 여름은 이제 옛 이야기다.

축축한 산길과 개울가에 키 큰 잡초가 무성하다. 나는 개천을
따라 걸으면서 바위 사이에 솟아 있는 붉은숫잔대를 바라보는
것을 좋아한다. 이렇게 트여 있지만 어두운 지하실 같은 숲에
서 그 환한 진홍색은 더욱 눈길을 끈다. 수상꽃차례가 길고 빽
빽한 프시코데스잠자리난초는 꽃이 전부인 식물 같다. 다른 식

린겐스물꽈리아재비
Allegheny monkey flower
(*Mimulus ringens*)

물의 잎사귀 위로 꽃밖에 보이지 않기 때문이다. 잎은 부차적인 존재이고 꽃과 색채만 돋보이는 이 독특한 꽃은 여기 있는 녀석이 올해 마지막이 아닐까? 이곳 저지대에서 짙게 그늘진 장소에 예쁜 린겐스물꽈리아재비가 많이 피었다. 이런 곳에 와보면 많은 꽃들이 막바지일수록 돋보인다는 사실을 깨닫는다. 길을 그저 걷기만 하는 사람은 이런 광경을 목격하지 못한다.

1853년 8월 6일

널찍한 해바라기 꽃이 정원에 핀 지 며칠 지났다. 진정한 꽃의 태양, 8월의 왕이다. 해바라기, 아스터, 미역취 홑꽃 등 8월과 9월의 꽃은 대부분 태양과 별을 닮지 않았는가? 나는 쥐가들어와 살던 냄비만큼 커다란 꽃을 본 적이 있다.

1855년 8월 6일

스파에로카르푸스여뀌바늘Ludwigia sphaerocarpus 꽃이 핀 지 일주일쯤 되었다. 이 꽃을 보려면 호숫가에서 풀을 헤치며 걸어야 했는데 발이 메도 그래스Meadow grass에 베여서 쓰라렸다. 그곳에서는 장화가 필요하다.

조그만 싸리Lespedeza 꽃이 보였다. 언제 피었을까? 내가 거닐던 이 멋진 초원의 호수에서 무성한 큰고추풀류가 개화했다. 조그만 존스워트와 버지니아물고추나물, 란케오라타좁쌀풀, 보플류, 조그만 아파리노이데스초롱꽃Climbing bellflower, 그리고 좀더 건조한 땅에는 캐나다박하까지 모두 꽃을 피웠다.

1853년 8월 7일

　애기미나리아재비가 아직 남아 있고 베로니카개불알풀, 슬
렌더초롱꽃Slender bellflower은 물론 호우스토니아 카에루레나도
보였다. 아주 작은 존스워트 두 포기의 잎이 붉어졌다. 올 들어
존스워트가 무척 풍성하게 자라서 들판을 노랗게 덮었다. 모래
밭 군데군데 블루컬이 비에 쓰러져 흩어져 있었다. 언젠가 비

아우레아큰고추풀
Golden hedge-hyssop
(*Gratiola aurea*)

탈길을 걷다가 아메리칸 페니로열 향기를 맡았다. 한참을 찾다가 발밑에서 조그만 풀 딱 한 포기를 발견했다. 어제 초원에서 한 아이가 허클베리를 쏟는 모습을 보고 나는 대자연이 그 아이를 이용해 씨앗을 퍼뜨린다는 생각이 들었다. 쏟은 열매를 그대로 놓아두고 한 바구니 더 따라고 말해주고 싶었다. 올해 허바드가 불로 태운 습지에 분홍바늘꽃 세 종류와 붉은서나물Erechthite이 자라났다. 이제야 진정한 불의 풀을 본 듯하다.

자연에 존재하는 만물이 언어와 마찬가지로 시인에게 영향을 준다. 시인이 꽃이나 그 밖의 다른 대상을 보고 아름답다고 느끼거나 감흥을 받는 이유는 그것이 시인의 생각을 상징하기 때문이고 그가 어렴풋이 인지하는 대상은 다른 체계 속에서 성숙했다. 내가 바라보는 사물은 내 기분과 일치한다.

1854년 8월 7일

리아트리스Liatris를 발견했다. 산들바람 속에 차가운 기운이 어린 것을 보니 한층 가을에 다가선 듯하다. 바람 부는 서늘한 곳에 있다가 따뜻한 데로 가면 여름의 열기를 사랑하게 된다. 따뜻한 태양과 차가운 바람은 그렇게 대비를 이룬다. 나는 레케아 메이저가 자라는 들판을 걸어갔다. 얇은 옷차림에는 날씨가 서늘하게 느껴졌다. 닦아서 광을 낸 듯 땅과 잎이 빛에 반짝인다. 여름 속에서 반짝이는 가을의 단면이다.

미풍 속에서 내 생각을 긴장시키는 서늘한 기운을 느꼈고, 여름의 열기가 남아 있는 아늑하고 양지바른 곳을 기분 좋게 지

붉은서나물
Fireweed
(*Pilewort, Erechtites hieraciifolia*)

나쳤다. 지금 어떤 친구와 멀어지고 있는지 깨달았다. … 여름의 반대편은 윤을 낸 방패처럼 반짝인다. 쑥국화 꽃이 흐드러지고, 준케아미역취Early goldenrod가 더욱 환한 광채를 발한다.

1852년 8월 8일

노스 강가에 이제 막 캐나다박하, 보플류, 붉은숫잔대, 푸르푸레움등골나물이 개화했다. 개발나물, 라테리폴로라골무꽃Lateriflora, 린겐스물꽈리아재비, 그리고 또, 또…. 인간은 무엇도 발견하는 법이 없고 작은 것 하나도 관찰하지 않으며, 뜻밖

보플류
Arrowhead
(*Sagittaria latifolia*)

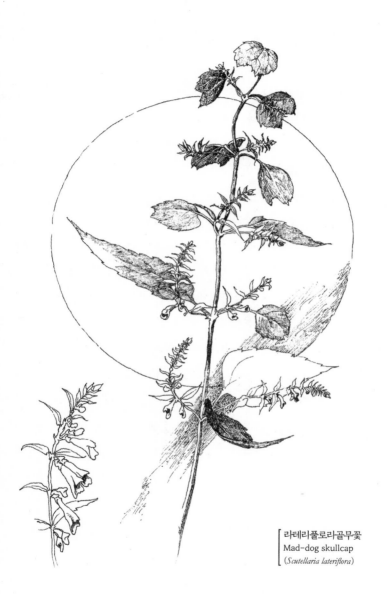

라테리폴로라골무꽃
Mad-dog skullcap
(*Scutellaria lateriflora*)

에 얻은 즐거움으로 사실을 알게 될 뿐이다. 그러므로 권력자들은 모든 발견을 칭송한다. 다람쥐가 개암나무 열매를 게걸스럽게 먹어치운다. 루핀 꽃이 다시 피었다.

1855년 8월 8일
블루컬이 핀 지 얼마나 되었을까? 오래되지는 않은 듯하다.

1858년 8월 8일
초원에서 풀 베는 일꾼들이 검게 익은 커다란 타원형 앉은부채 열매를 반으로 갈라놓았다. 육두구Nutmeg 열매 강판처럼 거친 열매 알맹이가 수없이 드러났다. 나는 이른 봄에 핀 꽃이 했던 약속을 거의 잊고 있었다. 주변의 풀 속에 묻혀 잎사귀가 썩어가는 꽃들은 사람들에게 잊혔지만 꾸준히 열매를 성숙시켜왔다. 앉은부채의 불염포 속에서 벌이 노래하는 소리를 들은 이후 우리는 생각 속에서 얼마나 멀리까지 헤매왔는지!

이 검고 못생긴(?) 온갖 열매들 속에 예쁜 점이 찍힌 뿔이 우리 눈길을 사로잡았던 때를 기억하기도, 또 믿기도 어렵다. 앉은부채는 대부분 낮게 누워 있었던 덕분에 낫을 피했다. 내 친구들은 이 열매가 무엇인지 감도 잡지 못했고 파인애플이나 그 비슷한 것이리라 생각했다. 열매를 집에 가져와서 일주일간 두었더니 시들어서 부드러워졌기에 깨서 열어보니 언뜻 바나나처럼 좋은 향이 났고 먹을 수 있을 듯했다. 하지만 한참 후 조금 맛을 보았다가 입천장이 까졌다.

연못 근처 노봉백산차 늪에서 블레파리글로이데스잠자리난 초White fringed orchis 꽃을 잔뜩 발견했지만 *한창때를 지났고* 싱싱한 꽃은 거의 보이지 않았다. 이 식물은 물이끼로 가득한 늪의 일부가 된 것 같다. 높이는 40~50센티미터 정도이고 초록색이 만연한 늪에서 하얀 수상꽃차례가 무척 돋보였다. 잎은 좁고 반쯤 접혀 있으며 거의 눈에 띄지 않는다. 녀석은 이 차가운 습지를 사랑하는 듯하다.

1853년 8월 9일

계절은 피할 수 없이 가을을 향해 간다. 디바리카투스해바라기를 봐도 이제 놀랍지 않다. 예전에 비해 들판에 노란 빛깔이 많이 보인다. 지금 앉아 있는 피터 소유지 앞 그레이트 들판에서 뻣뻣한 풀(베어낼 가치가 없는) 위로 솟아 있는 쥰케아미역취 꽃이 어찌나 아름다운지. 해바라기처럼 샛노란 색이 아니라 첨탑이나 짚단 모양을 한 금빛 구름이나 안개 같다. 꽃을 지탱하는 꽃술대는 잎에 덮여 거의 보이지 않지만 나뭇가지 하나 없이 가늘고 길게 솟은 느릅나무 줄기처럼 뻗어 사방으로 늘어진다. 이 꽃은 대단히 오묘하면서도 풍부하고 부드러운 황금빛을 들판에 드리운다. 윤곽이 흐릿해서 더욱 아름답다. 이들은 한쪽 방향만 비추는 불기둥, 구름기둥이다.

1853년 8월 10일

헤이우드 봉우리에서 꽃이 거의 진 캐나다장대를 발견했다.

지금껏 한 번도 보지 못한 식물이다. 오래된 나무를 벤 자리에서, 예전에 거기 있었다가 사라졌을 새 식물이 돋아나고 있다. 지금은 숨 막혀 죽었지만 이런 곳에서 수많은 희귀식물들이 몇 년 동안 번성했었다.

1854년 8월 10일

코넌트 과수원 남서쪽 방향으로 100미터 근방에 퍼플 그래스Purple grass가 덮인 영역을 발견했다. 그 풀밭 덕분에 숲 옆 비탈에 30미터 정도 줄무늬가 생겼다. 색이 선명해서 관심이 갔지만 렉시아 밭처럼 아주 밝지는 않았다. 풀을 직접 관찰해보니 길이는 30센티미터에 약간 못 미쳤고 길쭉한 초록색 잎이 몇 개 달렸으며 가느다랗게 펼쳐진 자줏빛 꼭대기에 씨가 맺혀 있었다. 하지만 가까이서 보니 칙칙한 자주색이었고 그렇게 눈길이 가지는 않았으며, 폭이 좁은 풀은 잘 보이지도 않을 정도였다. 하지만 50미터 이상 떨어져서 햇빛을 잘 받을 때 보면 멋지고 생생한 자줏빛으로 대지를 꾸며주었다.

1858년 8얼 10일

지금이 전성기이거나 약간 때를 지난 듯한 수정난풀Indian pipe이 많이 보였고 구상난풀Pinesap 얘기를 들었다. 수정난풀은 항상 균류와 함께 자라고 뗄 수 없는 관계이며(꽃과 균류 사이의 일종의 연결고리다) 무척 흥미로운 식물이고, 싱싱할 때는 자세히 관찰해볼 만하다. 아사 그레이는 수정난풀에 냄새가 없다고 말하지만 내 생각에는 풀 전체에서 달콤한 흙냄새가 난다. 이곳 참나무 숲에는 낙엽이 가득 덮인 땅에 5~20센티미터까지 길이가 다양한 수정난풀이 12~30종가량 최대한 가까이 붙어서 자란다. 어릴수록 다른 녀석들과 바싹 붙어 있다. 모두 긴 덮개 아래 꽃부리를 아래로 겸손하게 숙였다. 꽃송이 직경이 5센티미터 이하의 수정난풀 약 25종이 마른 나뭇잎을 밀치며 자란다. 주변 나뭇잎들은 이들을 받쳐주려고 수북하게 쌓인 듯하다. 생기가 거의 없는 그늘에서 살기 때문인지 더욱 섬세하고 연약해

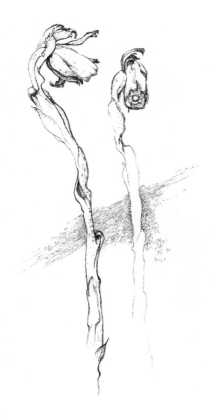

수정난풀
Indian pipe
(*Monotropa uniflora*)

보인다. 아주 가냘프고 반쯤 벗겨진 분홍빛 줄기에 반투명한 수정 같은 인편엽이 달려 있으며 꽃잎 아래 가장자리를 제외하고(꽃송이가 아래를 보고 있을 때) 벗은 몸에 자줏빛 동맥이 비치는 듯 짙은 자줏빛이 돌았다.

1860년 8월 10일

허바드 길, 묘지 위쪽 숲, 그리고 그레이트 초원에 캐나다골풀Juncus paradoxus 꽃이 피었다. 키가 크고 늦게 꽃을 피우며 끝이 구부러진 고수골풀속 식물로 개화한 지 10일쯤 된 듯하다.

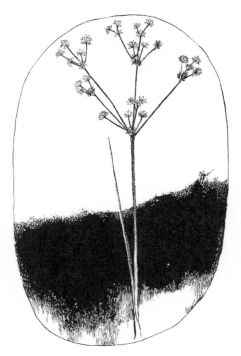

캐나다골풀
Marsh rush
(*Juncus paradoxus*=*J. canadensis*)

1852년 8월 11일

코너 샘 근처에 꽃봉오리를 맺은 키 큰 식물은 무엇일까? (큰 자라송이풀) … 아스터 코림보수스Aster corymbosus가 코너 샘 뒷길과 마일스 늪에 피었다.

1853년 8월 11일

코낸텀 고지대에서 아메리칸 페니로열을 꺾다보니 해질 때가 다가왔다. 그루터기에 블루컬과 함께 핀 것을 발견하자마자 한 손 가득 따서 향기로운 꽃다발을 만들었다.

아스터 코림보수스
White wood aster
(*Aster corymbosus=Eurybia divaricata*)

오후 시간이 끝나가면서 물은 잔잔해지고 그림자가 길어졌으며 일몰까지는 30분 정도 남았다. 하루 중 이 시간이 유독 특별한 이유는 무엇일까? 이제 막 대기 중에 응결하기 시작한 이슬 덕분인가, 아름답게 길어지는 그림자의 풍광 덕분인가?

1858년 8월 11일

아돌푸스 클라크 소유지 뒤쪽의 자두 길을 걸어갔다. 이 길에는 독특한 식물들이 자란다. 캐나다갈쿠리Desmodium canadense 수상꽃차례에 자주색 꽃이 아주 풍성하게 달리며 전성기를 맞았다. 데스모디움, 즉 도둑놈의갈고리속 중에 가장(?) 눈에 띄는 품종이다. 데스모디움 길이라고 부르는 편이 나을 듯하다. 디바리카투스해바라기와 안드러사에미폴리움수궁초도 잔뜩 꽃을 피웠고 안드러사에미폴리움수궁초에는 열매도 맺혔다.

1856년 8월 12일

무어 늪 한쪽 둑에 자라는 아스터 파텐스Aster patens는 꽃이 아주 잘생겼다. 꽃송이가 크고 약간 자줏빛이나 보랏빛이 돌며, 3~15센티미터 길이의 꽃자루 끝에 꽃이 4~5개 달려 있다. 줄기 어디에 달려 있느냐에 따라 꽃이 아주 잘 보이기도 한다. 큰자라송이풀도 발견했다.

일몰 무렵 달맞이꽃이 피는 것을 보았다. 꽃부리가 갑자기 반쯤 열리더니 빠르게 펼쳐졌다. 꽃받침잎이 잽싸게 튀어 올랐다가 내려온다. 금세 꽃부리가 완전히 평평해졌고 서늘하고 고요

스프레딩 도그베인
Spreading dogbane
(*Apocynum androsaemifolium*)

한 빛과 공기를 느끼고 기뻐하는 듯했다.

1858년 8월 12일

색이 선명하며 줄기가 가느다란, 아주 잘생긴 퍼플 그래스는 건조하고 척박한 땅에서 오히려 잘 자란다. 건초 베는 일꾼들이 굳이 낫을 휘두르지 않는 초원 가장자리 바로 위쪽이나 언덕 아래쪽 말이다. 일꾼들은 건초를 만들 목초와 가장자리에 있는 기름진 풀을 꼼꼼하게 베어갔지만 이 조그만 자줏빛 안개는 나그네의 몫으로 남겨두었다.

1853년 8월 13일

미국부용이 손가락 길이 정도의 큼직한 원통형 꽃봉오리를 빠르게 펼치기 시작했다. 느슨하게 말아놓은 분홍색 여송연 같다.

1856년 8월 13일

향기로운 약초가 무성해질 때가 아닌가. 폴리갈라 뿌리, 블루컬, 돼지풀, 아메리칸 페니로열, 오도라미역취Solidago odora, 디바리카투스해바라기, 캐나다박하 등. 우리 계절에는 이런 강장제가 필요하다.

1854년 8월 14일

오후 3시. 에드워드 호어와 팔마툼실고사리를 보러 갔다.

엉켜 있는 팔마툼실고사리를 온전하게 풀어내려면 아주 조

미국부용
Swamp rose mallow
(*Hibiscus moscheutos*)

심스럽게 만져야 한다. 가끔 잎에 다른 식물의 잎과 열매가 반반씩 딸려오기 때문이다. 에드워드는 G. 브래드포드에게 잎을 보내서 미국에 여전히 태양이 빛나고 있음을 알려주자고 했다.

1858년 8월 14일

오후에 코르누티꿩의다리를 발견했다. 수술대(꽃받침잎도 포함인가?)는 곤봉모양이고 과피는 밝은 자줏빛이며 아주 화려하다.

1851년 8월 15일

붉은 씨주머니를 보면 캐나다고추나물Canadian St. John's wort을 구분할 수 있다. 현미경으로 꽃잎을 관찰하니 황금색 이슬을 뿌린 듯 반짝였다.

푸밀룸엉겅퀴Pasture thistle를 관찰한다. 풀 한 포기가 얼마나 많은 곤충을 끌어들이는지. 그 옆에 있으면 내가 그늘을 지우고 있어도 아랑곳하지 않고 꿀을 찾는 벌들이 날아와서 한 짐 가득 꽃가루를 싣고 간다. 벌은 멀리서도 보라색 꽃을 발견하며, 꽃에 색이 있는 것도 그런 이유이다.

초원과 곡식밭에 자라는 선괭이밥Oxalis stricta의 잎은 세 갈래로 갈라진 모양이고 꽃은 작고 노랗다.

카펜시스봉선화Impatiens capensis의 노란색 주머니 또는 뿔이 달랑거렸다. 축축한 둑길 덤불에서 본 지 한 달이나 되었지만 꽃 전체가 아주 연약하고 금세 아래로 처지는 바람에 집에 가져오지 못했다.

1854년 8월 15일

버튼부시가 거의 완전히 시든 탓에 멋진 강변 풍경을 감상하기에는 너무 늦어버렸다. 완벽한 풍경은 미카니아 스칸덴스 꽃이 피고 나서 버튼부시 꽃이 지기 전에 볼 수 있다. 미처 늦었다고 느끼기 전에, 목초지의 풀을 베기도 전에 언덕과 풀밭의 풀은 이렇게 시들어서 적갈색이 된다.

1852년 8월 16일

네이선 바렛 소유지에 미국부용이 개화한 지 일주일쯤 된 듯

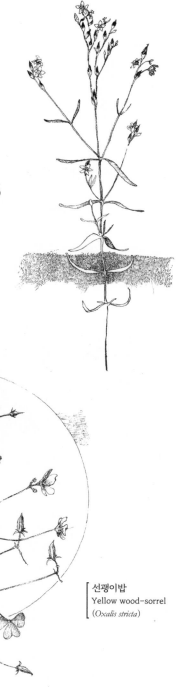

캐나다고추나물
Canadian St. John's-wort
(*Narrow-leaved St. John's-wort, Hypericum canadense*)

선괭이밥
Yellow wood-sorrel
(*Oxalis stricta*)

카펜시스 봉선화
Jewelweed
(*Touch-me-not, Impatiens capensis*)

하다. 나는 이 꽃이 8월에 피는 꽃 중 가장 화려하고 다채로우며 돋보이는 색을 지녔다고 확신한다. 해바라기처럼 눈에 확 띄지만 더 희귀한 색이다. 접시꽃Hollyhock처럼 '옅은 장밋빛이 도는 자주색'이라고들 한다. 놀라울 정도로 색깔이 다양하며, 줄기가 미카니아 스칸덴스로 휘감긴 채 버드나무나 버튼부시 틈에 불쑥 튀어나와 있기 때문에 별개의 꽃인지 언뜻 믿기지 않는다. 계절이 8월의 나날을 장식하려고 갖은 애를 쓰는 것을 보여주듯 큼직하고 보드라운 꽃을 바라보며, 이 식물이 있는 곳 근처의 물가에서 발견했던 크고 나긋나긋한 나방Actias luna을 떠올렸다.

털향유G.bifida 꽃이 키스 소유지 근처 길가에 피어 있다. 얼마나 되었을까? 아스페라석잠풀Common hedge nettle 꽃과 닮았다.

털향유
Common hemp nettle
(*Galeopsis tetrahit, G. bifida*)

1854년 8월 16일

존 러셀과 팔마툼실고사리를 보러 갔다.

1856년 8월 16일

브락테아타새콩Amphicarpaea이 개화한 지 시간이 좀 지난 듯했고 꼬투리 길이가 2센티미터 정도였다. 린겐스물꽈리아재비는 1.2미터, 큰자라송이풀은 1.8미터까지 자랐다.

불스 길과 레플먼 소유지 아래 북쪽 길가에 오피시날레섬꽃마리Cynoglossum officinale 꽃이 핀 지 오래였고 대부분 한창때가 지났다. 그 커다란 근생엽을 보면 보드라운 우단담배풀Mullein이 떠오른다. 꽃에서 아주 특이하고 고약한 냄새가 났다. 소피아는 오븐에서 갓 나온 따뜻한 애플파이 냄새라고 했다(나는 그렇게 느끼지 않았다). 하지만 예쁜 꽃이다. 나는 생각 없이 손수건에 소견과를 싸서 주머니에 넣었다. 집에 가서 한참 후에 생각이 나서 열매를 꺼내다가 손수건 올이 주르륵 나갔다.

1858년 8월 16일

요 몇 년간 곳곳에서 붉은숫잔대를 많이 발견하고 놀랐지만 이제 거의 남지 않았다. 계절에서 계절로 식물은 변화를 거듭한다. 이 근방에는 새하얀 식물이 드물다. 채닝이 오늘 대규모 쌀먹이새 무리에서 흰색 쌀먹이새를 봤다고 말했다. 많은 붉은숫잔대 중에 흰색이 발견되는 것을 보면 쌀먹이새 무리에도 흰색 개체가 있는 모양이다.

1851년 8월 17일

익어가는 사과 향기를 맡을 수 있으니 나는 그리 가난하지 않다. 시냇물도 내게는 깊다. 가을꽃 블루컬은 모래 위에 고개를 내민 환한 파란색 꽃송이뿐 아니라 강한 돼지풀 향도 계절과 잘 어울린다. 이 색과 향이 내 영혼을 먹이고, 나로 하여금 땅을 사랑하고 스스로를 소중히 하며 기쁨에 넘치게 해준다. 비둘기 날개가 떨리는 모습을 보니 녀석이 가르는 공기에 거친 섬유가 심겼을 것 같다.

1852년 8월 17일

미국부용은 아주 환한 분홍색, 아니 살색이 아닐까? 아주 섬세하면서도 독특한 색이다. 똑같은 색을 지닌 꽃은 생각해낼 수가 없다. 기껏해야 제라늄 마큘라툼Wild geranium을 떠올릴 뿐이다. 잎은 나뭇잎 같고, 꽃은 크고 섬세하며, 선명한 색을 지녔다.

1856년 8월 17일

마이닛 프랫과 함께 그의 집 뒤편을 산책했다. … 그가 언덕 아래에 있는 본인 사유지에서 한두 포기 발견했던 작고 노란 풀 얘기를 해주었다. 폴리갈라와 비슷하게 생겼지만 두 배 정도 길고 뻣뻣했으며 꽃 가장자리가 갈변했다고 했다. 잎은 세 장이었는데 토끼풀과 비슷했단다.

1852년 8월 18일

물 너머 400미터쯤 떨어진 곳에 커다란 장미를 닮은 미국부용 꽃이 보였다. 이런 선명한 색은 이제 찾기 힘들다. 어떤 꽃은 무척 섬세하고 옅으며 흰색에 가깝게 장밋빛만 살짝 돌고 어떤 꽃은 좀 더 밝은 분홍색이나 장미색이다. 다채로운 색채로 이 근방에서 무척 돋보인다. 다섯 개의 꽃잎 모두 약간 주름이 져 있고 서쪽 태양을 보고 있으며 바람에 흔들렸다. 꽃의 직경은 10센티미터 정도이고 수련과 크기가 비슷하며, 버튼부시와 버드나무 틈이나 그 위로 머리를 내민다. 나뭇잎 같은 잎은 밝은 초록색이며 커다랗고 줄기는 직경 1센티미터이고, 여러해살이 뿌리(?)가 있는 아래쪽으로 매년 시들어 내려가는 듯하다. 멋진 꽃이다.

1853년 8월 18일

뭔가 늦었다는 느낌이 드는 이유가 무엇일까. 올해 남은 날들이 이제 내리막에 접어들었고, 그동안 이루지 못했다면 이제 시도해선 안 될 것 같다. 꽃과 약속의 계절은 끝났고 이제는 결실의 계절이다. 하지만 우리의 결실은 어디에 있는가?

한 해의 밤이 다가오고 있다. 우리는 각자의 재능을 가지고 무엇을 했던가? 자연의 만물이 인간을 자극하고 꾸짖는다. 계절은 얼마나 일찍 늦어지기 시작하는지. 봄에 우는 귀뚜라미마저 때맞춘 경고와 신랄한 꾸지람으로 우리의 심장을 뛰게 한다.

아주 조금 뒤처졌다고 해도 돌이킬 수 없이 늦은 것처럼 느껴진다. 삶이 그렇듯 한 해도 시간에 대한 경고로 가득하다. 셀 수 없는 곤충의 노랫소리와 꽃의 자태가 이렇게 인간에게 영향을 미친다. 귀뚜라미 울음소리와 서양꿀풀, 가을민들레의 자태. 그들은 일할 수 없는 밤이 온다고 말한다.

1851년 8월 19일

말보로 길가에서 잎맥이 빽빽한 푸베스켄스새둥지란Neottia pubescens을 발견했다. 모호하거나 장황한 말을 좋아하는 사람에게 이유를 설명하기는 쉽지 않겠지만 나는 이 식물의 여러 이름 중에서도 래틀스네이크 플랜트를 가장 좋아한다. 우리는 이 풍성한 잎의 신비로운 야생성을 표현할 수 있는 이름을 원한다. 그 모습을 본 떠서 자수를 놓아 간직하고 싶은 작품이며, 인간의 눈에 띌 때만 자기 몫의 대답을 한다는 듯 기묘하게 눈을 사로잡는다. 잎은 한쪽에서만 보이는 그물형 잎맥구조다.

1852년 8월 19일

초원에 부는 세찬 바람에서 향매화오리 향을 느꼈다. 파스향나무 꽃이 피었는데 눈처럼 새하얀 열매가 열린 듯한 모습이다. … 연영초 열매는 직경 2.5센티미터의 육면체이고 광택제를 칠한 듯 빛나는 빨강색이며 수정처럼 맑다. 뿌리가 깊고 그늘진 늪에 우거진 초록색 잎사귀 속에 숨어 자란다. 코너샘을 비롯해 그늘지고 비옥한 늪에서 이미 열매가 떨어졌다. 앉은부채와 연영초의 잎과 열매가 바닥에 떨어져 깔렸고 앉은부채는 썩어가고 있다. 일찍이 서리가 심하게 내렸던 것 같다. 이곳에도 환한 진홍색 트리필룸천남성 열매가 일찍 익은 듯하다.

이곳에는 아주 차가운 물이 솟아나는 작은 개천이 있다. 여기서 몇십 미터 떨어진 회색 모래와 자갈바닥에서 솟아나 질퍽하고 빽빽한 이 잡목림 사이를 흘러간다. 그래도 잎사귀 사이로 여기저기 햇빛도 들어오고 개천 바닥도 반짝인다. 무척 굴곡이 심하게 흐르며 지하로 스며들기도 한다. 둑 위의 연영초 꽃이 개천에 떨어지고 열매는 물결에 흔들리며 씻긴다.

파스향나무
Checkerberry
(*Wintergreen, Gaultheria procumbens*)

1853년 8월 19일

오늘은 영원히 기억에 남을 찬란한 날이다. 인간은 봄이 시작될 때 그 아름다운 하루하루를 주의 깊게 관찰하지만 가을에는 무심한 편이다. 오늘은 단연 경이로운 날이었다. 하지만 누가 이런 일을 일기에 기록하겠는가? 폭풍이나 무더위를 기록에 남기듯? 더없이 아름답지만 이름 없는 꽃과 같다.

1856년 8월 19일

구름이 긴 것치고는 날씨가 무덥지만 비가 오지 않았던 10일 전보다 덜 흐리다. 풍성하게 핀 캐나다고추나물과 무틸룸고추나물 꽃을 오후 3시에 발견했다. 7월의 건조하고 뜨거운 날씨를 견디지 못했던가 보다. 지금이 한창인 듯했다. 하지만 겐티아노이데스고추나물Sarothra 꽃은 이 시간에 피지 않는다. 서양고추나물은 지금 보이지 않고 코리보숨고추나물Spotted St. John's-wort과 엘리프티쿰고추나물도 거의 자취를 감추었다. 이 조그만 꽃들에는 약간 레몬 같으면서도 벌 같은 특이하고 쓴 향이 난다. … 버티실라타애기풀Whorled polygala은 아주 넓게 퍼져 있지만 잘 눈에 띄지 않는다.

1851년 8월 20일

인플라타숫잔대Lobelia inflata는 꽃이 필 때마다 발견한다. 처음에는 풀 속에 피어 있는 처음 보는 푸른색 꽃인 줄 알았는데 자세히 관찰하다가 부푼 꼬투리를 발견했다. 나는 이 약초를

서양고추나물
Common St. John's-wort
(*Hypericum perforatum*)

시험 삼아 먹었다가 약이란 사람을 죽일 수도 살릴 수도 있는 존재임을 확신했다(한 농부는 말이 이 풀을 먹으면 심하게 침을 흘리기 때문에 알아볼 수 있다고 했다).

에이블 마이닛 저택 근처 건조한 도랑에서 붉은숫잔대를 보았다. 그 붉은 대포를 보면 군인이 떠오른다. 붉은 남자, 전쟁, 그리고 유혈사태. 높이가 1.5미터 가까운 것도 있었다.

그대의 죄는 진홍색이다. 눈앞에 보이는 것들이 내 죄인가? 붉은숫잔대는 꽃의 색깔이 얼마나 큰 역할을 하는지, 크지도 않은 꽃을 멀리서도 얼마나 돋보이게 하는지 알려준다. 그렇게 색채의 목적을 완벽하게 설명한다.

1857년 8월 20일

보레알리스나도옥잠 습지의 비탈에 푸베스켄스사철란Downy rattlesnake plantain이 군데군데 무성하게 잎사귀를 포개고 있다. 꽃은 지금이 전성기인 듯하다.

1851년 8월 21일

애벌레, 나비, 청개구리, 자고새 등 놀랍게도 동물들은 자기 먹이나 주변 식물을 빼닮는 경우가 많다. 오늘 오후 미나리아재비 꽃에 앉아 있는 노란 거미를 발견했다. 모든 환경은 살아 있는 존재를 빌어 자기를 표현하는 듯하다. 플린트 호수 북동쪽으로 가는 길목에 그라미니포리아미역취Spear-leaved goldenrod를 발견했다.

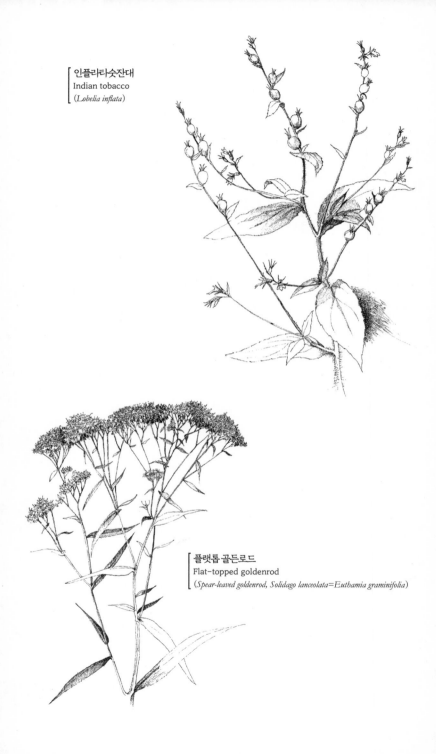

인플라타숫잔대
Indian tobacco
(*Lobelia inflata*)

플랫톱 골든로드
Flat-topped goldenrod
(*Spear-leaved goldenrod, Solidago lanceolata=Euthamia graminifolia*)

파니쿨라툼조밥나물Hieracium paniculatum은 조밥나물속 Hawkweed 식물로 아주 섬세하고 가늘다. 이것으로 조밥나물속은 다 발견했다. 서로 분명히 연관되어 있으면서도 뚜렷이 구분되는 독특한 식물이다. 이들은 대자연의 *역사*를 암시한다. 새로운 견지로 바라보는 자연의 역사다.

1852년 8월 21일

링컨 길가에 그래스 폴리Grass-poly가 '조그만 보라색' 꽃을 피웠다. 데코돈 베르티킬라투스Decodon verticillatus를 발견했다. 물에서 서식하는 데코돈은 대개 꽃을 피우지 않는다. 뿌리는 단단한 목질의 다년생근이다. 분홍바늘꽃을 닮은 잘생긴 보라색 꽃이 사방에 화환처럼 떨어져 있다. 그 *생생한* 보랏빛이란.

가을이 다가올수록 붉어지는 잎이 흥미롭다. 태양이 득세하자 잎들마저 아무것도 안 하느니 늦더라도 뭐든 해야겠다며 꽃이 되어 숙성한 즙을 가득 채운다. 식물 전체가 결국 한 송이 꽃으로 변하며 잎은 열매나 마른 씨앗을 감싸는 꽃잎이 된다. 과실이 익는 것을 축하하는 두 번째 개화.

1854년 8월 21일

마일스 늪에서 멋진 푸르푸레움등골나물Eupatorium purpureum을 꺾어왔다(조셉 바렛이 만들어낸 등골나물속 품종이다). 줄기 직경은 약 2.5센티미터, 길이는 3.2미터였는데 3.7미터 정도까지 자란다고 한다. 산방꽃차례는 길이 38센티미터에 폭 47센티미터

데코돈 베르티킬라투스
Swamp loosestrife
(*Decodon verticillatus*)

파니쿨라툼조밥나물
Panicled hawkweed
(*Hieracium paniculatum*)

였고 가장 큰 잎은 길이 33센티미터에 폭 8센티미터였다. 줄기 속은 완전히 비어 있다. 잎 부분이 막혀 있으리라 생각하고 줄기로 피리를 만들려고 했지만 빈 것을 발견하고 놀랐다. 송수관 등 다양한 용도로 사용할 수 있을 듯하다. 인디언은 어딘가에 잘 활용했을 것이다. 곧은 줄기로 입 화살이나 2미터쯤 되는 길쭉한 관을 만들지 않았을까.

1858년 8월 21일

허바드 길 모퉁이 근처에 있는 두꺼비 못에서 본 헤지호그 세지(?)가 어찌나 샛노란지(피마토데스방동사니 Cyperus phymatodes 였다).

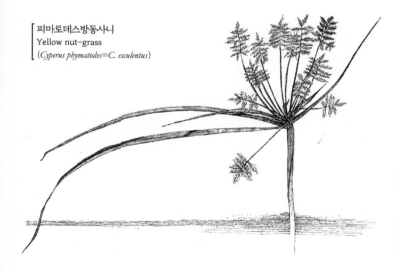

피마토데스방동사니
Yellow nut-grass
(*Cyperus phymatodes=C. esculentus*)

1852년 8월 22일

사과 냄새를 맡으니, 압착기 옆이나 과수원에 사과 무더기를 쌓아놓는 철로 성큼 다가간 느낌이다. 꽃향기는 잊히지만 열매의 향기는 잊히지 않는 식물이 있다. 알레게니엔시스산딸기 열매야 말로 최고가 아닐까? 맹아림에서 덩굴을 짓누르는 아주 달콤한 열매를 땄다.

1858년 8월 22일

피마토데스방동사니를 비롯한 방동사니속Cyperus 식물들이 못 가장자리나 반쯤 잠긴 저지대를 노랗게 물들인다.

1859년 8월 22일

동그랗게 모여 자라는 하스타타마편초 꽃들이 저 위쪽까지 진출한 것을 보고 계절이 한층 깊어졌음을 느낀다.

1852년 8월 23일

그늘진 숲 바닥을 덮었던 양치식물은 자취를 감췄다. 리 저택으로 가는 길에 6월이나 7월에 핀 듯한 미국피막이Water pennywort 꽃을 보았다. 보플류에서 못 보던 잎 모양을 발견했다. 잎은 선형이었지만 꽃은 수정같이 맑은 원래 모습 그대로였다. 먹 감는 곳의 둑은 이제 새로운 아름다움을 뽐낸다. 밝게 빛나는 진홍색 붉은숫잔대와 퍼플 베르노니아Purple vernonia 꽃이 흩어져 있다.

미국피막이
Water pennywort
(*Hydrocotyle americana*)

1853년 8월 23일

감자밭에 돼지풀이 가득하다. 나는 이미 반쯤 썩어가는 감자
덩굴을 감추는 이 향기로운 식물의 왕성한 성장에 힘과 기운
을 얻었다. … 네모랄리스미역취Gray goldenrod는 30센티미터 길
이의 구부러진 깃발을 흔들며 메마른 들판에 노랗게 일렁인다.
수많은 십자군 전사들이 성지로 행군한다.

1856년 8월 23일

에머슨 절벽 서쪽에서 무성한 페니쿨라리아나도송이풀 Gerardia pedicularia을 발견했다. 벌 한 마리가 한 덤불을 맴돌았다. 아직 꽃은 피지 않았는데, 꽃이 피었다면 벌이 들어가지 못했을 것이다. 녀석은 암술대 아래쪽으로 머리를 숙여서 꽃꿀을 뽑아낸 뒤 떠났다.

각 꽃마다 꿀샘 맞은편에 암술대와 꽃받침을 관통하는 구멍이 있는 것을 발견했다. 이 구멍은 개화를 방해하지는 않는다. 꽃을 겁탈하는 것이다! 벌은 꽃꿀이 어디에 있는지 알아채고 무자비하게 이를 앗아간다. 자연이 눈감아주는 특정한 폭력이다.

1858년 8월 23일

보레알리스나도옥잠 습지 서쪽 들판에 약간 전성기를 지나긴 했지만 렉시아가 멋지게 피었다. 나는 습지 바닥을 완전히 점령한 미국꿩고비Cinnamon fern를 헤치고 걸어갔다. 미국꿩고비의 커다란 엽상체가 휘어진 모습을 보니 열대식물Tropical vegetation이 떠올랐다.…

구상난풀 길 오른쪽에 구상난풀이 잔뜩 자랐다. 대부분 똑바로 서 있었고 길이는 20센티미터 정도였으며 모두 불임성이었다. 붉은빛이 도는 줄기도 있었다. 수정난풀처럼 다른 잎들을 헤치고 자라지만 그만큼 섬세한 생김새는 아니다. 수정난풀은 아직 자라는 중이다.

1851년 8월 24일

꽃의 공백기가 *완전히* 끝났다. 수많은 작은 꽃들이 자기에게
도 여름이 왔다는 듯 저지대에서 꽃망울을 터뜨리고 있다. 날
씨가 무척 건조하지만 꽃들은 저희를 보드랍게 매만져줄 온기
를 느낀다. 가을꽃인 미역취와 아스터, 존스워트가 눈에 띄는데
아직 무성하지는 않다. 쑥국화가 벌써 시들하다. 선명한 노랑꽃
중에 처음 무대를 떠나는 꽃이 아닐지.…

오늘 허바드 초원에서 페레니스달맞이꽃Dwarf primrose을 보았
던가? 아스페라석잠풀, 아주 잘생긴 자주색 꽃.

히스피다석잠풀
Hispid hedge-nettle
(*Hairy hedge-nettle, Stachys hispida*)

1852년 8월 24일

알레게니엔시스산딸기는 장과Berry 식물 중에 단연 최고다. 지저분한 길가에는 자라지 않으며, 철이 지났을 때도 사람이 다니는 길에서 멀리 떨어진 바위투성이 맹아림 같은 곳에서 농익은 열매를 발견할 수 있다. 늘어진 줄기는 다른 식물의 초록색 잎에 반쯤 숨어 있고, 검게 빛나는 열매가 신선한 과즙을 흘릴 준비를 한다.

에머슨의 정원에 푸밀라물통이와 조그만 민들레꽃 같은 방가지똥Sonchus oleraceus, 지난 7월에(?) 개화한 미국비름Amaranthus albus이 있었다.

푸밀라물통이
Richweed
(*Clearweed, Pilea pumila*)

1851년 8월 25일

파스향나무 꽃이 피었다. 등심붓꽃이 아직 보인다.

1858년 8월 25일

클램셸 언덕 아래 스트리고수스방동사니Cyperus strigosus 꽃이 한창이다. 꽃송이는 노란빛이 돌고 복슬복슬하며 키는 약 15~30센티미터다. 호어 부인의 정원에도 이 꽃이 있었다. 그 정원의 피마토데스방동사니는 지난번에 봤을 때와 똑같은 모습이었다. 땅속 깊이 덩이줄기가 있는 이 피마토데스방동사니도 지금이 전성기다.

1853년 8월 26일

봄에 미나리아재비가 무성하듯 터틀 초원에 가을민들레가 눈에 띄게 만발했다. 자기가 있을 곳을 찾은 셈이다. 오늘 밤 서쪽에서 혜성을 보았다. 덜 여문 흰색 수박 씨앗을 연상시키는 어리고 무익한 유성이었다.

1858년 8월 26일

방치되어 있는 건조한 들판과 산비탈에 키 큰 자주색 풀 두 종류가 무성하다. 푸르카투스나도솔새 Andropogon furcatus와 은청바랭이새 Andropogon scoparius로 보인다(후자의 경우 아리스티다 Aristida처럼 까락 3개가 돋은 것 같지만). 전자는 키가 아주 크고 줄기가 가늘며 손가락 모양의 자주색 수상꽃차례가 꼭대기에 네

가을민들레
Fall dandelion
(*Scorzoneroides autumnalis*)

다섯 개 솟아 있다. 피터 소유지 뒤쪽 산비탈에 아주 풍부하다.

후자는 키는 60~120센티미터에 무척 가늘고 약간 휘어 있으며 다발 지은 듯 모여서 자란다. 예쁜 자주색 암술머리가 있고 암술머리에는 자주색 꽃밥이 달려 있다. 꽃이 질 무렵, 착 달라붙은 수상꽃차례가 뒤로 휘어지면서 희끄무레하고 복슬복슬해 보인다.

이 풀들이 오늘 오후 건조 지대를 걸을 때 가장 눈에 띄었다. 농부가 무척 싫어하는 식물인데다 척박하고 버려진 땅에 자란다는 점에서 애처로웠다. 짙은 자줏빛 색조로 올해가 얼마나 잘 여물었는지 표현하는 것 같다. 농익은 포도 같은 선명한 빛깔은 봄이 보여주지 못했던 성숙미를 뽐낸다. 8월의 태양만이 이렇게 줄기와 잎을 빛낼 수 있다.

농부가 진즉에 고지대에서 풀베기를 끝냈으니, 이 날씬한 야생 식물이 마침내 꽃을 피운 이곳까지는 낫을 들이대지 않을 것이다. 풀 사이로 맨 모래땅이 보인다. 나는 참나무 관목이 자라는 모래들판에서 은청바랭이새 다발 사이를 힘차게 걸어갔다. 이 소박한 동료와의 만남을 기뻐하면서. 이 두 식물은 내가 거의 처음으로 구분한 풀들이다. 그동안 내가 얼마나 많은 친구에게 둘러싸여 있는지 알지 못했다. 이들의 자줏빛 속빈 줄기는 미국자리공Poke, pokeweed 줄기처럼 나를 들뜨게 했다.

대단히 겸손한 식물들, 인간이 잡초라고 부르는 녀석들이 한자리에 서서 인간의 생각과 감정을 표현한다. 하지만 얼마나 오랫동안 헛되이 서 있었는지! 나는 몇 년 동안이나 8월이면 그레이트 들판을 산책했지만 지금껏 그저 밟고 스쳐 지났을 뿐이 자주색 벗의 존재를 알아차리지 못했다. 하지만 마침내, 이제야, 그들이 일어서서 나를 축복해준다.

1851년 8월 27일
메데올라 비르기니아나가 초록빛 열매를 맺었다.

1856년 8월 27일
푸베스켄스사철란이 전성기를 약간 지난 듯하다. 보레알리스나도옥잠 습지의 언덕 비탈에 아주 풍성하게 서식하며 줄기가 쭉 곧다. 20~25센티미터 길이의 흰색 수상꽃차례는 아랫부분이 반 이상 갈색으로 변했지만 그물형 잎맥을 가진 아름다운 잎들이 축축하고 그늘진 비탈 아래쪽을 덮은 모습이 절경이었다. 만졌을 때 벨벳처럼 매끄러운 이 타원형 잎은 길이가 2.5센티미터 정도이며 두꺼운 흰색 주맥이 새겨져 있고 4~6개의 세로방향 잎맥이 선명하고 불규칙한 가로방향 잎맥들과 촘촘히 예쁘게 교차된다. 짙은 초록색 잎 면에 이 모두가 담겨 있다. 숲 바닥을 포장하는 가장 수려한 잎사귀가 아닌가?

도랑의 붉은숫잔대는 일주일 전에 훨씬 싱싱하고 아름다웠지만 아직도 무척 화려하다. 180미터 가까이 늘어서서 도랑을 채웠으며 90센티미터 길이의 줄기가 완벽하게 꼿꼿하다. 무작위로 세어봤더니 약 1제곱미터 이내에 열 포기가 들었고 폭 60미터에 길이 180미터의 공간을 채우고 있으니 적어도 4~5천 포

메데올라비르기니아나
Indian cucumber root
(*Medeola virginiana*)

기 이상 될 듯하다. 날씬한 깃털 군인 부대가 빽빽하게 줄을 지어 행군하는 것 같다. 진홍색 꽃 사이에 흰색(흰색이라기보다는 옅은 분홍색) 꽃 몇 송이가 보인다. 지금껏 본 중에 가장 화려한 붉은숫잔대 군락이었다.

1859년 8월 27일

옅은 분홍 색조를 띤 서양톱풀Yarrow이 자주 보인다. 일반적인 새하얀 색과는 뚜렷이 구분된다.

1852년 8월 28일

앤트네 정원에서 7월에 개화한 듯한 가시박Sicyos angulatus을 보았다. 병꽃풀Nepeta glechoma 꽃이 5월쯤 피었고 지금은 졌다. … 렌타고분꽃나무Sweet viburnum는 자줏빛이 되기 전이고 단풍잎 같은 잎은 아직 노랗다. 삼Hemp 꽃은 지금도 피어 있다.

1856년 8월 28일

맹아림의 세로티나벚나무가 지금 한창이고, 아로니아Black chokeberry가 허클베리와 산앵도나무속의 뒤를 이었다. 올해 허클베리와 산앵도나무속은 아주 무성하다. 벚나무 가지가 버찌 무게를 이기지 못하고 휘었다.

1859년 8월 28일

요즘 보이는 꽃들은 가을꽃이다. 풀 벤 들판의 그루터기에 꼭

가시박
Bur cucumber
(*Sicyos angulatus*)

병꽃풀
Ground ivy
(*Gill-over-the-ground, Nepeta glechoma=Glechoma hederacea*)

대기가 낮에 베이거나 소에게 뜯어 먹힌 채 남아 있는 꽃. 버려진 들판이나 도랑, 생울타리를 따라 피어 있는 아스터, 미역취 같은 늦꽃들.

1856년 8월 29일

데카페탈루스해바라기Helianthus decapetalus 꽃은 무척 다채롭다. 줄기는 약 90센티미터이고 꽃잎은 8개, 잎자루가 있긴 하지만 날개는 없다. 잎은 난형이고 끝이 뾰족하며 8월 12일에 보았을 때보다 넓적해졌다. 잎자루에는 섬모가 돋아 있으며 가늘지만 윗면과 아랫면이 꽤 거칠고, 줄기는 매끄러운 자주색이다. 아잘레아 늪 건너편 호스머 습지에서 발견했다. 카터 초원에는 옵투시폴리움왜떡쑥이 흐드러지게 피어 하얗게 바닥을 덮었다. 창질경이가 아직 남아 있다. 파머 헛간 뒤쪽 길가에서 호우스토니아 카에루레나 못지않게 푸른 꽃을 발견했는데 아마 우르티키폴리아마편초인 것 같다.

1857년 8월 29일

콩코드의 새 식물[12] 제라르디아 테누이폴리아Gerardia tenuifolia 가 한창이다. 부엉이 둥지 길 입구에 피어 있고 그 근방에 흔하게 보이는 식물이다(과수원 위쪽 코낸텀 고지대에도 2~3일 후에 필 듯하다). 이 품종은 건조한 땅이나 퍼플 제라르디아보다 높은 지대에 서식하며 그보다 섬세하다.

데카페탈루스해바라기
Thin-leaved sunflower
(*Helianthus decapetalus*)

1859년 8월 29일

퍼플 베르노니아는 자기 서식지 근방에서 무척 돋보이는 꽃이고 아주 짙은 향기를 풍긴다. 한창때를 약간 지났다. 푸르푸레움등골나물과 비슷한 시기에 시들기 시작한 듯하다.

1851년 8월 30일

토요일이다. 노베기카양지꽃Norway cinquefoil을 발견했는데 이제 거의 꽃이 졌다. 꽃받침에 달린 돌려나기 잎 5개가 씨앗을 덮어 보호한다. 이 꽃 속에 존재하는 심려의 증거, 단어의 이중적 의미에 담긴 단순한 사상이 내게 감명을 준다. 한 해가 막바지를 향해 가고 문 하나가 닫힌다. 자연은 이 구부러진 꽃받침 잎 뒷면에 지시를 내렸고 식물은 태어난 이후로 매년 충실하게 지시를 지켰다.

이 식물은 계절의 순환에서 명확하고 필수적인 역할을 한다. 노베기카양지꽃과 동시대에 살아가는 나 자신이 부끄럽지 않다. 나 역시 내 맡은 바를 다할 터이니! 한 해의 이야기가 끝나가면서 많은 일이 이루어졌다. 거대한 지구가 도는 모습을 구경하는 것 못지않다. 올해 야누스의 문[13]이 닫히는 광경을 목격한 듯하다.

1853년 8월 30일

마이닛 저택에서 비덴스 개천으로 가는 길에 한창 피어 있는 아스터 꽃은 놀라울 만큼 아름답고 다채로웠다. 아스터와 미역취 꽃이 왜 이렇게 많이 피었을까? 태양이 대지를 비추었고 미역취라는 결실을 맺었다. 별들도 대지에 빛을 밝혔고 아스터는 별의 결실이다.

헤르바케아청미래덩굴의 동그란 보랏빛 열매가 아래쪽에서 조금 벌어졌다. 얽힌 줄기에서 15~20센티미터 툭 튀어나와 있고 아주 잘생겼다. 푸른빛이 감도는 열매에 잎을 문지르면 검게 빛난다.

1854년 8월 30일

미국가막사리Bidens frondosa가 얼마 전에 피었다. 3~5개의 깃 모양 뾰족한 잎사귀로 구분할 수 있다.

1856년 8월 30일

벡스토우 습지의 둑에서 산앵도나무를 담아 묶은 자루들을 보았다. 물의 수위가 꽤 높아졌고, 물에 떨어진 열매가 썩기 전에 긁어모은 듯했다. 나는 둑에 신발과 양말을 벗어둔 채 맨발로 뻣뻣한 장지석남속과 덤불들을 헤치고 먼 길을 걸어 물이끼로 가득 덮여 부드럽고 탁 트인 습지 중심부까지 왔다.

새로운 세계에 온 듯하다. 텁수룩하고 먹을 수 없는 허클베리가 자라는 야생의 땅이다. 루퍼트 랜드[14]에 도착한 것이 아닐까. 그만큼 인간사회에서 떨어져 나온 듯한 느낌에 약간 서늘하지만 기분 좋게 몸이 떨렸다. 30분만 걸으면 이렇게 야생적이고 색다른 장소에 갈 수 있는데 뭐 하러 머나먼 산이나 늪지를 찾

미국가막사리
Devil's beggar-ticks
(*Bidens frondosa*)

아가겠는가? 어째서 이곳 야생식물이 잉글랜드 버크셔나 캐나
다 백산차속에 못 미친다고 하는가?

1858년 8월 30일

　도드 호숫가에서 옵투사바늘골Eleocharis obtusa을 발견했지만

345

꽃이 진 지 한참 후였다(프랫 못에서는 아직 *싱싱하다*). 아쿠미나투스골풀Juncus acuminatus도 막 꽃이 떨어졌다(파우트 둥우리에는 그 후로도 꽃이 피어 있었다). 또한 내가 윤쿠스 스키르포이데스Juncus scirpoides라고 부르지만 캐나다골풀Juncus paradoxus 같은 식물도 보였다. 양끝에 씨앗이 달려 있고(지난번에 본 좀 더 작은 것보다 더 싱싱했다) 아직 시들지 않았다. *꽃이 조금* 달린 것도 있다! 꽃 가운데 원통형 잎이 솟았다. 조그만 밀리타리스골풀Juncus militaris과 비슷하게 생겼다.

밀리타리스골풀은 꽃이 진 지 오래다. 그라인드스톤 초원 가장자리와 그 위쪽에 네댓 포기 보였다. 잎의 길이는 90센티미터 정도였는데 꽃줄기보다 짧았다면 꽃줄기가 좀 더 창검처럼 보였을 듯하다. 밀리타리스골풀은 나의 무지개풀이다.

1859년 8월 30일

푸밀룸엉겅퀴가 한창때는 지났지만 꽤 무성하다. 보이는 꽃마다 호박벌이 한 마리 이상씩 낱꽃 위를 기어 다녔다. 내가 지켜본 벌 하나는 짐을 너무 많이 실었다는 듯이 힘에 부쳐 날아오르지 못하고 심하게 끙끙거리더니, 겨우 움직이기는 했지만 낮게 날았다.

이제 꽃이 조금씩 적어지니 무슨 꽃이든 벌이나 나비가 꼭 앉아 있다.

향매화오리
Sweet pepperbush
(*Clethra alnifolia*)

1850년 8월 31일

소박한 보라색 블루컬 꽃이 돼지풀과 함께 피었고 향기가 비
슷했다. 노란 달맞이꽃에는 봄의 향, 민들레 향기가 난다. 습지철
쭉 암술머리가 시들었다. ⋯ 향매화오리는 달콤한 향이 나는 늪
의 여왕이다. 길쭉하고 하얀 총상꽃차례가 있다.

사람들은 이른 봄에 피는 꽃을 가장 잘 기억하고 소중하게 생각한다. 하지만 나는 늦가을에 피는 꽃도 똑같은 애정을 갖고 바라본다.

1851년 8월 31일

가을민들레는 봄에 피는 민들레와 무슨 관계일까? 몇 군데 길가에 쑥국화 향이 코를 찌른다. 시체 위에 꽃을 놓고 관에 넣기 때문에 장례식이 연상되어, 많은 사람들이 싫어하는 향이다.

파키다포노루삼Cohush이 열매를 맺었다. 통통한 빨간색 작은 꽃자루에 달린 유백색 열매꼭지가 검게 변하고 있다. 홀스위드Horseweed. 이 독특한 꽃을 처음 발견하고 식물학 서적에서 찾아보았다. 얼마나 놀라고 실망했는지 모른다. 호기심과 기대에 부풀어 찾아봤는데 기껏 '홀스위드'라니, 모욕적이고 부적절한 이름 아닌가.

강가에서 예전에 한 번, 그리고 오늘 본 식물은 알고 보니 필리포르미스미나리아재비Ranunculus filiformis[15]였다. 우르티키플리아마편초 꽃차례는 하스타타마편초처럼 막바지다. … 그 강물에 인플라타통발Utricularia inflata이 떠 있다.

1852년 8월 31일

벌집이 있는 나무 근처에 도착했다. 리네아레며느리밥풀꽃에 앉은 호박벌이 윙윙거리는 소리는 숲 멀리서 들려오는 기적 소리 같기도 하고 에올리언 하프[16] 소리 같기도 하다.

홀스위드
Horseweed
(*Richweed, Collinsonia canadensis*)

창고 바로 뒤편의 나무가 우거진 언덕을 산책했다. 산비탈과 맹아림에 노란색 나팔모양 페니쿨라리아나도송이풀 꽃이 눈에 띈다. 이렇게 우연히 이 꽃으로 가득한 너른 들판과 마주칠 때가 있다. 꽃봉오리나 닫힌 암술대도 꽃 못지않게 아름답다. … 페어 헤이븐 호수에 인플라타통발가 무성하다. 작년에도 언젠가 발견한 적이 있다.

1853년 8월 31일

아스터와 미역취가 이제 전성기인 것 같다. 이 습지에 흐드러지게 핀 꽃(보통 잡초라고 불리는)들을 보니 지금이 꽃의 수확기라도 된 듯하다. 놀라울 정도로 무성하고 화려하다. … 이만큼 풍성하게 꽃을 피운 적은 처음이다.

이 무성한 식생에서 지구와 대기의 모든 독을 추출하지 않았을까 싶을 정도다.

1859년 8월 31일

페어 헤이븐 비탈에서 비를 피하려고 소나무 아래 서 있을 때 누디칼리스두룹가 줄줄이 쓰러진 모습을 발견했다. *초록빛이 시*들한 것을 보니 잎 색이 변하려던 참이었나 보다. 뿌리줄기가 땅속에 제대로 뻗지 못한 듯하다.

FALL

황금빛 들판에 오묘하고
풍부한 향기를 퍼뜨리는 꽃들

1853년 9월 1일

초원 한구석에 촘촘히 들어찬 이 조그만 자주색 꽃밭은 오래 가지 않겠지만, 시간이 흘러도 끝없이 이어지는 초원의 아름다움에 몇 번이고 다시 놀란다. 이 식물은 키가 아주 작은 덕에 낫을 피할 수 있었다. 그다지 또렷한 꽃은 아니지만(키가 아주 작고 빽빽하다) 한 조각 초원에 색을 입힌다. 그러나 관찰하는 이가 거의 없으니 어떻게 보면 낭비되는 꽃인 셈이다. 풀을 베거나 산앵도나무를 모으는 일꾼도 관심을 기울이지 않는다. 보러 오는 아이들도 드물다.

1856년 9월 1일

라케모슘두루미꽃[1]이 아주 촘촘히 열매를 맺었다. 진줏빛 바탕에 자주색 점이 찍힌 아주 흥미로운 열매다. 이보다는 작지만 비슷하게 생긴 캐나다두루미꽃 열매송이도 있다. 벌써 스말라키나 열매 대부분, 캐나다두루미꽃 열매 일부가 선명한 붉은붉은색을 반짝인다. 맛이 달고 상큼하다.

1857년 9월 1일

페어 헤이븐 호수 서쪽에 푸르푸레아통발Utricularia purpurea을 비롯해 인플라타통발 꽃이 만발했다. 가장자리가 예쁘게 갈라진(전열된) 잎이 호수 풍경을 더 다채롭게 해준다.

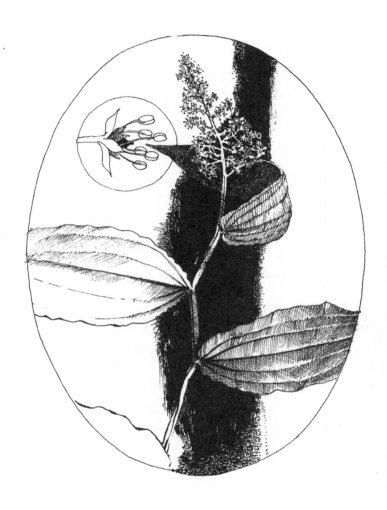

라케모숲두루미꽃
False Solomon's seal
(*Smilacina racemosa=Maianthemum racemosum*)

1859년 9월 1일

가을민들레가 한창이다. 하지만 오후에는 꽃송이가 닫히기 때문에 아침이나 어두운 저녁에 나가지 않는 한 사람들은 잘 모른다. 오전 11시에 꽃이 만발하여 장관을 연출했지만 2시에는 *보지 못했다.*

1852년 9월 2일

풀산딸나무Bunchberry가 바로 지금(!!) 호수 근처에서 꽃을 피웠다.

풀산딸나무
Bunchberry
(*Cornus canadensis*)

1856년 9월 2일

나는 모든 발견에 앞서 무언가 준비나 희미한 기대가 존재한다고 생각한다. 아무 발견도 못하는 경우도 있지만 그 대상을 위해 기도하고 심신을 단련하면 결국 나타나기 마련이다.

몇 년 전 수궁초Indian hemp를 찾아다녔지만 허사였고 이 근방에는 자라지 않는다고 결론 내렸다. 하지만 한두 달 전, 여러 번 반복해서 읽었던 식물학 책이 생각났다. 인디언 헴프 꽃은 크기가 같은 속 식물과 비교해서 3분의 1이 될까 말까 하다고 했었는데 무슨 이유에서인지 이 특징이 계속 생각났고, 없으리라고 생각하면서도 보이는 꽃마다 크기를 유심히 관찰했다. 그리고 하루나 이틀쯤 지났을 때 눈길을 사로잡는 꽃이 있었다. 아아, 세 군데에서 인디언 헴프 세 종류를 발견했다.

그리고 얼마 전의 일이다. 나는 토종 해바라기(디바리카투스해바라기Woodland sunflower) 하나로만 만족하고 있었다. 누군가 다른 품종을 발견했다고 말했을 때 얼마 전에 키가 약간 큰 해바라기를 본 기억이 났다. 하지만 이름까지 완벽하게 기억하는 것은 아니었고 사실 어떤 모양이었는지 제대로 기억나지도 않았다(그 이후에 기억해냈다). 그런데 한 시간도 채 되지 않아 그 키 큰 해바라기를 어디서 봤는지 퍼뜩 떠올랐다. 그 남자가 말해준 새로운 품종의 해바라기였다. 다음 날 처음 발견했던 곳에서 500미터쯤 떨어진 장소에서 그 해바라기를 또 발견했다. 4일쯤 지난 뒤에는 다른 장소에서도 발견했다.

나는 설레고 흥분되는 상태일수록 멋진 식물을 발견하는 경우가 많다. 마을에서 멀리 떨어진, 발견한 지 얼마 되지 않은 외딴 늪을 거닐 때일 가능성이 높다. 어째서인지 희귀한 식물은 눈길을 끄는 특이한 장소에 있는 것 같다. 그러다가 어느 순간 모습을 드러낸다. 뭔가가 나타날 듯한 기대감이 내 안에서 무르익는다. 얼마든지 이상한 일을 맞이할 준비가 되어 있다.

케르누아타래난초Spiranthes cernua가 개화한 지 며칠 지난 듯 하지만 아직 활짝 피지는 않았다. 크리니타수염용담Fringed gentian과 함께 자라고 있는 철 늦은 멋진 꽃이다.

예전에 콩코드에 살았던 노인을 오늘 만났다. 노인은 어렸을 적 친구들과 함께 수련을 두 팔 가득 안고 교회에 들어갔을 때 리플리[2] 박사가 했던 말을 얘기해주었다. "수련이 아주 싱싱한 것을 보니 아침에 땄겠구나! 오늘 아침 물에 몸을 담그다니 죄를 지은 거다!" 아아, 이 강은 갠지스만큼 신성한 강이다.

1851년 9월 3일

가랑비가 내릴 때 산책을 하면 조그만 잡초들, 특히 맨땅에 자라는 풀에 구슬 같은 빗방울이 맺힌 모습이 그 어느 때보다 아름다워 보인다. 물레나물Hypericums이 그렇다. 이슬에 덮여 있을 때도 무척 아름답다. 이슬방울 예복을 입고 멋을 낸 싱싱하고 활기찬 풀꽃.

큰땅빈대Spotted spurge 꽃이 졌다.

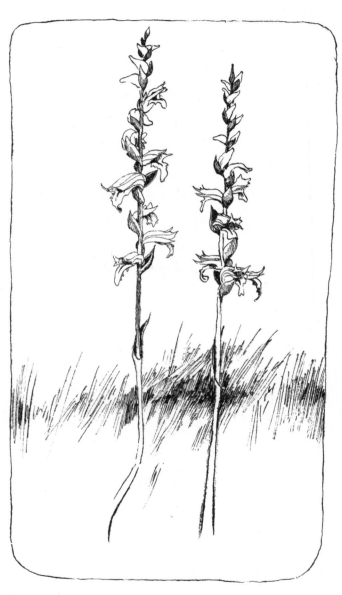

케르누아타래난초
Nodding ladies'-tresses
(*Spiranthes cernua*)

1853년 9월 3일

플린트 다리 길에 클라우사용담Soapwort gentian 꽃이 풍성하
다. 일주일쯤 지난 듯하고 놀라울 정도로 짙고 *살짝* 보랏빛이
감도는 파란색이었다. 10~12포기 정도씩 모여서 피어 있고 잎
자루가 없으며, 직사각형이나 마름모꼴의 위아래가 막힌 좁은
기둥이나 얄따란 반구형으로 생긴 꽃이다. 전체를 보면 고대
도시의 뾰족한 돔이 모여 있는 것 같다. 동그란 꽃을 여기 펜으
로 그렸다. 젠티아나는 하늘이 피운 꽃이다. 그는 땅에 내
려와서 입을 맞추었다. 잎은 윤생이며 선명하고 매끈한
짙은 초록색이다. 왜 이렇게 늦은 시기에 푸른색 꽃들이 피어
날까? 돔 조각들이 돔을 이룬다.

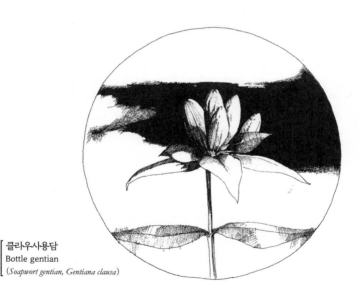

클라우사용담
Bottle gentian
(*Soapwort gentian, Gentiana clausa*)

1853년 9월 4일

매년 이맘때쯤 날을 잡고 종일 고생하면서 다양한 종류의 아스터와 미역취를 따는데, 그럴 만한 가치가 있는 일일까?

1856년 9월 4일

때죽생강나무 꽃봉오리가 눈길을 사로잡는다. 벌 재봉사는 알싸한 잎사귀까지 동그랗게 뜯어서 가져갔다. 흠 없이 매끄러운 잎에 매료되었나 보다.

언제인지 댕구알버섯이 돋았다.

1859년 9월 4일

푸밀룸엉겅퀴, 불가레엉겅퀴Lanceolate thistle, 무티쿰엉겅퀴Swamp thistle 등 엉겅퀴 꽃 세 종류가 *지천*으로 피었다. 꽃송이마다 호박벌 한두 마리가 꼭 눈에 띈다. 지금 보라색 꽃이 드물기 때문에 이 꽃들은 더욱 돋보인다. 또 노란색과 검은색이 섞인 황금방울새들도 호박벌처럼 꽃에 앉았다. 엉겅퀴는 호박벌과 황금방울새에게 사랑받고 있다.

1852년 9월 5일

퍼플 제라르디아 꽃잎이 개천에 흩뿌려져 있다. 타원형 수상꽃차례에 달려 있는 조롱박모양 트리필룸천남성 열매는 지금 주홍색이고 꽃줄기는 아래쪽으로 휘었다. 인디언의 눈을 사로잡았을 색이다.

퍼플 제라르디아
Purple gerardia
(*Small-flowered, Agalinis purpurea var. parviflora*)

이제 막 꽃을 피운 이 식물은 무엇일까? 줄기는 거칠고 뻣뻣
하며 잎은 피침형이고 가장자리는 톱니모양이며 잎 밑동이 합
생한다(서로 붙어 있다). 주변화는 작지만 또렷하고 수과에 까락
4개가 돋아 있으며 가시는 아래쪽으로 돋쳤다. 좁은잎가막사리
Bidens cernua였다.

1854년 9월 5일

동그란 버튼부시 꽃 몇 개가 열매를 맺었다. *짙은 빨간색 열매는 달빛을 받으니 줄기 아래쪽 초록색 이파리와 더욱 선명하게 대비되었다.* 보통 때는 초록색이 더 짙고 빨간색은 흐릿해 보인다.

라브루스카포도
Fox grape
(*Vitis labrusca*)

1851년 9월 6일

포도가 익어가면서 공중에 향을 채운다.

하스타타마편초는 시계로는 적당하지 않다. 다른 버베인은 대부분 꽃이 피었는데 좀 늦되고 작은 하스타타마편초 표본이 전혀 꽃피울 기미가 보이지 않기 때문이다. 합굿 소유지 앞쪽에 있는 해리스 소유지 뒷길에서 키 큰 배나무를 보았다. 딸기 언덕에 산뜻한 좁은잎칼미아 꽃이 싱싱한 나뭇가지 끝에 피어 있었다. 환하고 예쁜 꽃이다. …

목향의 잎은 널찍하고 밑면에 주름이 졌다. 네이선 브룩스 소유지 앞쪽과 액튼 마을, 휠러 소유지 근처에 해바라기와 비슷한 꽃이 남아 있었다.

1859년 9월 6일

리아트리스가 약간 전성기를 지난 듯하다. 빛을 잘 받으면 아주 짙은 보라색을 뽐내며 멋진 광경을 보여주는 꽃이다. 처음 보는 사람은 리아트리스가 야생식물이라는 사실을 알면 놀랄 듯하다. 꽃이 만개하는 시기나 풍기는 느낌이 퍼플 베르노니아와 비슷하고 엉겅퀴나 수레국화류 Knapweed와도 유사점이 있지만 이 모두보다 훨씬 아름답다.

1851년 9월 7일

진심을 담아 풍경을 바라보면 풍경은 보는 이의 인생에 말을 건다. 어떻게 살 것인가. 어떻게 값지게 살 것인가! 젊은 사냥꾼

목향
Elecampane
(*Inula helenium*)

에게 사냥감을 어떻게 함정에 빠뜨리는지 가르치는 듯하다. 나는 이 세상 꽃에서 어떻게 꿀을 채취할지 매일 연구한다. 벌처럼 바쁘게 몰두하고 있다. 꿀을 얻기 위해 온 들판을 돌아다닌다. 꿀과 밀랍을 한가득 구했다고 느끼는 순간만큼 행복할 때가 없다. 나는 벌처럼 하루 종일 자연의 꿀을 찾아다닌다. 이 꽃에서 저 꽃으로 눈길을 옮겨 꽃가루를 섞고 수정시켜 더 귀하고 훌륭한 꽃을 생산한다. 콧노래를 흥얼거리며 온종일 유쾌하게 일한다. 모든 일이 꿀처럼 달게 느껴지고 내 몸의 세포는 벌이 된 것 같다. 나는 꽃과 함께하련다. … 곡식밭 모래 위에 블루컬과 섞여 자라는 돼지풀이 내 신발을 황록색으로 물들였다. 이 황금빛 가루를 신들의 암브로시아에 비유한 시인이 있지 않을까.

1857년 9월 7일

루스 베네나타 열매가 하얘지고 있다. 아주 짙은 촉촉한 초록색 잎은 매우 싱싱해 보이고 곤충들이 거의 먹지 않았다.

1858년 9월 7일

안토니 모퉁이를 돌았다. 녹아내릴 듯 따뜻하고 화창한 9월의 이른 오후였다. 메뚜기가 빛을 받아 반짝거리며 수없이 눈앞에 뛰어다닌다. 들판과 조금 떨어진 곳에서 네모랄리스미역취가 크세르크세스 군대처럼 나와 태양 사이를 노랗게 물들였다. 사방에서 귀뚜라미가 부르는 '대지의 노래'가 들려온다. 메

뚜기 덕분에 새들이 살찐다. 건조하고 황량했던 들판은 자연이
팔레트 한쪽에 노란 물감을 짠 듯 이제 노란 덩어리가 되었다.
사람들은 말 그대로 무릎까지 무성한 꽃을 헤치며 걷는다.

1860년 9월 7일

장미 열매가 어느 때보다 아름다워 보인다.

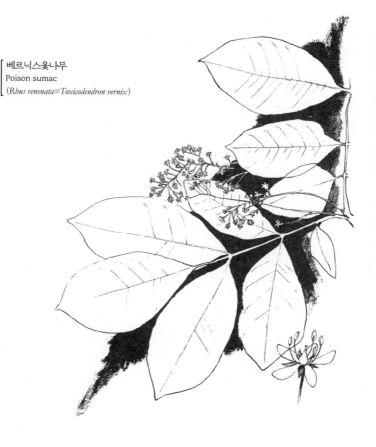

베르닉스옻나무
Poison sumac
(*Rhus venenata=Toxicodendron vernix*)

1851년 9월 8일

한 해는 여름이자 성년의 시기를 보내고 있을지 모르지만 꽃은 이 시기에 속하지 않는다. 지금은 시듦과 먼지, 열기의 계절이고 작은 열매와 소소한 경험의 계절이다. 여름은 이렇게 인간에게 대답한다. 하지만 초가을에는 여름의 기운이 남아 있다. 청명하고 사색적이며 따뜻한 가을 날씨가 이어지면 일부 봄꽃이 다시 꽃을 피운다. 내 삶에도 이런 따뜻한 가을이 부족하지 않기를.

가을은 겨울이 오기 전에 사냥하기 좋게 맑고 온화한 날씨가 이어지는 계절이다. 봄처럼 안심하고, 오히려 그보다 더 평온한 마음으로 다시 한 번 바닥에 드러누울 수 있는 계절이다. 나는 여름의 휘장을 감고 누워서 기분 좋은 꿈을 꾸려 한다. 겨울을 매개로 한 해가 바뀌듯 우리의 삶도 죽음을 매개로 다른 삶으로 바뀐다.

1853년 9월 8일

장미, 보아하니 로사 루시다가 무어 늪 근처 그레이트 들판의 따뜻한 둑에 페다타제비꽃과 함께 풍성하게 피었다.

1854년 9월 8일

드워프 슈맥 언덕의 버지니아풍년화Witch hazel가 내일이나 모레쯤 꽃을 피울 듯하다.

1850년 9월 9일

엉겅퀴 꽃이 피었다. 모든 아이들이 한 번쯤 쥐어보려고 하는 꽃이다. 꽃송이가 아이 손에 쏙 들어온다.

1858년 9월 9일

루브라느릅나무Slippery elm 근처 바위 아래 히스트릭스갯보리Bottle-brush grass가 오래전에 꽃을 피웠다.

히스트릭스갯보리
Bottle-brush grass
(*Gymnostichum hystrix=Elymus hystrix*)

1851년 9월 10일

미국자리공Poke은 아주 색이 짙고 매력적이다. 나는 절벽 아래 핀 꽃을 보고 깜짝 놀랐다. 자주색 줄기가 우아하게 사방으로 늘어지고 풍성한 잎에는 약간 노란빛이 도는 자주색 잎맥이 있으며, 총상꽃차례도 환한 자주색이다. … 꽃봉오리와 꽃, 검게 익은 열매와 짙은 자주색 열매, 열매가 떨어진 자리에 붙어 있는 꽃받침 같은 꽃잎 등 이 모두가 한 개체에 보인다.

나는 온대 지방 식생 중에 붉은색 식물이라면 무엇이든 사랑한다. 가장 그윽한 색이기 때문이다. 손가락으로 열매를 눌러서 그 짙은 자줏빛 포도주가 내 손을 물들일 때 얼마나 기분이 좋은지. 이 꽃과 열매는 환한 태양빛을 머금은 뒤 가장 아름다운 형태로 내보인다. 바로 이 계절에 봐야 할 식물이다. 그 색채가 나의 피에 말을 건다.

1852년 9월 11일

비 오는 날 더없이 싱싱해 보이는 꽃들이 있다. 꽃이 거의 졌다고 생각했을 때 소생할 뿐 아니라 궂은 날씨와 꽃의 환한 색이 대조되어 더 아름다워지는 듯하다. 퍼플 제라르디아와 좁은잎가막사리가 그렇다. 바닥에 흩어진 퍼플 제라르디아와 블루컬 꽃잎에 비가 쏟아지는 광경이 흥미진진하다.

미국자리공
Pokeweed
(*Phytolacca americana*)

블루컬
Bluecurls
(*Trichostema dichotomum*)

1859년 9월 11일

흐리고 비도 추적추적 내리는 날 오후 가을민들레가 피었다.

1851년 9월 12일

소나무 언덕 뒤쪽 베이커 초원에서 제비꽃 한 송이를 발견했다. 쿠쿨라타제비꽃Viola cucullata 같다. 꽃잎이 다섯 개인 좁은잎가막사리도 보였다.

링컨 길에 들어섰을 때 묘한 향기를 맡았다. 어떤 식물인지 계절상 특이한 상태인 것 같았는데 아무리 주위 냄새를 맡아도 찾을 수가 없었고 열심히 찾을수록 더 멀어지는 듯했다. 하지만 찾기를 포기하려고 할 때 다시 향기가 퍼졌다. 가을 공기의 일부가 된 달콤한 향기가 후각을 더없이 살찌우고 콧구멍을 팽창시켰다. 향이 더 진하게 느껴졌다. 나는 보통 사람보다 후각이 특히 예민한 것 같고, 식물을 뽑으면 무조건 향을 맡아보는 습관이 있다. 길가에서 익어가는 포도 향기는 가을 그 자체다.

1853년 9월 12일

오늘 오후, 아름다운 아스터 코림보수스에 매료되었다. 산방꽃차례에 양끝이 금방 말려들 것 같은 길고 뾰족한 자주색 주변화가 7~8개 달려 있고, 중심화는 대팻밥을 붙여놓은 듯하다. 아스터속 가운데 무척 관심이 가는 꽃이다.

1859년 9월 12일

도깨비바늘속Bidens 식물 중에 네 가지 품종이 지천으로 깔렸다(미국가막사리, 코나타가막사리Bidens connata, 좁은잎가막사리, 크리산테모이데스도깨비바늘B. laevis). 하지만 베키도깨비바늘Bidens beckii은 강물 수위가 올라가면서 *대부분* 물에 잠겼다. *이를 제외하고* 처음 말한 두 가지 식물은 볼품없고 잘 눈에 띄지 않으며 붉은서나물처럼 꽃잎도 거의 없는 데다 쓸모도 없지만, 세 번째와 네 번째는 무척 돋보이고 흥미롭다. 눈부신 노란 빛깔로 농익은 저지대에 광채를 더한다.

나는 무어 늪에 서서 건조한 가필드 둑을 바라보고 있다. 나무들이 전반적으로 변하기 직전이었다. 늪 옆에 있는 메마른 언덕이 미역취와 진홍색으로 변해가는 개암나무 관목으로 여기저기 덮여 불그스레하게 익어간다.

그레이트 들판의 스테드먼 버트릭 소유지를 비롯해 여러 들판이 물들고 있다. 그곳은 이제 바람에 흔들리는 황금빛 네모랄리스미역취 지팡이가 촘촘하게 들어찬 덩어리다(*약간* 한창때를 지났다). 작은 꽃 수백, 수천 송이가 빛을 향해 고개를 든다. 화려한 꽃들 중에 올해 가장 커다란 군락이며, 드넓은 들판 가득 한결같이 30~60센티미터 높이의 줄기가 시든 풀 위로 솟아 있었다. 호박 같은 노란 과일들이 빛나기 시작했고 나무는 곧 눈에 띄게 변할 것 같다.

1851년 9월 13일

크루시아타애기풀Cross-leaved polygala은 스스로 향을 통제하는 듯하다. 분명 향기를 맡고 황홀해졌었는데 이제 아무 냄새도 나지 않는다. 지나치게 가까이 가지 말고 모든 방향과 거리에서 집중하면 이내 대단히 달콤하고 집요한 향기가 이쪽으로 퍼져 올지도 모른다. 오랜 기간 충분하게 경험해본 향이 아니기 때문에 무엇과 비슷하다고 확실히 말할 수는 없다. 갑작스럽게 향이 훅 끼쳐오기 전에는 아무 냄새도 못 느낄 가능성이 높다. 향을 감지했을 때만 기억해낼 수 있다.

1852년 9월 13일

다양한 색조의 파란색 아스터 꽃, *촘촘히 모여 자라*는 작은 *흰색* 아스터 꽃이 길가에 그 어느 때보다 무성하다.

생명이 있는 모든 존재, 모든 꽃은 살아 있는 한 정직하고 빠르게 자기 몫을 다한다. 자연은 단 하루, 한순간도 헛되이 하지 않는다. 행성이 축을 중심으로 궤도를 돌 때 시간과 계절도 놀라운 속도로 빠르게 회전한다. 한순간이든, 수억 겁의 세월이든 시간은 항상 그런 속도로 나아간다. 게으른 이는 자기 할 일을 하는 사람을 무척 빠르다고 느낀다. 자기 시간에 늦지 않는 사람은 빠르다. 불사의 존재는 빠르다. 우리의 길을 열어준다.

식물은 1년 내내 기다리다가 스스로 준비를 갖추고 대지가 준비를 끝낸 순간 지체 없이 꽃을 피운다. 순식간에 일이 벌어진다. 게으른 인간의 마음속에서 9월의 평화로운 적막은 공장

이 윙윙 돌아가는 소음으로 들린다. 일을 함으로써 이 공기 속의 소음을 잠재울 수 있다. …

나는 감각을 자유롭게 풀어주고 걸어야 한다. 꽃과 돌만큼이나 별과 구름을 *관찰*하는 것도 쉽지 않다. … 나는 감각이 쉬지 못할 만큼 지나치게 집중하는 버릇 때문에 끊임없이 중압감에 시달린다. 보이는 것에 사로잡히지 말자. 대상에 다가가지도 말라. 그것이 내게 다가오게 만들어야 한다.

스스로 항상 아래쪽만 쳐다보고 시선을 꽃에만 가두는 모습을 발견했을 때 이를 바로잡기 위해 구름을 관찰해볼까 생각했다. 하지만, 아아. 구름 연구도 그에 못지않게 나쁜 생각이다. 내게 필요한 것은 그 무엇도 바라보지 않고 그저 한가롭게 걸어가는 것이다.

1856년 9월 13일

언덕을 올랐다. 불가리스매자나무가 많이 보였고 절반이긴 하지만 벌써 붉은색으로 멋지게 변했다. 언덕 꼭대기에 무성한 가을민들레가 한창인 것을 보고 깜짝 놀랐다. 참나무 근처였다. 그렇게 두텁게 풀밭을 덮은 모습은 처음 보았다. 선선한 봄을 연상시키는 노란색이었다. 그렇게 일찍 꽃을 피웠으면서도 이 계절까지 힘을 남겨두었다. 귀뚜라미가 귓전에 노래를 불러주듯 내 눈을 시원하게 틔워준다.

1858년 9월 13일

스카렛페인티드컵 초원 동쪽 가장자리에 있는 벽에 크리니타수염용담이 활짝 피었다.

크리니타수염용담
Fringed gentian
(*Gentianopsis crinita*)

1859년 9월 13일

강가에 크리산테모이데스도깨비바늘이 흐드러지게 피었고, 크고 둥근 꽃송이가 어찌나 환한지 눈이 멀 지경이다. 내 눈은 매년 그 꽃을 보고 호강한다. 마을 근처에 아주 적은 개체만 서식하지만 그 몇 안 되는 녀석들이 언젠가는 꼭 모습을 드러낸다. 노랑 백합은 농축된 가을 열기 탓에 상대적으로 차가운 빛깔로 보인다.

1852년 9월 14일

유료 도로 쪽에 있는 에머슨의 퇴비 더미에 돋아난 '환한 붉은 자주색 꽃'과 붉은 줄기를 가진 식물은 내 생각에 히포콘드리아쿠스비름Amaranthus hypochondriacus 같다.

히포콘드리아쿠스비름
Prince's feather
(*Amaranthus hypochondriacus*)

1856년 9월 14일

유료 도로를 비롯해 작은 길 몇 군데에 아스터 트레데스칸
티Aster tradescanti가 피었다. 나비와 벌이 우글거렸다. 분홍색 꽃
도 보인다. 자연이 할 일을 마무리했으리라 생각하던 터에 이
런 늦은 꽃들은 얼마나 뜻밖인지. 사람들은 올해 자연이 무엇
을 하는지 지켜보았고, 길가에 핀 잡초 몇 포기는 눈치채지 못
했거나 서둘러 가을을 맞이하려는 여름 꽃의 잔재라고 오인했
을 것이다. 길가의 모든 나뭇가지와 나뭇잎을 알고 있으니 이
제 더 구경할 것도 없다고 생각했으리라. 하지만 놀랍게도 지
금 도랑에는 조그만 별이 셀 수 없을 만큼 가득하다.

1859년 9월 14일

케르누아타래난초는 향매화오리와 같은 향을 풍긴다.

1851년 9월 17일

제임스 베이커 소유지에서 양버즘나무와 나무 안에서 3년 동
안 살고 있는 벌떼들을 보았다. 하지만 꿀을 비롯해 아무것도
손댈 수 없었다.

1859년 9월 18일

올해 관찰해보니 크리니타수염용담은 버지니아풍년화보다
먼저 개화하는 듯하다. 다른 지역에는 버지니아풍년화가 먼저
피는 경우가 대부분이지만 나는 오늘에서야 버지니아풍년화

양버즘나무
Sycamore
(*buttonwood, Platanus occidentalis*)

꽃을 발견했고 핀 지 하루나 이틀 이상 된 것 같지 않다.

1852년 9월 19일

그늘진 곳에서 클라우사용담을 보니 상쾌하면서도 놀랍다. 탄탄한 원통형 꽃은 푸른색이고 줄기는 자줏빛이다. 상당수가 잘려나갔지만 강가에 풍성하게 피어 있다.

1854년 9월 19일

오늘 오후에 해야 할 작문 강의와 그 강의 때문에 올겨울 외국에 나갈 일을 생각하면, 여태껏 누려온 무명과 가난이 얼마나 이로운지 깨닫게 된다. 나는 거리낌 없이 화려한 자유를 누리며 왕 못지않게 당당하게 생각했고 시적인 여가를 즐기며 한 해를 보냈다. 나 자신을 자연에 맡겼다. 셀 수 없이 많은 봄과 여름과 가을, 겨울을 그 속에서 *숨 쉬는 것만이* 전부라는 듯 살아왔고 계절이 마련해준 모든 영양분을 흡수했다. 예를 들어 나는 몇 년을 꽃과 함께 살았다. 그 무엇에도 구애받지 않고 꽃이 언제 피는지 관찰했다. 가을 내내 나뭇잎이 어떻게 색이 변해 가는지 관찰할 여유가 있었다.

1856년 9월 19일

둑 근처 길가에 펜실바니아여뀌Polygonum pensylvanicum 꽃이 풍성한 것을 보고 놀랐다. 언젠가 브래틀보로에서 처음 보았던 꽃이다. 이로써 내가 아는 마디풀속Polygonum spp. 식물은 스무

펜실바니아여뀌
Pennsylvania smartweed
(*Pinkweed, Persicaria pensylvanica*)

종이다. 콩코드에는 킬리노데닭의덩굴Polygonum cilinode과 버지
니아이삭여뀌Polygonum virginianum밖에 없다.

1852년 9월 21일

　조그만 라테리폴로라골무꽃 꽃과 황새냉이 꽃, 우단담배풀
꽃이 피었다. 요즘 꽁지가 날렵한 피전 우드패커가 자주 보인
다. 자작나무와 느릅나무가 노랗게 변하기 시작했고 곳곳에서
양치식물도 꽤 노란색이나 갈색으로 변했다. 개천가에 아스터
운둘라투스Aster undulatus를 비롯해 푸른빛이 도는 키 큰 아스터
다발이 군데군데 보인다. 화사한 카에시아미역취Blue-stemmed
goldenrod도 한창이다.

　코너 샘 근처 단풍나무 늪을 걷다가 땅에 떨어진 사과를 보
고 놀랐다. 처음에는 누가 땅에 떨어뜨린 줄 알았지만 위를 보
니 야생 사과나무가 있었다. 어린 단풍나무처럼 키가 크고 날
씬했고 밑동의 직경이 15센티미터 미만이었다. 이 나무는 올해
꽃을 피우고 열매를 맺었다. 사과에 멍이 들고 흠집이 났지만
꽤 향긋하고 맛이 좋았다. 사과를 주워 주머니에 담았다. 다람
쥐가 나보다 먼저 이 열매들을 발견했다. 늪 한가운데서 이렇
게 크고 맛좋은 과일을 발견하다니 뜻밖의 선물이었다.

1854년 9월 21일

　화창하고 맑지만 제법 쌀쌀한 공기와 밝은 노란색의 가을민
들레가 잘 어울린다. 미역취 꽃은 말라붙었다. 용담은 거의 피

자마자 냉해를 입었다. 세 알씩 붙어 있는 예쁜 별모양 미국흰참나무 도토리가 땅에 많이 흩어져 있다.

1859년 9월 21일

화약 공장 위쪽 아사벳 강을 따라 조류 꽃이 붉게 타오른다.

1851년 9월 22일

헤이우드 초원의 언덕 비탈에서 '붉은서나물'이 벌써 서리를 맞고 갈색으로 시든 모습을 보고 깜짝 놀랐다. 벌써 몇 달 전에 죽어버린 듯, 불이 나서 타버린 듯. 무척 여린 식물이다.

1852년 9월 22일

내가 이번 여름에 보지 못했던 다음 식물들을 소피아가 콩코드에서 발견하고 표본으로 갖고 있었다. 두 번째 허바드 숲에서 채취한 베르티킬라타방울새란Whorled pogonia. 비겔로에 따르면 7월에 개화한다. 운둘라툼연영초Painted trillium. 비겔로에 따르면 5~6월에 개화한다. 우불라리아 페르폴리아타Uvularia perfoliata. 비겔로에 따르면 5월에 개화한다.

1859년 9월 22일

오늘 오후 비가 내리자 가을민들레가 모두 꽃송이를 닫았다. 그렇다면 맑거나 구름 낀 오전이나 구름 낀 오후에만 피는 것일까?

베르티킬라타방울새란
Whorled pogonia
(*Pogonia verticillata=Isotria verticillata*)

1852년 9월 23일

겐티아노이데스고추나물Sarothra gentianoides 꽃이 피었다. 북풍이 미국수련 잎을 뒤집는 바람에 빨간 아랫면이 드러나고 수련 줄기는 물살을 거슬러 기울어졌다. 이제 풍경에서 노란색은 찾아보기 힘들다.

1857년 9월 23일

예전에 미국너도밤나무가 자라던 곳의 동쪽 방향 숲에서 시들해진 노란색 구상난풀을 발견했다. 하지만 *빨간색* 구상난풀은 풍성했고 대부분 싱싱했다.

1859년 9월 23일

악취를 풍기는 독초가 길에만 자라는 것은 아니다. 우리의 악덕과 사치가 소박하고 건전한 식물을 냄새나는 잡초로 만든다. … 나는 악취가 진동하는 식물들을 보고 철길을 따라 죽 오두막을 세웠던 자리를 알아냈다. 섬세한 야생화를 찾을 때는 그곳에 가지 않는다.

머물렀던 자리에 더없이 아름다운 야생화가 돋아나도록 살아라. 로툰디폴리아초롱꽃Harebell, 제비꽃, 그리고 등심붓꽃처럼….

1860년 9월 23일

주목 길 북쪽에 자라는 캐나다주목을 기준으로 동쪽으로 50미

터쯤 떨어진 곳에 있는 빨간색 구상난풀이 막 시들었다. 싱싱한 구상난풀 뿌리의 향은 *확실히* 파스향나무와 비슷하다. 흠집이 난 구상난풀은 내 방에서 신선한 흙 같은 달콤한 향기를 일주일 넘게 풍겼다.

1851년 9월 24일

클레머티스 개천에서 시리아관금관화를 발견했다. 골돌과 깍지 끄트머리가 위쪽을 보고 있었다. 전에는 모두 아래를 향했던가? 어쨌든 벌써 터지는 중이었다. 나는 가늘고 긴 비단실이 붙어 있는 씨앗을 터뜨렸다. 껍질이 터지자마자 솜털은 반구형으로 펼쳐지더니 산산이 흩어지면서 올올이 프리즘 같은 빛을 반사했다. 씨앗에는 날개가 달렸다. 씨앗 하나를 날렸더니 처음에는 머뭇거리다 천천히 올라가면서 내가 느끼지 못하는 바람을 타고 이 쪽으로 날아왔다. 옆의 나무에 부딪혀 난파할까 봐 걱정했지만 아니, 나무 근처에 가서 더욱 높이 날아올라 강한 북풍을 받아 빠르게 반대방향으로 갔다. 야단법석을 떨면서 튀기고 던지다가 몇십 미터 공중으로 날아올랐다. 씨앗은 결국 남쪽으로 멀어지면서 내 시야를 벗어났다.

이 계절에 무수한 씨앗들이 새 땅에 자손을 퍼뜨리기 위해 언덕과 초원과 강을 넘어 바람이 잦아질 때까지 제각각 다른 방향으로 이동한다. 얼마나 멀리 가는지 누가 알 수 있을까. 이를 위해 비단실 같은 솜털이 환한 빛깔의 상자 안에 아늑하게 들어차서 여름 내내 단장해왔다. 목표를 이루기에 완벽한 과정이며, 가을과 앞으로 맞이할 수많은 봄을 예언한다. 시리아관금 관화가 신실하게 씨앗을 맺고 있는데 누가 다니엘[3]의 예언을 믿을 것이며, 다가올 여름에 세계 종말이 온다는 밀러[4]의 말을 믿겠는가?

1854년 9월 24일

개박하Catnip 꽃이 아직도 보인다.

1859년 9월 24일

허바드 비탈에서 미국자리공 열매가 채 3분의 1도 익기 전에 크게 냉해를 입었다. 꽃은 아직 남아 있다. 아래로 늘어진 큼직한 총상꽃차례에 거무스름한 보라색 열매가 달려 있고 꽃차례 길이는 15센티미터 이상이며 끝으로 갈수록 폭이 조금 가늘어진다. 크고 납작하며 푹 익은 검은색 열매는 꽃차례 아랫부분, 초록색 열매와 꽃은 윗부분에 보인다. 모두 자주색이나 진홍색 꽃자루에 달려 있다.[5]

고사리삼 늪에 우뚝 서 있는 라디칸스옻나무Rhus radicans 한 그루를 발견하고 놀랐다. 높이와 너비가 약 3미터이고 불가리스매자나무 덤불 위로 쑥 솟아 있다. 한창 색이 변하는 중이며 지금 아주 아름다운 진홍색과 노란색을 보여준다. 처음 봤을 때는 무슨 나무인지 몰랐다.

라디칸스옻나무
Poison ivy
(*Rhus radicans*=*Toxicodendron radicans*))

1857년 9월 25일

둑 아래 서늘하고 그늘진 곳에서 클라우사용담의 짙은 푸른
색 돔을 발견했다. … 루스 베네나타Rhus venenata는 아직 희미
한 진홍색이나 노란색이다.

1858년 9월 25일

에드워드 호어가 작년에 집 정원에서 흰독말풀Datura stramonium 을 발견했다고 말했다. 이 지역 식물군에 추가해야겠다.

1959년 9월 25일

흰왕씀배Nabalus albus가 한창때를 지났지만 아직 무성하다. 나무 사이로 숨은 꽃 한 송이에 호박벌이 세 마리나 앉은 모습을 발견했다.

1852년 9월 26일

초원과 강 주변으로 확대되는 진홍과 노랑 색조는 거대한 꽃봉오리가 터지는 모습을 연상시킨다. 이 빛깔은 계곡 너비로 펼쳐진 꽃부리의 꽃잎이다. 봉오리를 터뜨리며 붉어지기 시작하는 가을꽃이다. 하지만 숲의 나뭇잎에는 아직 거의 변화가 없다.

1859년 9월 26일

목배풍등은 늘어진 송아리에 열매가 열리는 품종이다. 나는 이 치렁치렁한 취산꽃차례보다 더 우아하고 아름다운 송아리를 보지 못했다. 열매는 타원형이며 진홍색이나 반투명한 선홍색이고, 나뭇가지 끝에 잎이 달리듯 강청빛이나 납빛이 도는 자주색 작은꽃자루Pedicel(꽃자루Peduncle가 아니다)에 달려 있다. 강굽이에 보이는 열매들은 아주 긴 타원형이며 특히 잘생겼

흰독말풀
Jimsonweed
(*Datura stramonium*)

다. 늘어진 취산꽃차례는 벌집처럼 약간 육각형 모양이고, 내 생각에 이처럼 가지런하게 배열된 열매는 없는 듯하다. 게다 가 색은 어찌나 다채로운지! 꽃자루와 나뭇가지는 초록색이고 작은꽃자루와 꽃받침잎만이 흔치 않은 감청빛이 감도는 자주 색이며, 열매는 반투명한 선홍색이다. 강변 한구석에 열린 이

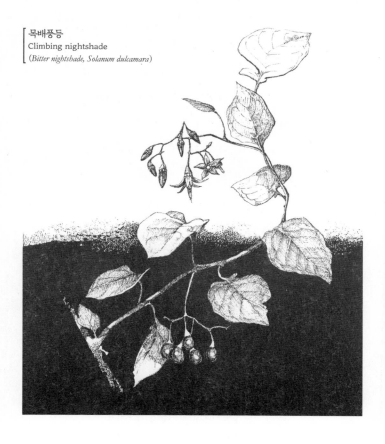

목배풍등
Climbing nightshade
(*Bitter nightshade, Solanum dulcamara*)

열매들은 여인의 귀에 달린 그 어떤 보석보다 우아하게 달랑거린다.

1852년 9월 27일

노랑물 카펜시스봉선화 과피가 권총처럼 씨앗을 발사하며 내 모자 속에서 폭발했다. 트리필룸천남성 열매가 무르익었다. 원뿔형 수상꽃차례에 불규칙한 진주알 모양의 진홍색, 주홍색 열매가 자줏빛 중심부에서 2센티미터 길이로 튀어나와 있다. 밝은 색 봉랍이나 색을 입힌 거북이 등껍질과 색감이 동일하며 꽃자루는 방망이 모양이다. 일부 잎사귀가 우아한 흰색으로 변했고 특히 잎 뒷면이 더 하얗다. 맨땅이나 축축한 잎사귀가 덮인 바닥 곳곳에 이 선명한 빨간색 수상꽃차례가 보인다. 메데올라 비르기니아나 열매와 라케모숩두루미꽃의 원추꽃차례에 달린 큼직한 붉은색 열매도 잔뜩 눈에 띈다.

1851년 9월 28일

따뜻하고, 습하고, 안개비가 내리지만 바람은 잔잔하다. 허바드 숲의 스트로브잣나무에 초록색과 노란색이 예쁘게 어우러졌다. 열매가 익으면 벌어져서 솜털이 가득한 씨앗을 밀어내는 시리아관금관화를 연상시킨다. 그만큼 보송보송한 느낌이다. 나는 열흘 가까이 새 꽃을 찾지도 않고 주머니에 식물학 책을 넣어 다니지도 않았다. 지금 가을민들레가 전성기를 맞아 아주 싱싱하고 풍성하다.

늪에는 아름다운 사이드새들 플라워Siesaddle flower가 서식한다. 사르세니아 푸르푸레아Sarracenia purpurea로도 불리는데 가장 좋은 이름은 자주사라세니아다. 거칠한 붉은색 이끼가 들쭉날쭉 깔린 이끼 밭에 조그만 장지석남속 꽃이 솟아 있고, 그 사이에 자주사라세니아 꽃과 꽃줄기가 빛을 반짝인다. 이끼는 건조한 편이었지만 물기를 잔뜩 머금은 자주사라세니아를 쓰러뜨리지 않고는 걸을 수 없었고 결국 발이 젖었다. 게다가 실수로 자주사라세니아가 잔뜩 있는 곳에 앉았다가 건조할 줄 알았던 자리가 흠뻑 젖어 있는 것을 발견했다. 이파리는 평범한 초록색부터 줄무늬가 가득한 노란색이나 짙은 빨강까지 다양한 색이었다. 이 넓적한 꽃부리 안쪽보다 더 색과 무늬가 다채로운 식물은 없다.

1852년 10월 2일

가을 빛깔이 만연한 나무와 언덕에 둘러싸인 페어 헤이븐 호수는 더없이 아름답다. 마치 화려하게 장식한 액자 같다. 맹아림의 순결하고 섬세한 참꽃단풍나무들은 더욱 짙은 진홍색으로 변해간다. 여느 꽃보다 훨씬 아름다운 광경이다. 꽃다발처럼 나무를 오롯이 뽑아서 집에 가져오고 싶다.

1856년 10월 2일

얼마 전에 꽃이 진 렉시아의 주홍색 잎과 줄기는 전에 꽃과 거칠한 잎이 그랬듯 초원에 환한 구획을 지었다. 렉시아의 과

피는 우아하게 생긴 작고 완벽한 크림 주전자다. 코팔리나붉나무Mountain sumac는 대부분 짙은 진홍색이 되었다.

1857년 10월 2일

양지꽃류부터 백두산떡쑥속, 애기수영, 발밑의 딸기까지 가을 식물은 대체로 잎이 붉다. 미국흰참나무는 아직 초록색이 짙고 드문드문 선명한 빨강 잎이 섞여 있다. 커다란 참꽃단풍나무도 대부분 노란색을 벗지 못했고 일부 붉은 기가 도는 나무들이 진홍색으로 짙어지는 중이다.

허바드 길에서 크리니타수염용담이 얼마 전에 개화했고 대부분 벌써 시들었다. 보레알리스나도옥잠 습지의 동물들이 앉은부채 과피에서 씨앗을 꺼내간 것을 발견했다.

1860년 10월 3일

9월 28일, 29일, 30일, 특히 10월 1일에 내린 심한 서리로 물푸레나무와 히코리나무, 그밖에도 수많은 나뭇잎들이 시들고 바삭해지거나 떨어졌다. 우방자 꽃을 비롯해 많은 식물이 말라 죽었다.

1851년 10월 5일

보랏빛 아스터, 미역취, 옵투시폴리움왜떡쑥, 퍼플 제라르디아, 크리산테모이데스도깨비바늘 등이 아직 보인다. 노베기카양지꽃과 작은 양지꽃이 여전히 피어 있다. 미나리아재비 늦꽃

도 마찬가지다. 버지니아풍년화도 피었다. 스피카타숫잔대 꽃
이 아직 싱싱하다. 스카브룸조밥나물의 원추꽃차례에는 솜털
이 보송한 동그란 씨앗송이가 남아 있다.

1858년 10월 5일

오전 8시. 언제 크리니타수염용담 꽃부리가 열리는지 보려고
허바드 길에 갔다. *해가 뜨고 나서 오전 8시 반이나 9시쯤 피기
시작했다.*

1857년 10월 7일

바르토니아 초원를 곧장 가로질러 베어가든 언덕에 갔다. 모
래비탈에 다다를 무렵 빛나는 적갈색 언덕 너머 해가 뜬 방향
으로 250미터쯤 앞에 단풍나무 늪 꼭대기가 보였다. 너비 약
100미터에 깊이 3미터, 대단히 강렬한 주황빛과 노란빛이 도는
기다란 늪이다. 그 어떤 꽃이나 과일, 물감 못지않게 아름다운
색으로 빛났다.

1852년 10월 8일

오후에 월든 호수로 갔다. 캐나다해란초의 꽃차례 꼭대기에
꽃이 몇 개 피었다. 왜떡쑥, 붉은토끼풀, 냉이, 마디풀Door grass,
비톨로르미역취White goldenrod, 싱싱한 쑥국화, 베노숨조밥나물
을 발견했다.

미누스우엉
Burdock
(*Arctium minus*)

1856년 10월 8일

숲 속에서 마쿨라타매화노루발 주변에 쌓인 고엽 위에 커다란 두꺼비가 앉아 있었다. 보통 두꺼비보다 훨씬 어두운 갈색으로 잎 색과 비슷했다. 두꺼비도 자기 주변의 땅을 닮는다는 증거다.

1851년 10월 9일

여기 황홀한 언덕 비탈, 리 절벽에 버지니아풍년화가 만개했다. 넓적한 노란색 잎은 떨어지는 중이었다. 잎이 완전히 떨어져서 땅을 덮고 짐승 가죽 색깔이 된 덤불도 있었다. 무척 흥

버지니아풍년화
Witch-hazel
(*Hamamelis virginiana*)

미로운 식물이고 10월과 11월이 제철이지만 나는 이 꽃을 보면 이른 봄을 떠올린다. 버지니아풍년화 꽃은 버드나무 꽃차례처럼 봄내음을 풍기기 때문이다. 샤프란 빛깔을 띤 한 해의 새벽에 해당하는 색과 향기를 지녔다. 잎이 떨어지고 서리가 내리면서 온갖 신호가 가을을 알리지만, 영원히 번영하는 자연의 삶은 결코 훼손되지 않음을 암시한다. 언덕 꼭대기에서 햇살이 들이쳐서 그늘진 비탈에 서 있는 버지니아풍년화의 윗가지와 노란 꽃을 환하게 밝혔다.

마디가 많고 앙상한 버지니아풍년화 가지는 다른 가지와 헷갈릴 일이 없다. 나는 가지 아래에 등을 대고 기분 좋게 누웠다. 잎이 떨어지는 동안 꽃이 피어난다. 가을이 지나고 진정한 봄이 오는 것이다. 그렇게 봄은 한 해 내내 이어진다. 머리 위로 찌르레기 두 마리가 높이 남쪽으로 날아갔지만 나의 사유는 버지니아풍년화와 함께 북쪽으로 간다. 그곳은 요정의 나라다. 불멸하는 영혼의 일부다. 벌 따위 곤충들이 꿀을 뽑아내기에는 너무 늦은 시기라고 생각했지만 꽃에 앉은 벌 한 마리를 발견했다. 이 늦꽃 한 송이가 벌에게는 얼마나 소중한 존재일까!

1852년 10월 9일

카펜시스봉선화, 서양꿀풀, 좁은잎가막사리, 케르누아타래난초, 아르벤스점나도나물, 페레니스달맞이꽃, 좁은잎해란초Butter-and-eggs가 무성하다. 흰왕씀배, 개발나물, 아르겐테아양지꽃, 메이위드도 있다.

1851년 10월 10일

오늘 아침 하늘이 파랑새로 가득했다. 다시 봄이 온 듯하다. 이 가을에 많은 것들이 봄의 부활을 알린다. 버지니아풍년화는 물론 봄꽃들이 개화하고 봄새가 노래를 부르며, 갖가지 곡식과 풀이 돋아난다.

1858년 10월 10일

3시, 4시에 수많은 크리니타수염용담 꽃봉오리가 피어나는 모습을 발견했다. 사실 오후 내내 꽃망울을 터뜨렸을지도 모른다. 그 낮은 곳에서 10월의 햇빛과 시원한 공기를 흡수하려고 꽃잎을 펼친다. 푸른색이 어쩌나 짙은지! 수컷 파랑새 등보다 새파랗다. 새도 이 꽃을 보고 기운을 냈을 것이다.

1860년 10월 10일

1855년 8월, 슬리피 할로 묘지에 들어설 인공연못을 위해 지반을 측정했다. 이 연못은 3~4년 동안 조금씩 작업하여 작년 1859년에 완성되었다. 나는 그 연못에 큼직한 베리에가타개연과 미트로필라개연Kalmiana lily이 벌써 조그만 밭을 이룬 것을 발견했다. 이렇듯 죽음 한가운데에 우리 삶이 있다.

근처 들판에 연못 하나만 파도 곧 물새와 파충류, 물고기*뿐만 아니라* 수련 같은 전형적인 수생식물이 자리를 잡는다. 연못을 파자마자 자연은 그곳을 채우기 시작한다.

1856년 10월 11일

코낸텀의 허클베리 밭이 이제 붉은 색이 되었다. 이곳 절벽에는 싱싱한 미국자리공과 캐나다해란초, 캐나다금낭화Turkey corn 가 자란다. 비톨로르미역취는 여전히 무성하고 벌이 잔뜩 날아든다.

1851년 10월 12일

어제 오후, 에머슨 소유지 위쪽 개천가에서 페레니스달맞이꽃을 발견했다. 노베기카양지꽃과 가을민들레는 시들고 있었다. 호우스토니아 카에루레나, 미나리아재비, 작은 미역취와 약간 보랏빛을 띤 아스터도 여러 종류 보였다.

1857년 10월 12일

개천가의 크리니타수염용담이 전성기이고 스카렛페인티드컵 초원 북쪽 가장자리에도 무성하다. 꽃과 잎이 시들어 갈색이 된 하스타타마편초의 줄기는 꼭대기부터 뿌리 쪽까지 미국자리공만큼 선명하고 예쁜 보라색이다.

1858년 10월 12일

핑스터 늪에 도착했다. 아잘레아 잎이 거의 다 떨어졌고 커다란 꽃봉오리가 드러났다. 그렇게 꽃들이 내년을 단단히 준비한다. 인간에게 모든 것은 불확실하다. 인간은 자신 있게 다음 봄을 기다리지 않는다. 하지만 세이버리 리브드 아스터Savoryleaved aster 뿌리를 관찰하면 위로 구부러진 예쁜 보라색 새싹이 보인다. 내년에 필 꽃을 품은 이 새순은 땅속에서 벌써 1센티미터 이상 자랐다. 자연은 언제나 자신만만하다.

1852년 10월 14일

단풍나무, 사시나무, 밤나무 등 나뭇잎이 많이 떨어졌고 가지가 앙상해지기 시작했다. 꽃이 빠르게 사라지는 중이다. 겨울이 오나 보다. 하지만 귀뚜라미 우는 소리가 들린다.

1858년 10월 14일

볼 언덕 정상 가운데쯤에 빨간 구상난풀이 자란다. 꽤 싱싱했고 꽃이 핀 지 얼마 되지 않아 보였으며 꽃송이가 뒤로 휘었다. 작년처럼 올해도 오랫동안 빨간 구상난풀에서 꽃을 발견하지 못한 것을 보면 노란 구상란풀보다 늦게 개화하는 듯하다. 허바드 숲의 노란 구상난풀은 모두 갈색이 되고 시들었다. 빨간 구상난풀은 꽃잎 가장자리만 제외하고 머리끝부터 발끝까지 무척 선명한 짙은 붉은색이며, 줄기 아래쪽 시든 잎사귀와 대비되어 아주 아름다운 자태를 뽐낸다. 올해 마지막 꽃일 것 같다. 뿌리에는 파스향나무와 똑같은 향과 달콤한 흙냄새가 난다. 이 버섯을 닮은 식물은 땅속에서 마침내 붉게 익은 줄기와 꽃을 쏘아 올렸다. 짙은 붉은색은 해질녘 서쪽 하늘을 떠오르게 한다. 꽃으로 뒤덮였던 한 해의 잔광인 셈이다. 나는 이 식물이 더없이 훌륭한 가을꽃이라고 생각한다.

1853년 10월 15일

아르겐테아양지꽃을 발견했다.

1858년 10월 16일

미카니아 스칸덴스, 미역취, 은청바랭이새 등은 이제 11월다워지기 시작했다. 미카니아 스칸덴스와 미역취의 지저분한 흰색 관모와 은청바랭이새의 하얀 깃털이 드러났다. 이렇게 해서 올겨울 눈이 내리기 전에 하얀 풍경이 펼쳐진다.

1859년 10월 16일

서늘하고, 맑고, 11월스러운 날이다. 바람이 잔잔해지면 배가 앞으로 나가지 않는다. 니그라버드나무가 약간 벗겨졌고 미카니아 스칸덴스도 꽤 잿빛이 되었으며 버튼부시는 완전히 앙상해졌다. 배 양쪽으로 동그란 버튼부시 꽃, 고랭이류 이삭, 구부정하고 시들한 사초며 고수골풀이 물에 비쳐 2개로 보였다.

11일에 내린 서리 탓에 땅이 굳었고 초목이 혼란에 빠졌다. 많은 식물들이 꽃피우기를 중단했다. 세이버리 리브드 아스터가 열매를 맺어 동그란 노란색 덩어리가 되었다. 한 해가 저무는 단계에 진입했다. 이제 꽃의 운명은 서리의 처분에 달렸다.

1850년 10월 17일

오늘 핏빛으로 물든 길가 한쪽 작은 산앵도나무속 관목에 봄에 봤던 하얀 꽃이 가득 핀 모습을 발견했다. 봄꽃이 묘하게 가을 잎과 대비되었다. 잎이 성숙하자 그에 교감하여 봄꽃이 꽃 망울을 터뜨린 것만 같았다.

1855년 10월 17일

존 호스머 초원에서 사람들이 진흙을 채취하려고 팠던 도랑 위에서 커다란 베리에가타개연 뿌리 몇 개를 발견했다. 오래되고 건조해서 회색으로 변했다. 일부는 직경이 9센티미터 정도였고 오돌토돌 튀어나온 큼직한 눈이 있었다. 이 눈 주위에 잎자루가 오점형으로 돋았었다. 초원의 진흙 속을 누비는 구렁이 같은 기운찬 생명력을 느끼게 해준다.

1857년 10월 18일

물병에 꽂아놓은 크리니타수염용담은 매일 밤 꽃잎을 닫고 매일 아침 피어난다.

1858년 10월 18일

공유지에 있는 커다란 설탕단풍가 지금 절정이다. 제일 먼저 단풍이 들기 시작했던 한 그루는 군데군데 잎이 떨어져나갔다. 너무 일찍 색이 변하기 시작했고 지나치게 붉은 색이 짙어서 금방 시드리라 생각하는 이도 있었다. 사람들이 알아차릴지는 모르겠지만 유료 도로 입구에 자라는 나무도 고유의 특징을 드러낸다. 열흘 전만 해도 한 그루를 제외하면 대부분 초록색이었고, 나는 그 나무들이 밝은 색으로 변하리라고는 전혀 생각하지 않았다. 하지만 이제 섬세하면서도 *황금보다* 따뜻한 색채로 가득하고 군데군데 붉게 물들어 있다. 설탕단풍은 진홍색과 노란색이 섞인 커다란 타원형 덩어리다.

우울과 미신에서 벗어나려면 이처럼 순수한 자극제, 즉 밝고 명랑한 풍경이 마을에 필요하다. 두 마을이 있다고 하자. 하나는 수목으로 둘러싸여서 온통 10월의 영광으로 불타오르고, 다른 하나는 나무 한 그루 보이지 않는 *하찮은* 폐허에 불과하다. 나는 후자에 아주 상습적이고 절망적인 술꾼이 있으리라 확신한다.

바보같이 다알리아Dahlia 줄기에 말을 매려하지 말고, 나무를 심는 데 들어가는 노력의 절반이라도 나무를 보호하는 데 쓰면 어떨까?

1860년 10월 18일

벡 스토 늪 남단에 있는 작은 웅덩이에서 베리에가타개연 잎과 폰테데리아 코르다타를 발견했다. 이 웅덩이에는 물길이 흐르지 않는데 어떻게 여기까지 왔을까? 사실 연못이며 들판, 그 모든 장소에 식물이 어떻게 자리 잡았는지 의문이다. 연못만큼 새 생명이 넘치는 곳을 찾기 힘들다.

이 화두는 애초에 식물이 어떻게 특정 장소에 서식하는지에 대한 의문으로 이어진다. 예를 들어 우리가 태어나기 전, 마을이 생겨나기도 전 먼 옛날에도 연못은 수련으로 가득했다. 우리가 만든 연못도 마찬가지다. 옛 연못도 오늘날의 연못과 같은 방법으로 채워졌고 태초의 생명을 제외하면 뭔가가 갑자기 새로 생기지 않았으리라는 점은 확신할 수 있다. 다만 이 생명들이 씨앗 하나에서 비롯되긴 했지만 각자 다양한 환경에 처해 있기 때문에 점차 고유의 특색이 뚜렷이 형성되어 여러 연못에 뿌리내렸을 것이다.

우리는 자신이 이미 세상에 뿌리내렸다고 생각하지만 태초의 순간처럼 심기는 중이기도 하다. 어떤 식물은 축축한 곳에서 자라고 또 어떤 식물은 건조한 데서 자란다. 사실 씨앗은 온 세상에 골고루 뿌려져 있지만 특정한 장소에서 뿌리내리는 데 성공했을 뿐이다.

처음 수련이 만들어진 연못을 볼 수 있는 것이 아니라면, 나는 이 지역에서 지질학자가 찾아낸 가장 오래된 수련화석(그런 화석을 발견했다는 전제로)과 벡 스토 늪에 자라는 수련이 비슷하리라고 생각한다.

이렇게 해서 지질학자가 찾아낸 옛 수련과 사람들이 교회에 가져가는 수련이 어떻게 퍼져 있는지 알게 된다.

진화론은 유연하고 잘 적응하며, 끊임없이 *새롭게* 일종의 창조를 해내는 자연의 위대한 생명력을 설명해준다.

1852년 10월 19일

오후 3시, 피터 소유지로 가는 길에 있는 초원에서 시들고 서리가 앉은 크리니타수염용담을 발견했다. … 이 시간에는 꽃부리가 돌돌 말리고 비틀려 있는데, 벌이 꽃꿀을 따려고 꽃잎에 구멍을 낸 것을 발견했다. 내가 꽃을 찾는 동안 벌들은 진즉 이렇게 발견했다. … 한 시간 전만 해도 이제 콩코드에 크리니타 수염용담이 없으리라 생각했었다. 하지만 꽃들은 항복한다는 듯 나타났고 네이선 바렛 과수원 아래쪽과 터틀 소유지(?)에도 있다는 얘기를 들었다. 오전 10시인 지금 병에 꽂아둔 꽃봉오리가 조금 열렸다. 아무리 찾기 힘들다고 해도 어찌나 아름다운지 매년 꽃을 찾아서 감상하는 일을 멈출 수 없다.

1856년 10월 19일

시리아관금관화 깍지가 쪼그라들고 있는 듯하다. 줄기에 붙은 깍지가 멋을 낸 글씨처럼 다양한 각도로 뻗었다. 예쁜 갈색 물고기들이 느슨하던 비늘을 살짝 곤두세운다. 좀 더 진행이 되면 깍지 윗부분에 있는 씨앗의 바깥쪽 솜털이 헐겁게 흩어지지만, 깍지 중심부에 붙어 있는 고리 끝에 매달려 날아가지는 않는다. 이 주먹만 한 흰색 털 뭉치는 멀리서도 보이고, 금방이라도 터져서 날아갈 준비가 되어 있다.

날씨가 꽤 건조해지고 바람이 강해질 때까지 매달려서 흔들거린다. 이와 다르게 다른 깍지들은 열려서 갈색 알맹이만 남았다. 이 보석함의 내부는 무척이나 매끄러운 크림색이다.

1852년 10월 20일

캐나다해란초, 쑥국화, 비톨로르미역취, 카에시아미역취를

발견했다. 아스터 운둘라투스, 가을민들레, 애기미나리아재비, 서양톱풀, 메이위드도 보인다. 소나무 언덕에서 밤을 땄다. … 땅을 덮은 마른 잎사귀 틈에서 붉은 라케모숩두루미꽃 열매가 보인다. 앙상한 버지니아풍년화 줄기에 꽃만 남았다.

1857년 10월 20일

미국자리공처럼 예쁘고 환한 자주색 줄기를 가진 흰명아주 Chenopodium album 두 포기를 발견했다. 씨앗을 싸고 있는 꽃받침 조각들도 같은 색이었다.

1852년 10월 21일

일부 꽃들이 서리에 쓰러졌고 다른 꽃들은 눈에 묻힐 때까지 곳곳에 남아 있다. 서리를 맞고 시든 라테리폴로라골무꽃 Skullcap을 발견했다(옆 줄기를 따라 꽃이 핀다). 서리가 닿지 않는 구석진 곳에 있었다면 훨씬 오래 살았을 텐데. 서리가 식물의 대단원을 마감하는 것 같다. 개천을 따라 늘어선 미역취가 꾀죄죄한 흰색(솜털은 흰색, 잎은 밤색)으로 말라붙었고 솜털이 바래진 트럼펫위드, 아스터도 같은 상태다. 지금 이렇게 죽은 풀로 무성한 풍경이 두드러져 보인다. 모두 서리가 한 짓이다.

1851년 10월 22일

길가에 옵투시폴리움왜떡쑥이 아직 싱싱하고, 파란 캐나다해란초 꽃도 남아 있다.

흰명아주
Lamb's quarters
(*Goosefoot, Chenopodium album*)

1858년 10월 22일

절벽 꼭대기에 남은 꽃들로도 알록달록하고 예쁜 조그만 꽃다발을 만들 수 있다. 싱싱한 우단담배풀, 아름다운 아스터 운둘라투스, 작지만 풍성하게 핀 푸른색 금어초, 마쿨로사여뀌Persicaria maculosa 등.

1859년 10월 22일

절벽 꼭대기 뒤편에 있는 들판에서 아직 생생한 분홍색 나비나물속 꽃을 발견하고 깜짝 놀랐다. 1~2년 전부터 휠러가 곡식을 재배해온 들판이었다. 동그란 씨앗이 4개씩 들어 있는 약 1.5센티미터 길이의 작고 통통한 깍지가 무수히 보였다. … 개구리매가 페어 헤이븐 언덕 위를 날아간다.

절벽 아래 숲길에서 많지는 않지만 봄에 봤을 때처럼 무척 싱싱하고 예쁜 페다타제비꽃을 발견했다. 두 번 꽃을 피워서 이만큼 완벽하게 다시 봄을 가져다주는 꽃은 없다.

1852년 10월 23일

오늘 같은 날씨를 인디언 섬머라고 한다. 그리고 안개 탓에 산이 보이지 않는다. 진홍색, 암적색으로 변한 쉽싸리류Horehound 풀을 발견했다. 허바드 도랑에 있는 베리에가타개연의 잎은 금방 돋은 듯 싱싱하다. 아직 강에 미국수련 잎이 약간 남아 있지만 베리에가타개연 잎은 아주 드물다. 코낸텀에 있는 푸밀룸엉겅퀴는 갓 봉오리를 맺었지만 땅에 쓰러졌다. 들판 전체가 적갈색을 띤다. 줄무늬 뱀 한 마리가 보였다.

1853년 10월 23일

들판 어디에나 회백색 왕의 지팡이, 네모랄리스미역취가 보인다. 지금도 약간 노란기가 남아 있는 꽃도 있었다. 하지만 구름이 모여들면서 마지막 햇살 한 조각마저 사라지자 노란 빛깔도 떠나갔다. 조그맣게 부푼 씨앗덩어리가 날아갈 준비를 마쳤다. 겨우내 쉬지 않고 모험을 떠날 테지.

1858년 10월 23일

코르누티꿩의다리 늦꽃이 아주 선명하고 환한 노란색으로 바뀌었다. 또한 얼리 스무드 로즈Early smooth rose 잎이 멋지고 또렷한 노란색이 되었고 카롤리나장미Rosa carolina도 그에 못지않게 예쁜 진홍색이나 암적색으로 변했다. 모두 규칙을 따른다.

1853년 10월 24일

싱싱한 초록색 개박하가 꽃을 피웠다. … 유럽장대 꽃도 아직 생생하다.

1858년 10월 24일

*빨강*과 노랑이 다양한 빛깔로 눈부신 가을 색조를 만든다. 파랑은 하늘의 색이지만 노랑과 빨강은 대지의 꽃을 위한 색이다. 모든 과일이 무르익는 중이고 떨어지기 직전에 가장 밝은

색이 된다. 잎도 그렇다. 하루가 끝나기 전의 하늘, 한 해가 저물 무렵의 풍경도 마찬가지다. 10월은 붉은 일몰이고 11월은 그 이후에 퍼지는 석양이다. 깃발은 성숙과 성공을 의미한다. 우리는 영웅이 미덕과 성숙을 상징하는 *기치*를 높이 들기를 꿈꾼다. 몸에서 가장 귀한 부분인 눈은 가장 멋진 색으로 칠해졌다. 인간의 몸에 박힌 보석이다. 전사의 깃발은 열매가 여물기 전에 핀 꽃이다. 이제 그가 어떤 열매를 맺을지 지켜봐야 한다.

12일에는 꽤 푸르던 진홍참나무가 며칠 전부터 완전히 진홍색이 되었다. 이 *유일한* 토종(리기다소나무 포함) 낙엽수가 번영하고 있다. … 모든 잎을 붉은 염료에 담갔다가 꺼낸 듯, 초록색에서 환한 진홍색으로 완벽하게 변신한 나무 한 그루가 나와 태양 사이에 서 있는 모습을 바라보자. 지금까지 기다린 보람이 충분하지 않은가? 10일 전에는 저 서늘한 초록나무가 이런 빛깔이 되리라고는 생각도 하지 못했다.

1852년 10월 25일

캐나다박하는 여전히 초록색이고 다시 멋진 향기를 뿜는다. 나는 이런 식물을 잊고 있었다. 수련이 어땠는지 지금 잘 기억나지 않는다.

1860년 10월 25일

엉겅퀴 꼭대기가 뒤로 휘어진 덕분에 털이 심하게 젖지 않았다. 털을 뽑아도 씨앗은 골무에 꽂아놓은 바늘처럼 대부분 가지런하게 꽃받침(?) 속에 남았다. 이것들을 둘러싸고 있는 총포는 아주 건조하고 꺼칠하며, 외관은 아주 징그럽지만 내부는 깔끔하고 멋지다. 겉은 거칠고 가시가 덮여서 천적을 무찌르지만 보호할 대상이 있는 안쪽은 무척 매끄럽고 부드럽다. 엉겅퀴 총포는 밝은 갈색의 가느다란 잎조각이 와상으로 포개진 울타리로 비단실처럼 아름답게 반짝인다. 연약하고 보송한 씨앗 낙하산에 꼭 맞는 비단 그릇이다.

1853년 10월 27일

조그만 진홍별이 총총한 개암나무 암꽃이 돋아나는 언덕 비탈을 떠올린다. 대지의 모든 구멍에서 자연이 소생하는 영원하고 보편적인 봄의 정경.

계절이 나아갈 때, 좀처럼 눈에 띄지 않거나 모호한 신호가 더욱 흥미롭다. 버지니아새우나무Hop-hornbeam, 단자작나무, 루테아자작나무 등의 꽃차례가 느슨하게 달랑거릴 때처럼 말이다. 나는 마음속에 그 모습을 분명하게 그릴 수 있으며, 이런 꽃차례가 흐드러질 때는 인간이 죄를 짓기 전으로 돌아간 듯 영광스러운 풍경이 펼쳐진다. 처음으로 온 자연을 이런 관점으로 보았다. 아주 중요한 광경이다. 봄에 이 행성에서 내 눈에 처음 띈 존재가 언덕 비탈에 늘어진 버지니아새우나무 꽃차례인 양 느껴진다. 배를 타고 가면서 노랗게 흔들리는 나뭇가지를 보았다.

1855년 10월 27일

호스머 초원의 둑과 길 사이에 *수많은* 크리니타수염용담이 크게 냉해를 입었다.

1859년 10월 28일

요 며칠 미역취와 아스터가 *계속* 보인다.

1050년 10월 31일

오늘은 들판에서 시든 유령 식물들을 관찰하면 즐거울 듯하다. 초록 식물이 그랬던 것처럼 이들도 눈앞에 한가득 펼쳐지기 때문이다. 이들은 기억뿐만 아니라 욕망과 상상 속에서도 살아간다.

1853년 10월 31일

허바드 다리에 쑥국화가 아직 남아 있다. 하지만 작년보다 올해 일찍 꽃이 지는 듯하다.

1857년 10월 31일

이 계절 우울감에 시달린다면 늪으로 가서 앉은부채가 내년을 준비하며 용감하게 틔운 싹을 보아라. 아직 앉은부채의 묘비는 서지 않았다. 누가 그들의 무덤을 파는가? 이 겨울 그들이 불평하는가? 앉은부채 왕국이 희망을 잃고 쓰러져 죽은 것처럼 보이는가? '일어나라' '보여줘라' '더욱 높이' '이뤄내라'. 이것이 앉은부채의 좌우명이다.

언젠가 죽을 인간은 올가을 한 박자 쉬어가야 한다. 정신이 분명 조금씩 지쳤기 때문이다. 그들은 운명에 의문을 품고 겁쟁이처럼 '지친 자가 평안을 얻는' 곳으로 가고 싶어 한다. 하지만 앉은부채는 그렇지 않다. 시든 잎이 떨어지면 그 사이로 새 순이 돈다. 겨울과 죽음을 무시하고 생명의 원을 완성한다. 이들이 거짓 선지자인가? 앉은부채가 고엽 사이로 싹을 틔우는 것이 거짓말이나 헛된 자랑인가? 그들은 싹을 틔우며 쉰다. 싹을 틔우기 위해 쉰다!

1858년 10월 31일

리 절벽에 앉아 있을 때 해가 뉘엿거렸고 내 남쪽과 동쪽으로 링컨 마을의 숲에 고르게 노을빛을 드리웠다. 그러자 생각보다 많이 숲에 골고루 퍼져 있던 진홍참나무가 환한 붉은 색으로 빛났다. 수평선과 평행하게 보이는 모든 진홍참나무 하나하나가 또렷한 빨간 색으로 돋보였다. 커다란 나무들의 붉은 나뭇가지는 꽃잎이 풍성한 커다란 장미처럼 코드만 저택 근처 숲 위에 우뚝 솟았다. 그보다 많은 가느다란 나무들은 동쪽 소나무 언덕에 있는 스트로브잣나무 밭에 자랐다. 가장자리에 있는 소나무와 소나무 어깨를 두른 진홍참나무의 붉은 외투가 교차로 보였다. 가까이 다가갈수록 붉은 빛이 옅어지긴 하지만, 강렬하게 불타오르는 빨간색 군인이 초록색 사냥꾼 사이에 서 있는 것 같다. 이 초록색은 *링컨 그린*[6]이다. 태양이 이렇게 빛을 밝힐 때까지 숲의 군대에 이렇게 많은 영국군[7]이 섞여 있으리라고는 누구도 생각하지 못한다. 서쪽을 바라보면 태양빛이 워낙 강해서 나무 색이 잘 보이지 않지만 다른 방향으로 보면 숲 전체가 철늦은 장미색으로 타오르는 꽃의 정원이다. 하지만 소위 '정원사'들은 저 아래 여기저기서 삽과 물뿌리개를 들고 일하면서 시든 잎사귀 사이로 아스터나 몇 송이 볼 것이다. 이 색조는 나뭇잎 사이에 숨어 있기 때문에 그 거리에서는 보이지 않기 때문이다.

이것이 나의 과꽃China aster, 내 정원의 늦꽃이다. 이 정원은 정원사 비용이 전혀 들지 않는다. 온 숲으로 떨어지는 잎들이 내 식물의 뿌리를 보호한다. 뜰의 흙을 깊이 파지 않고도, 그저 보이는 것을 바라보기만 해도 충분히 정원을 즐길 수 있다. 관점을 조금 북돋운다면 숲 전체가 정원이 된다.

1851년 11월 1일

2시 30분 코낸텀으로 가는 길이다. 화창하고 따뜻한 11월 날씨를 느꼈다. 축복받은 느낌이다. 나는 내 삶을 사랑한다. 온 자연에 애정을 느끼기 시작했다.

숲은 지난번에 관찰했을 때보다 지금 훨씬 트여 있다. 잎이 떨어져서 빛이 들이치면 까마귀 날개에 앉은 듯 사방에서 하늘이 보인다. … 가을민들레는 아직도 환해 보인다. 군데군데 푸른 풀이 돋았다. 올가을 참새인지 되새인지 낯선 새를 발견했다. 앉은부채 싹은 벌써 올라오고 있다. 오리나무, 버드나무 잎은 떨어졌고 쪼글쪼글한 잎 몇 개만 남았다.

1858년 11월 1일

꽃받침에 꽃부리가 살고 도토리 껍질 속에 도토리가 살 듯 인간도 자기 골짜기에 거주한다. 그곳은 당연히 자신이 사랑하는 모든 것, 기대하는 모든 것, 그리고 자기 자체다.

1853년 11월 2일

호수 근처 길가에 캐나다해란초 꽃이 여전히 싱싱하다. 네모랄리스미역취 뿌리에서 나온 잔가지도 보인다. … 잎이 떨어지고 심한 서리가 내리는데도 살아남은 11월의 꽃이라 부를 만하다. 아주 싱싱한 유럽장대도 발견했다.

1858년 11월 2일

커다란 진홍참나무와 숲 속 나무들의 우듬지 부분, 특히 언덕에 있는 나무들이 개화가 늦었다. 일찍 내린 서리의 영향을 받았기 때문이다. 하지만 이렇게 날이 어두운 데도 그 어느 때보다 환해 보였다. 진홍참나무의 개화! 단풍나무를 제외하면 화려하기로는 따를 식물이 없다. … 언덕 꼭대기에서 내려다보면 이 커다란 참나무 장미가 수평선 저 멀리까지 잔뜩 피어 있다. 지난 보름 동안 언덕에 오를 때마다 틀림없이 펼쳐지는 풍경이었다. 숲의 늦꽃은 모든 봄꽃과 여름꽃을 능가한다. 이들은 멍하게 바라봐선 감흥이 일지 않는 희귀하고 우아한 반점이다.

이제 그 꽃들이 숲이나 산비탈, 또는 사람들이 매일같이 오고 가는 곳에서 꽃망울을 터뜨렸다.

1855년 11월 4일

어둑하고 축축한 가을날, 가을민들레가 사과나무 줄기 아래 축 늘어져서 비바람을 피하고 있다. 꽃송이를 반쯤 오므렸고 노란 빛깔도 반만 비친다.

1858년 11월 4일

10월 말쯤에 마을 외곽의 어느 언덕이든 올라가서 숲을 바라보면, 시들어가는 갈색 참나무와 초록색 소나무 사이로 진홍참나무의 새붉은 꼭대기나 반월모양 잎가지가 수평선과 평행을 이루며 고르고 빽빽하게 사방으로 퍼진 모습이 눈에 들어온다. 생각지도 못한 장소인 호숫가에 서 있는 모습 전체가 보이거나, 숲 외딴곳에서 꼭대기만 보이거나, 주변 나무 위로 우뚝 솟아 있거나, 수평선 저 멀리서 반사하는 따뜻한 장밋빛 색조만 보이기도 한다. 볼 준비를 마쳤다면, 그리고 *직접 찾아본다면* 이 모든 광경 이상을 볼 수 있다. 그렇지 않다면 이 현상이 아무리 주기적이고 보편적이라고 해도 칠십 노인이 될 때까지 초겨울 나무들은 그저 말라빠진 갈색이라고 생각할 것이다. 대상이 우리 눈에 보이지 않는 이유는 시야를 벗어났기 때문이 아니라 눈과 마음이 그 대상을 의도하지 않기 때문이다.

우리는 얼마나 넓고 멀리, 또는 좁고 가깝게 보는지 인식하지 못한다. 이런 이유로 수없이 많은 자연현상을 평생 보지 못하고 살았다. 정치경제학과 마찬가지로 자연에서도 공급은 수요에 대응한다. 자연은 돼지 앞에 진주를 드리우지 않는다. 감사할 준비가 된 만큼만 풍경 속에서 아름다움을 발견할 수 있다. 누군가 특정한 언덕 꼭대기에서 보는 실제 사물은 다른 이가 보는 사물과는 완전히 다르다.

당신이 걸어갈 때 진홍참나무는 어떤 형태로든 당신의 망막에 맺힐 것이다. 하지만 그 대상을 생각하지 않으면 볼 수 없으며 다른 것들도 거의 눈에 들어오지 않는다. 내가 식물학 책에서 특정 식물의 개념이나 이미지를 처음 발견했을 때, 이 근방에서는 굉장히 낯선 식물이라는 생각이 들었지만 그 식물을 계속 생각하고 무의식적으로 기대하다보면 몇 주나 몇 달 후에 결국 *발견해서* 진짜 이웃이 된다. 내가 이름을 말할 수 있는 식물 중에 스무 개 이상을 이렇게 발견했다.

1855년 11월 5일
냉이, 유럽장대, 붉은토끼풀을 보았다. 11월의 꽃이다.

1853년 11월 6일
캐나다해란초, 서양톱풀, 가을민들레, 쑥국화, 냉이, 아르겐테아양지꽃, 버지니아풍년화가 아직 보인다. 싱싱한 에그란테리아장미Sweet briar 열매는 약 25제곱센티미터의 공간에 12개가 있을 정도로 풍성하다.

1850년 11월 8일

푸석한 미역취가 잿빛으로 변했고 그 사이로 걸어가면 옷에 하얗게 달라붙는다. 분홍바늘꽃 과피에 보송한 솜털이 늘어진 모습이 여름을 상기시킨다. 건조한 들판을 걷다 보면 빛바래고, 고독한 아스터 몇 포기를 발견할지도 모른다. 붉나무류는 붉은 원뿔형 열매송이를 제외하고는 앙상하다.

1850년 11월 11일

지금은 야생사과의 시간이다. 내가 어렸을 때부터 죽어가는 고목이지만 아직 생명이 다하지 않은 이 지역 토착 수종에서 야생 열매를 땄다. 겉보기엔 지의류 외에는 아무것도 떨어지지 않을 듯해도 땅에 흩어진 생생한 열매가 그런 생각을 뒤집는다.

1853년 11월 12일

쑥국화가 아직 아주 싱싱한 곳이 있다.

1852년 11월 14일

서양톱풀, 애기미나리아재비, 쑥국화 발견.

1853년 11월 14일

난쟁이아욱Common mallow과 유럽장대 꽃이 남아 있다.

난쟁이아욱
Common mallow
(*Malva neglecta*)

1857년 11월 15일
자주사라세니아 잎에 단단히 얼음이 졌다.

1850년 11월 16일
　가을은 이를테면 봄이 되려고 시도하는 듯하다. 겨울이 자연
의 일부가 아니라는 듯 회춘을 꿈꾼다. 제비꽃, 민들레, 기타 꽃
들이 다시 개화하고 우단담배풀을 비롯해 수많은 풀이 돋기 시

작하며 날씨가 추워질 때까지 멈추지 않는다. 과연 올해 겨울
이 오긴 할지 약간 의심스럽다. …

내 일기는 사랑의 기록이어야 한다. 나는 사랑하는 것만 적으
려 한다. 세상의 어떤 면이든 그에 대한 애정만 적고 싶다. 내가
생각하고 싶은 것만. 내 열망은 터져 오르는 꽃봉오리만큼 뚜
렷하지도 분명하지도 않다. 꽃봉오리는 꽃과 열매, 여름과 가을
을 향하면서 따뜻한 태양과 봄의 힘만 인식한다. 나는 어떤 시
기가 무르익는다는 느낌을 받으면서도 아무것도 하지 않고, 그
것이 정확히 무엇인지 모른다. 단지 땅이 비옥하다고 느낄 뿐
이다. 이제 파종을 해야 할 때다. 지금까지 충분히 쉬었다.

1852년 11월 18일

서양톱풀과 쑥국화가 아직 있다.

쌀쌀하고 잿빛이 도는 나날이다.

1850년 11월 19일

숲에서 절벽 아래 따뜻하고 외진 장소를 지날 때, 아직 번영
하는 여름 생명이 얼마나 많은지 깜짝 놀라게 된다. 우리가 몰
랐던 수많은 여름 생명들이 이렇게 겨울의 허를 찌르고 장애
물을 피해 빠져나왔다. 부지런하게 올바른 장소를 찾아보면 눈
내리기 전까지 생각보다 많은 여름 꽃을 발견하리라 믿는다.
마치 식물들이 겨울 준비를 하지 않은 듯 느껴진다.

1857년 11월 20일

사람이 어딘가에서 부유하고 강인하게 산다면 그곳은 고향 땅일 것이다. 나는 여기서 40여 년 동안 들판의 언어를 배웠고 이 언어로 나 자신을 가장 잘 표현할 수 있다. 내가 대초원을 여행한다면 이 들판만큼 이해하지도 못할뿐더러 내 과거 삶으로는 그곳을 제대로 묘사할 수 없다.

내게는 여기 있는 잡초들이 커다란 캘리포니아 나무보다 삶의 더 많은 부분을 설명한다. 캘리포니아에 갈 일은 없겠지만.

1850년 11월 24일

오늘 베어 언덕에서 미나리아재비를 뽑았다.

1851년 11월 24일

미니스테리얼 습지에 말뚝을 박았다. 토탄 구덩이에서 검은 오리 일곱 마리가 날아올랐고 거북이 한 마리가 움직였다. 내 생각에 비단 거북인 듯하다.

습지 남쪽에서 팔마툼실고사리를 발견했는데 비겔로에 따르면 근방에서 실고사리 속 식물은 이것뿐이라고 한다. 루던 마을에서 봤던 상록식물도 발견했다. 그곳 사람들은 스네이크 텅 Snake tongue이라고 불렀다.

1851년 11월 30일

늪 한쪽에 팔마툼실고사리가 미역취를 휘감고 무성하게 자란다.

서양톱풀
Common yarrow
(*Achillea millefolium*)

WINTER

무채색으로 변해가는 겨울,
홀로 우뚝 솟아 빛을 발하는 야생화

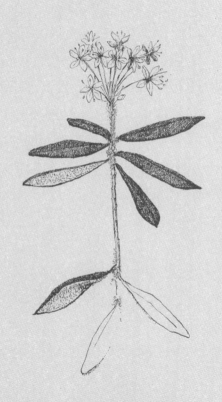

1856년 12월 1일

씨앗을 담고 있던 블루컬 술잔이 이제 빈 채로 서 있다. 잔에 얼음을 채우려고 기다리는 것이 분명하다.

1859년 12월 6일

쑥국화가 동그랗게 모여 자란다. 폭은 1.8미터였고 *시커멓게* 시들었으며 눈 위에 솟아 있다. 내가 기억하는 어떤 식물보다 검었다.

1852년 12월 7일

요즘 들어 가장 따뜻한 듯하다. 진정한 인디안 섬머다. 산책하는 이의 이마에 땀이 맺힌다. 냉이 꽃이 만개했지만 장지석남속은 붉어지지 않았다.

1854년 12월 8일

글을 쓰느라 무척 바빠서 겨울이 오는 줄도 몰랐다. 대부분의 사람들이 자연과 관련해서는 이런 식으로 살아간다. 내 삶의 방식과는 완전히 다르다. 스스로 공장의 굴대가 된 것처럼 거칠고 성급하며 하찮은 삶이다. 그 반대의 삶은 꽃처럼 여유롭고 영광으로 가득하다.

1859년 12월 9일

미역취, 아스터, 돼지풀 등 눈 위에 시들어 있는 늦꽃과 가을

꽃이 얼마나 눈길을 사로잡던지!

1856년 12월 10일

보이는 것들을 기념 삼아 그렸던 하찮은 그림들은 놀랄 만큼 함축적이다. 나는 몇 년 동안 일기에 식물과 얼음, 그밖에 다양한 자연현상을 대충 그림으로 남긴 적이 많다. 어떤 경험을 하고난 뒤 최대한 자세하게 묘사해두어도 잘 기억나지 않는 경우가 많지만 이 엉성한 그림을 보면 틀림없이 그 시간과 그 장소로 되돌아간다. 똑같은 것을 다시 보는 듯하다. 내키면 그 장면을 다시 묘사할 수도 있다.

1851년 12월 14일

반쯤 눈이 덮인 곡식밭에서 건조하지만 깨끗하게 씻겨나간 블루컬의 빈 컵을 발견했다. 얼마 전까지만 해도 섬세한 푸른 꽃이 피었던 자리에 겨울은 이 바싹 마른 컵만 남겨두었다. 눈 위에 서 있는 꽃의 기념품!

1850년 12월 19일

방울새가 돼지풀 등 풀씨를 먹고 껍질을 눈 위에 잔뜩 쌓아두었다. 헤르바케아청미래덩굴 열매가 무척 통통하다. 오리나무 꽃차례는 잘 익은 오디처럼 부드럽고 싱싱해 보인다. 말라붙은 버지니아귀룽나무 열매가 늪에 널려 있었는데 맛이 아주 달았다. 버지니아풍년화도 열매를 많이 맺어서 버드나무처럼 예쁘게 늘어졌고, 꽃차례 아랫부분에 노란 꽃이 아직 남아 있었다. 강가에서 갈래소귀나무도 발견했다. 사과나무 열매가 돌처럼 딱딱하게 얼어붙어 내 호주머니 속에서 달그락거렸지만 방에 오니 금세 녹았고 즙이 아주 달콤했다. 동물들이 이 열매를 왜 더 많이 찾지 않는지 의아하다.

1859년 12월 23일

듬성듬성한 리아트리스 꽃차례는 원래 크기보다 아주 작은 대롱꽃이 얹혀 있는 탁한 빛깔의 데이지 꽃들 같다. 비어 있는 꽃차례의 경우 꽃이 서 있던 자리가 양피지처럼 뻣뻣한 껍질에 싸여 있고, 골무처럼 볼록하며 닳은 골무 끄트머리처럼 작고 둥근 구멍이 뚫려 있다. 이 껍질은 쉽게 벗겨내고 속을 관찰할 수 있다.

1856년 12월 25일

리 절벽에서 발로 눈을 치우고 고양이에게 줄 파릇한 개박하를 땄다.

1855년 12월 26일

세이버리 리브드 아스터를 발견했다. 약 2센티미터 길이의 납작한 와상 갈색 꽃받침이 유리 손잡이처럼 완전히 투명한 얼음단추에 들어 있었다. 무척 흔히 보이는 광경이다. 조그만 블루컬 꽃받침은 얼음 공 속에 있다. 어린 소년의 재킷에 달법한 잔가지 무늬가 있는 놋쇠단추와 비슷하게 생겼다. 아메리칸 페니로열에는 훨씬 작은 얼음덩어리가 줄기 주위에 샹들리에처럼 규칙적으로 달려 있다. 얼음 속에서도 여전히 향기를 풍긴다.

1853년 1월 1일

얼음 덩어리를 매단 풀들이 보인다. 말라붙은 푸르푸레움등골나물, 쑥국화 꽃이 얼음 공 안에 들어 있었다. 그 사이를 지나면 보석이 부서진다. 이런 소박한 풀에 눈길 한번 준 적 없는 부주의한 산책자들도 지금은 시선을 뺏길 수밖에 없다. 이런 이유로 겨우내 들판에 마른 목초가 남아 있다.

1851년 1월 5일

오리나무 꽃차례가 딱딱하게 얼었다!

1853년 1월 9일

절벽에 돋아난 존스워트를 뽑았을 때 뿌리에서 생장의 징후를 보고 놀랐다. 5센티미터 정도의 새순에 빨간 잎조각이 달려 있었고 뿌리 전체가 제법 파릇했다. 미나리아재비 잎도 초록빛이 꽤 짙어서 봄이 물씬 느껴졌다. 막대기로 하나를 파서 찢어보았더니 부드러운 잎에 싸인 줄기 아래, 땅 바로 밑 부분에 있는 식물 중심부에서 못대가리 반 정도 크기의 새 하얀색 꽃봉오리를 발견했다. 다음 날에는 노란색으로 변했다. 꽃봉오리는 그곳에서 세계가 보지 못한 봄을 알아채고는 확신에 차서 참을성 있게 앉거나 잠들어 있었다. 봄을 약속하고 예언하는 꽃봉오리 돔이 꼭대기를 덮은 모습이 동양의 사원과 비슷한 느낌이다.

1856년 1월 10일

우리는 자고새처럼 꽃봉오리를 흠모하고, 토끼와 쥐처럼 나무껍질을 존경한다. 봄을 기다리는 습지철쭉의 노랗고 빨간 봉오리, 산앵도나무속의 통통한 붉은색 봉오리, 메일베리 줄기에서 쉬고 있는 작고 날렵한 봉오리. 미국낙상홍Speckled black alder, 베르닉스옻나무Rapid-growing dogwood, 옅은 갈색의 갈라진 산앵도나무속 줄기. 나뭇가지 뒤에서 잠들어 봄을 꿈꾸며 아마 반쯤 얼음에 숨어 있을 작고 환한 봉오리도 충분히 관심의 대상이 된다.

1858년 1월 10일

월든 호수 북쪽은 볕이 들면 따스해져서 산책하기 좋다. 겨울에 몸이 아프고 절망에 빠져 있다면 거기로 가서 겨울 공기에도 아랑곳하지 않고 오리나무 가지 끝에서 달랑거리는, 길고 단단한 루브라뽕나무 꽃차례를 닮은 붉은 꽃차례를 바라보아라. 그들은 새봄이 오고 모든 희망이 실현되리라 약속한다. 꽃차례, 새 둥지, 살아 있는 곤충 등 겨울에 우리는 무엇이든 부드러운 존재를 귀하게 여긴다.

그중에서도 가장 부드러운 것은 루브라뽕나무 꽃차례를 닮은 이 붉은 꽃차례일 것이다. 그 안에 내 생명보다 더 위대한 생명이 잠들어 있다.

1854년 1월 11일

소박한 잡초일수록 대단히 아름다우며 순수한 흰색에 다채로운 형태를 지녔다. 돼지풀은 요정의 지팡이가 된다. 블루컬은 맨 모래땅에 서 있을 때 특히 아름다워 보인다. … 서리를 맞고 백조 깃털처럼 떨리는 절묘하고 섬세한 식물이다.

1852년 1월 28일

눈, 풀과 함께 브리스터 샘 주변을 덮은 양치식물은 아직 짙은 초록빛이다. 앉은부채가 물속에서 벌써 돋아났고 그 불염포 속에서 완두콩보다 큰 분홍빛 꽃송이를 발견했다.

1854년 1월 31일

내가 겨울에 무슨 생각을 하는지 알고 싶다면 자고새의 모이주머니를 뒤져보라. 내 생각들은 월계수 순과 같으며 일부는 잎순이고 일부는 꽃봉오리다. 토착 동물을 위한 이 식량은 여름이 될 때까지는 잎이나 꽃으로 자라지 않는다.

1858년 2월 4일

찰스 스미스 늪 동쪽에서 직경 30미터 정도의 공간에 노봉백산차Ledum latifolium가 무성하게 자라는 것을 발견했다. 진퍼리꽃나무, 애기석남, 칼미아 폴리폴리아Kalmia glauca 등도 함께였다.

노봉백산차는 뒤로 젖혀진 짙은 자주색 잎 등 *전반적으로* 장지석남속과 비슷하지만 가까이서 보면 완벽한 천막 모양의 거친 상위엽, 줄기 꼭대기에 있는 둥글고(엄격히 말하면 타원형) *큼직한 꽃봉오리* 등이 다르다. 도드라진 꽃봉오리는 습지철쭉과 크기가 비슷하지만 그보다는 둥글고 붉으며, 봉오리 몇 센티미터 아래 털이 복슬한 줄기는 독특한 곤봉 모양이고 대부분 앙상했다. 잎 아랫면에 녹병이 생긴 부분은 메인 주에서 본 것보다 더 밝은 색이었다. 줄기 아래쪽*부터* 열리는 과피들은 아직 매달려 있었다. 부주의한 관찰자라면 장지석남속과 혼동하기 쉽다. 마부에게 보여주었더니, *그는 자주 숲에서 본 식물이라고 확신했지만* 털로 덮인 아래쪽을 보고 깜짝 놀랐다. … 새로운 식물을 발견하기 전에 늘 그렇듯 콩코드에서 노봉백산차를 볼 것 같은 느낌을 받았었다. 놀랍게도 내가 이 근방에서 찾아낸 가장 흥미로운 식물들의 경우 실제로 보기 1년 전에 이미 예상했었다.

1852년 2월 5일

아이는 처음 꽃을 꺾을 때 꽃의 아름다움과 의미를 통찰하는 듯하다. 어떤 식물학자도 절대 이런 통찰력을 유지하지 못한다.

1852년 2월 6일

박식하고 꼼꼼한 동식물 연구가인 동시에 친절한 공공도서

노봉백산차
Labrador tea
(*Ledum latifolium=Rhododendron groenlandicum*)

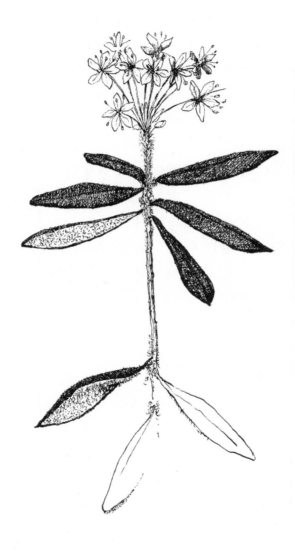

관 관리인에게, 내가 발견한 식물 중에 정보가 빈약한 식물이 있으니 상세하고 널리 읽히는 설명서나 특정 꽃의 내력을 담은 책을 소개해달라고 부탁했다. 과거에 이 모든 꽃들을 사랑하고 충실하게 설명했던 사람들이 있었으리라고 믿었기 때문이다. 하지만 그는 내가 읽을 만한 책은 다 읽었고 그런 꽃을 아는 이는 아무도 없으며, 자기 책과 마찬가지로 목록에만 있을 뿐이라고 대답했다.

1854년 2월 26일

잡초와 나무 등이 우빙에 덮였다. 블루컬 컵은 얼음 방울로 넘쳐흐른다.

1857년 2월 28일

절벽에서 드루몬디장대Tower mustard, 파스키쿠라리스미나리아재비Early crowfoot 그리고 최근에 돋은 것 같은 미나리아재비를 발견했다. 가장 이른 꽃을 찾으려면 어디를 봐야 하는지 알기 위해서는 몇 년 동안 믿음을 가지고 연구해야 한다.

이 책은 소로가 식물 관찰 결과를 기록하기 시작한 1850년부터 10여 년간 쓴 일기 중 콩코드의 풀과 꽃, 나무가 등장하는 부분만 따로 엮은 것이다. 하루하루 꽃에 대한 관찰을 남긴 기록이지만 그 자체로 문학작품이라고 할 수 있을 만큼 섬세한 묘사와 깊은 사색이 녹아 있다.

소로는 바위틈에 살짝 비치는 꽃눈 하나 그냥 지나치는 법 없이 따뜻하게 바라보았고, 풀꽃 하나하나에 애정을 쏟고 생명을 심어주었다. 심지어 콩코드의 조그만 풀밭이나 늪, 길가에도 이름을 붙였다. 아잘레아 늪이나 데스모디움 길, 매말톱꽃 절벽, 물망초 호숫가… 그래서일까? 이 책에는 수백 종이 넘는 꽃이 등장하지만, 어지럽게 식물명이 나열되었다는 느낌보다는 고향집 마당과 길가에 자라는 풀꽃들을 보는 듯한 친근한 느낌을 느끼게 해준다.

실용적이면서 몽상적이고, 보수적이면서도 진보적이며 단순하면서도 대단히 복잡하다는 평가를 받는 소로. 이 책에서는 그의 상반되면서도 조화를 이루는 작가로서의 면모를 십분 느낄 수 있다. 또한 《소로의 야생화 일기》가 특별한 이유는 소로 특유의 감각과 사색이 짧고 직관적인 문장에 녹아 있어 편안하게 읽을 수 있기 때문이다. 콩코드의 숲이 눈앞에 펼쳐지는 듯한 시각적인 심상 역시 뛰어나다.

소로는 다양한 학문분야를 아우르며 집요하리만치 분석적으로 사물을 관찰하면서도 시인답게 따뜻함과 아름다움을 잃지 않다. 그것이 바로 소로의 글이 150년이 넘는 세월 동안 변함없이 사랑받는 이유가 아닐까?

그는 "시인이 어디를 가든 어떤 곳을 상상하든 그에게 대지는 꽃으로 된 정원이다", "강의 때문에 올겨울 외국에 나갈 일을 생각하면, 여태껏 누려온 무명과 가난이 얼마나 이로운지 깨닫게 된다"라고 말한다. "나무 한그루 보이지 않는 마을에는 상습적이고 절망적인 술꾼이 있을 것"이라고도 한다. 그만큼 소로에게 무명과 가난은 꽃으로 된 정원에서 마음껏 관찰하고 사색할 수 있게 해주는 고마운 존재인 것이다.

이 책을 만난 이후 길을 걷다가 발견한 풀꽃을 궁금해하며 돌아보는 일이 자주 생겼다. 그래서일까? 올해 눈앞에서 피고 지는 수많은 꽃들은 작년보다 더 아름답고 특별해 보이는 것 같다. 애정을 갖고 바라보는 존재가 생긴다는 것은 얼마나 멋진 일인지! "무명과 가난이 이롭다"는 작가의 말이 전해준 큰 울림이 독자들께도 전해지기를 진심으로 바라는 마음이다.

주석

식물학자 소로에 대하여

1) 1841년 유니테리언 목사이자 사회운동가 조지 리플리George Ripley가 보스턴 인근에 웨스트 록스베리West Roxbury 농장을 건설하면서 시작된 공동생활체이다. 윌리엄 엘러리 채닝, 랄프 왈도 에머슨 등 당대 많은 지성인들이 참여했다(옮긴이 주).

사나운 겨울 끝에 찾아온 우아한 봄의 속삭임

1) 나무를 베어낸 뒤 그루터기에서 다시 싹이 자라 이루어진 수풀(옮긴이 주).
2) C. M. 트레이시Cyrus Mason Tracy, 1824~1891: 식물학자(옮긴이 주).
3) 실제로는 은단풍Silver maple, Acer saccharinum이다. 31쪽 참고.
4) 윌리엄 보러William Borrer, 1781~1862는 영국 식물학자이고, 조셉 바랫Joseph Barrat, 1796~1882은 영국 출신의 의사이자 식물학자, 광물학자, 화학자이다(옮긴이 주).
5) 산앵도나무속은 높이가 5미터 내외로 자라는 블루베리와 30센티미터 내외의 로우 블루베리가 있다(옮긴이 주).
6) 삼각형 모양의 조그만 땅. 삼각형 다리미와 비슷해서 '히터 피스Heater piece'라고도 부른다.
7) 그리스 로마 신화에서 영웅이나 선한 사람이 죽은 후 간다는 세계 서쪽 끝에 있는 섬(옮긴이 주).
8) 딱정벌레의 일종(옮긴이 주).
9) 라디칸스옻나무Poison ivy, Rhus radicans, 31쪽 참고.
10) 콩코드에는 검은가문비black spruce, Picea mariana만 서식한다. 28쪽 참고.
11) 에디스 에머슨 포브스Edith Emerson Forbes, 1841~1929: 랄프 왈도 에머슨의 작은 딸(옮긴이 주).
12) 그리스로마 신화에서 1년 내내 봄의 여신이 머무르는 곳으로 늘 꽃이 피어 있다. 페르세포네가 꽃을 따며 놀았던 곳이다(옮긴이 주).

세상을 초록으로 물들이며 절정에 이르는 꽃의 계절

1) 엘렌 에머슨Ellen Emerson, 1839~1909: 랄프 왈도 에머슨의 장녀(옮긴이 주).

2) 그리스 로마 신화에서 1년 내내 산들바람이 부는 장미꽃 만발한 낙원으로, 신들의 총애를 받던 영웅이 죽은 후 간다는 천국이다(옮긴이 주).

3) 제임스 우드James B.Wood는 1902년 쓴 글에서 다음과 같이 언급했다. "소로가 나에게 스트로브잣나무에 아주 예쁜 꽃이 핀 것을 아느냐고 물은 적이 있다. 나는 보지 못했다고 대답했다. 6월 어느 날 나무 꼭대기까지 올라가서 꽃을 발견했는데, 이 꽃을 봤다는 사람은 한 명도 없었다고 했다."

4) 신리프Shinleaf에서 Shin은 정강이라는 뜻으로, 정강이용 고약을 만드는 데 잎을 사용했던 데서 유래했다(옮긴이 주).

5) 이스터브룩스 컨트리Easterbrooks country는 콩코드에 있는 삼림지대로, 원래 이스터브룩 숲이지만 소로는 이스트브룩스 컨트리라고 불렀다(옮긴이 주).

6) 칼 린네Carl Linnaeus, 1707~1778: 스웨덴의 식물학자(옮긴이 주).

7) 필그림 파더스Pilgrim Fathers: 1620년 매사추세츠의 플리머스 식민지에 정착한 영국인들(옮긴이 주).

8) 1851년 7월 9일 소로는 이렇게 적었다. "케임브리지의 포터 소유지에 도착하여 기차에서 내렸을 때 멋진 파란색 치커리 꽃을 발견하고 무척 기뻤다. 내가 한 시간 만에 새로운 식물의 세계에 들어섰음을 일깨워준 꽃이었다. 콩코드에는 아주 희귀하거나 아예 자라지 않는다. 이 잡초는 웬만한 정원용 꽃보다 더 아름답다."

9) 릭Leek은 부추의 일종이다(옮긴이 주).

10) 1893년 〈소로를 추억하며Reminiscences of Thoreau〉에서 호러스 호스머Horace R. Hosmer는 소로가 미니스테리얼 습지 근처에서 팔마툼실고사리를 발견했던 일을 적었다. "그때처럼 행복해하는 소로의 얼굴은 처음이었다. 그는 모자를 벗어 사랑스러우면서도 기품 있는 팔마툼실고사리 타래를 보여주었다. 뉴잉글랜드 지역에서 한 번도 발견되지 않은 식물이라고 했다.

11) 소로는 《일기》에서 아피오스 아메리카나 꽃을 묘사하지는 않았지만 《월든》에 다음과 같이 적었다. "하루는 지렁이를 잡으려고 땅을 파다가 아피오스 아메리카나Ground-nut, Apios tuberosa가 줄줄이 묻힌 것을 발견했다. 아피오스 아메리카나는 감자처럼 원주민에게 아주 유용한 열매다. 앞서 말했듯 어렸을 때 이것을 파내어 맛본 적이 있긴 하지만 언제 그랬나 싶을 정도로 지금까지 잊고 있었다. 그 이후로도 주름진 붉고 보드라운 꽃이 다른 식물의 줄기에 기대어 피어난 것을 자주 보았지만 아피오스 아메리카나 꽃이라고는 생각하지 못했었다."

12) 아마 아닐 것이다. 레이 안젤로는 1853년 7월 31일 언급된 "선형 잎이 달린 제라르디아"를 같은 종으로 보았다

13) 야누스는 로마신화에서 두 얼굴을 가진 신으로 문의 수호신이다. 문은 시작을 상징하며, 야누스는 모든 사물과 계절의 시초를 주관한다. 야누스 신전의 문은 평화기에는 닫혀있고 전쟁 중에는 열린다고 한다(옮긴이 주).

14) 루퍼트 랜드Rupert's Land: 캐나다 대평원과 북부 온타리오, 북부 퀘백에 이르는 광활한 땅으로 1670년 영국 왕 찰스 2세가 사촌 루퍼트 왕자에게 양도한 땅을 말한다(옮긴이 주).

15) 레이 안젤로에 따르면 이 식물은 사실 라눈쿨루스 렙탄스Creeping spearwort, Ranunculus reptans다.

16) 바람의신 아이올러스에서 유래된 이름으로 바람을 받으면 저절로 울린다(옮긴이 주).

황금빛 들판에 오묘하고 풍부한 향기를 퍼뜨리는 꽃들

1) 소로는 1857년 6월 18일 코드 곶의 하이랜드 등대Highland Light근처에서 라케모숩두루미꽃False Solomon's seal을 보았다고 언급했다. "둑에 스밀라키나 라케모사Smilacina racemosa 꽃이이 갓 피었다. 그곳 사람들은 '우드 릴리'라고 불렀다. 엉클 샘은 '뱀 옥수수Snake-corn'라고 불렀고 처음 움이 틀 때 옥수수와 비슷하다고 말했다.

2) 에즈라 리플리Ezra Ripley, 1751~1841: 하버드 대학에서 신학을 전공하고 콩코드의 교회에 63년간 재직했던 목사(옮긴이 주).

3) 구약성서의 다니엘서를 기록한 선지자로 기원전 6세기에 활동했다(옮긴이 주).

4) 윌리엄 밀러William Miller, 1782년~1849: 미국의 기독교 종교가로 세계의 종말을 예언했다(옮긴이 주).

5) 이 페이지에 '미국자리공Poke'이라는 단어가 1906년 당시 빛바랜 담갈색으로 크게 휘갈겨져 있었다. 미국자리공 열매의 자줏빛 즙 얼룩이 틀림없다. 토리와 알렌 판.

6) 올리브빛이 도는 초록색을 뜻한다. 잉글랜드의 링컨셔 지역에서 짠 직물의 색이며 이 지역 샤우드 숲에서 활동하던 로빈 후드와 의적들이 입은 옷 색이기도 하다(옮긴이 주).

7) 19세기 말까지 영국군은 진홍색 군복상의를 입었다. Redcoat(붉은 외투)는 영국군을 가리키는 말이 되었다(옮긴이 주).

식물 용어

소로는 약 5미터에 해당하는 로드Rod를 측정단위로 사용했다. 이처럼 일부 익숙
지 않은 식물 용어를 정의할 필요가 있을 듯하다.

ㄱ

결각Sinus: 잎의 열편 사이의 후미진 부분.

겹잎Leaflets: 잎조각이 여러 장 붙어 하나의 잎을 이루는 잎.

고리버들가지Oiser: 바구니 따위를 엮는 데 사용하는 버드나무 가지를 통칭. 한국에
　　서는 고리버들(키버들)이라는 품종을 가리킴.

골돌과Follicle: 씨방이 하나로 된 마른 열매로 한 줄의 솔기가 뜯어지면서 종자를
　　내보냄(예: 미나리아재비, 시리아관금관화).

관생(엽) Perfoliate(leaf): 특정 잎이나 포엽 따위가 줄기를 감싸서 줄기가 그것을 뚫
　　고 자라는 것처럼 보임.

과피Pericarp: 성숙한 씨방이나 열매의 껍질.

근생Radical: 뿌리에서 돋았거나 줄기 아래쪽에 모여 있는 부분.

까락Awn: 가느다란 털처럼 생긴 부속물.

꽃받침Calyx: 꽃송이의 가장 바깥 부분.

꽃밥Anther: 꽃가루를 품고 있는 수술 부분.

꽃부리Corolla: 꽃받침으로 둘러싸인 부분으로 꽃송이 중심에서 두 번째로 빙 둘러
　　있는 부분. 주로 꽃잎 전체를 말함.

꽃자루Peduncle: 꽃차례를 매달고 있는 중심 줄기.

꽃차례Inflorescence: 꽃에 해당하는 기관으로 보통 꽃이 모여 있는 부분을 뜻함.

꿀샘Nectary: 꽃꿀을 분비하는 샘.

ㄴ

난형Ovate: 달걀 모양. 피침형보다 넓적하고 중간 아래쪽이 가장 넓음.

낱꽃Floret: 꽃차례 속에 들어 있는 개별 꽃.

ㄷ

대롱꽃Tubular-flower: 국화과 식물의 두상꽃차례에서 중심에 달리는 꽃으로 중심
　　화라고도 함.

덩이줄기Tuber: 괴경이라고도 하며, 덩어리 모양의 땅속줄기를 말함.

도피침형Oblanceolate: 피침형의 일종으로 거꾸로 된 창 모양.

돌려나기Verticillation: 줄기의 마디에 잎이나 가지가 3장 이상 바퀴모양으로 돌려
　　나는 것. 윤생이라고도 함.

둔한톱니모양Crenate: 뭉툭하거나 둥근 물결 모양.

ㄹ

로제트형Rosette form: 뿌리에서 직접 나온 잎이 장미꽃 모양의 동심원을 그리며 바
닥에 포개지는 형태

ㅁ

모여나기Fasciculated: 잎조각이나 솔잎 따위가 빽빽하게 다발로 자라는 모양.

무판꽃Apetalous flower: 꽃잎이 없는 꽃.

미상꽃차례Ament: 보통 가지 끝에 매달려 있는 긴 꽃차례로 수꽃이나 암꽃이 가득
　　매달려 있음.

ㅂ

불염포Spathe: 육수꽃차례 주위로 덮개처럼 덮여 있는 커다란 포엽.

불임성Cffete: 더 이상 생식력이 없음.

ㅅ

산방꽃차례Corymb: 윗면이 평평하거나 볼록한 꽃차례로 가장 바깥쪽 꽃부터 핌.

산형꽃차례Umbel: 둥글고 윗면이 볼록하거나 평평한 꽃차례로 같은 꽃대 꼭대기
　　에 꽃이 달림(예: 야생당근, 시리아관금관화, 달래).

소견과Nutlet: 두꺼운 껍질에 싸인 작은 열매.

속빈줄기Culm: 속이 빈 풀줄기로 보통 마디가 있음.

수과Achene: 씨앗이 하나 있는 마른 열매로 익어도 껍질이 터지지 않음.

수상화Spikelet: 풀과 사초에서 포엽과 낱꽃으로 구성된 부분.

숙존성Persistent: 열매가 익은 뒤까지 남아 있는 성질.

실편Valve: 익으면 부서지거나 벌어지는 열매껍질의 한 조각.

ㅇ

암술Pistil: 꽃의 종자를 품고 있는 암기관으로 씨방, 암술대, 암술머리로 구성.

암술대Style: 암술의 가느다란 부분으로 씨방에서 암술머리까지 연결되어 있으며 꽃가루관을 포함.

암술머리Stigma: 암술에서 꽃가루를 받는 부위이며 보통 끈적함.

영양엽Trophophyll: 생식기관인 포자가 달려있는 포자엽과 대응되는 잎.

영포Glumes : 포엽의 일종으로 화본과 식물의 아래쪽을 받치는 작은 조각.

와상Imbricated: 지붕의 기와처럼 포개진 모습.

우열Pinnatifid: 깃털 모양으로 갈라진 것이 잎 가장자리에서 주맥까지 절반 이상 이른 형태.

원추꽃차례Panicle: 복총상꽃차례. 가지가 여러 번 제멋대로 분지하여 전체적으로 원뿔 모양을 이룬 꽃차례.

육수꽃차례Spadix: 살이삭꽃차례. 꽃자루 없이 육질의 화축에 꽃 일부가 달려 있음.

인편엽Scale leaf: 비늘조각처럼 편평한 모양의 작은 잎

잎겨드랑이Axil: 식물의 중심축(예: 줄기)에 측생기관(예: 잎)이 교차하는 지점.

ㅈ

전열Cissected: 가장자리가 밑 부분까지 깊숙이 갈라짐.

주변화Ray florets: 국화과 식물의 두상꽃차례에서 가장자리에 달리는 꽃.

ㅊ

총상꽃차례Raceme: 단순한 부정형 꽃차례로 한 꽃대의 짤막한 작은꽃자루에 꽃들이 매달려 있음(예: 은방울꽃).

총포Involucre: 꽃의 밑동을 감싸거나 받치고 있는 기관.

취산꽃차례Cyme: 윗면이 평평하거나 볼록한 꽃차례로 가운데 꽃부터 핌.

ㅍ

포엽Bract: 주로 꽃이나 꽃차례 밑동에 붙어 있는 특수한 잎 또는 잎과 유사한 기관.

피침형Lanceolate: 좁은 타원형. 하단이 넓고 창촉처럼 끝이 점점 좁아짐.

ㅎ

합생Connate: 같은 종류의 다른 기관과 결합하는 일. (예: 꽃갓통부)를 형성하기 위해 꽃잎이 합쳐지는 현상.

회선상Convolute: 꽃봉오리 속에 들어 있는 꽃의 각 기관이 인접한 기관과 포개지거나, 잎 하나가 다른 잎의 안쪽으로 말리는 일.

지명

구스 호수Goose Pond H7

고윙 늪Gowing's Swamp F7

그레이트 들판Great Fields F6

그레이트 초원Great Meadow D7

데니스 부인Mrs. Dennis F3

데이먼 소택지Damon Meadows Swamp G1

리 다리Lee's Bridge K4

리 절벽Lee's Cliff K4

리 언덕Lee's Hill F4

링컨Lincoln K7

마셜 마일스 늪Martial Miles' Swamp H2

마셜 마일스Martial Miles H3

말보로 길Marlborough Road H1

멜빈 자연보호구역Melvin's Preserve C4

미저리 산Mount Misery K6

밀 댐Mill Dam F5

베어 언덕Bare Hill J7

벡 스토 늪Beck Stow's Swamp E7

베드포드Bedford C8

볼 언덕Ball's Hill D7

브리스터 샘Brister's Spring G6

브리튼 캠프Britton's camp G7

사사프러스 강섬(플린트 호수)J8

H. L. 섀턱Shattuck D5

서드베리Sudbury L2

서드베리 강Sudbury River L4

소로의 오두막(월든 호수) H6

소로의 집(콩코드) F5

스미스 언덕Smith's Hill G8

슬리피 할로 묘지Sleepy Hollow Cemetery F6

액튼Acton D1

아널스낵 언덕Annursnack Hill D2

아사벳 강Assabet River E3

아사벳 샘Assabet Spring E4

에머슨 부지Emmerson's lot H6

에이블 마이닛Abel Minott K5

월든 호수 H6

제임스 베이커James Baker J6

찰스 마일스 늪Charles Miles Swamp H3

칼라일Carlisle A4

코낸텀Conantum J4

콩코드 강Concord River D6

클래머티스 개천Clematis Brook K5

D. 타벨Tarbell G2

페어 헤이븐 내포(호수)Fair Haven Bay(Pond) J5

페어 헤이븐 언덕Fair Haven Hill H5

플린트 호수Flint's Pond H8

허바드 숲Hubbard's Grove G4

헌트 저택Hunt House E5

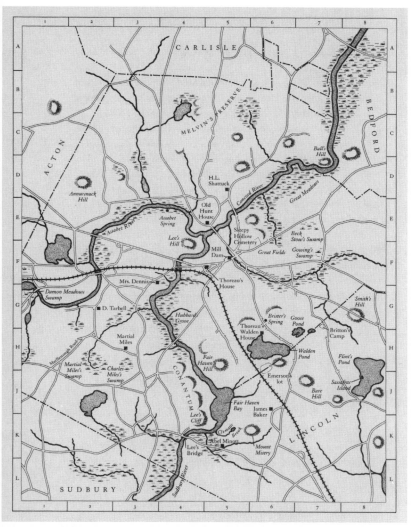

1906년 허버트 글리슨Herbert W. Gleason의 매사추세츠 콩코드 지도를 기준으로 작성
(※출처: 헨리 데이비드 소로《씨앗의 희망》, Island Press, 1993.
상기 출판사 동의하에 이 책에 실음.)

참고문헌

Ahmadjian, Vernon,《매사추세츠의 개화식물Flowering Plants of Massachusetts》, Amherst: University of Massachusetts Press, 1979.

Anderson, Charles R,《소로의 세계: 일기에 존재하는 세상Thoreau's World: Miniatures from His Journal》, Englewood Cliffs, NJ: Prentice-Hall, 1971.

Angelo, Ray,《헨리 데이비드 소로 일기의 식물색인》, Salt Lake City: Gibbs Smith, 1984. www.ray-a.com/ThoreauBotIdx/ 참고.

《기후 변화에 따른 매사추세츠 콩코드의 식물군 멸종 주장에 대한 검토 Attributed to Climate Change》, Phytoneuron, 2014-84: 1-48. http:// phytoneuron. net/2014Phytoneuron/84PhytoN-ConcordMissingSpecies.pdf. 참고.

《매사추세츠 콩코드의 관다발 식물Vascular Flora of Concord, Massachusetts》최근 수정 2014년 10월, www.ray-a.com/ConcordMassFlora.pdf 참고.

Bosco, Ronald A 편집,《자연의 전경: 계절 속의 소로Nature's Panorama: Thoreau on the Seasons》, Amherst: University of Massachusetts Press, 2005.

Case, Kristen 편집,《소로의 책력: 헨리 데이비드 소로 작품에 드러난 생물 계절학적 요소의 디지털 자료관Thoreau's Kalendar: A Digital Archive of the Phenological Manuscripts of Henry David Thoreau》, University of Maine at Farmington, http://thoreauscalendar.umf.maine.edu/about.html 참고.

Dean, Bradley 편집,《씨앗의 믿음: 종자의 확산과 그 외 소로가 말년에 집필한 자연사 작품 모음Faith in a Seed: The Dispersion of Seeds and Other Late Natural History Writings by Henry D. Thoreau》, Washington DC: Island Press, 1993.

《야생 열매: 재발견된 소로의 마지막 원고Wild Fruits: Thoreau's Rediscovered Last Manuscript》, New York: W. W. Norton, 1999.

Donahue, Brian,《위대한 초원: 식민지 콩코드의 농민과 땅The Great Meadow: Farmers and the Land in Colonial Concord》, New Haven: Yale University

Press, 2004.

Eaton, Richard Jefferson, 《콩코드의 식물A Flora of Concord》, Cambridge, MA: Harvard University Museum of Comparative Zoology, 1974.

Foster, David R, 《소로의 고장: 바뀐 풍경 속을 여행하다Thoreau's Country: Journey through a Transformed Landscape》, Cambridge, MA: Harvard University Press, 1999.

Gleason, Herbert W, 《소로의 고장Thoreau Country》, San Francisco: Sierra Club Books, 1975.

Grant, Steve 편집, 《일상 관찰: 연중 소로의 나날Daily Observations: Thoreau on the Days of the Year》, Amherst: University of Massachusetts Press, 2005.

Grossman, Richard 편집, 《에머슨과 보낸 1년A Year with Emerson》, Boston: David R. Godine, 2003.

Harding, Walter 편집, 《콩코드의 숲과 들판에서In the Woods and Fields of Concord》, Salt Lake City: Gibbs Smith, 1982.

《동시대인들이 본 소로Thoreau as Seen by His Contemporaries》, New York: Dover, 1989.

Harding, Walter와 Michael Meyer, 《새로운 소로 지침서The New Thoreau Handbook》, New York: New York University Press, 1980.

Howarth, William, 《콩코드의 기록: 작가 소로의 삶The Book of Concord: Thoreau's Life as a Writer》, New York: Penguin, 1983.

Loewer, Peter, 《소로의 정원: 미국의 야생식물Thoreau's Garden: Native Plants for the American Landscape》, New York: Penguin, 1983.

Maynard, W. Barksdale, 《월든 호수의 역사Walden Pond: A History》 New York: Oxford University Press, 2004.

McGregor, Robert Kuhn, 《우주를 보는 드넓은 시각: 헨리 데이비드 소로의 자연 연구A Wider View of the Universe: Henry Thoreau's Study of Nature》, Urbana, IL: University of Illinois Press, 1997.

Miller, Perry, 《콩코드의 사상: 소로 일기 중 미발표본(1840~1841), 주석과 해설 포함Consciousness in Concord: The Text of Thoreau's Hitherto Lost Journal (1840 – 1841) Together with Notes and a Commentary》, Boston: Houghton Mifflin, 1958.

Primack, Richard B, 《따뜻해지는 월든: 소로의 숲에 찾아온 기후 변화Walden Warming: Climate Change Comes to Thoreau's Woods》, Chicago: University of Chicago Press, 2014.

Richardson, Robert D. Jr, 《헨리 데이비드 소로: 생각의 삶Henry Thoreau: A Life of the Mind》 Oakland: University of California Press, 1986.

Rothwell, Robert L 편집, 《헨리 데이비드 소로: 미국의 풍경Henry David Thoreau: An American Landscape》, New York: Marlowe, 1991.

Thoreau, Henry David, 《헨리 데이비드 소로의 일기The Journal of Henry D. Thoreau》 1906년; Bradford Torrey and Francis H. Allen 편집, 1962년 New York: Dover에서 제2판 출간.

《숲 속 연못과 샘, 도랑에 대하여Of Woodland Pools, Spring-Holes and Ditches》, Berkeley, CA: Counterpoint, 2010.

《헨리 데이비드 소로 원고 모음, 일기 18권~33권The Writings of Henry D. Thoreau, Online Journal Transcripts Volumes 18 – 33》, Santa Barbara, CA: University of Santa Barbara, http://thoreau.library.ucsb.edu/writings_journals. html 참고.

《헨리 데이비드 소로 원고 모음: 일기 1권~8권The Writings of Henry David Thoreau: Journal, Volumes 1 – 8》, Princeton, NJ: Princeton University Press, 1981~2002.

Zwinger, Ann, Edwin Way Teale, 《의식적 고요: 소로의 강에 선 두 학자들A Conscious Stillness: Two Naturalists on Thoreau's Rivers》, Amherst: University of Massachusetts Press, 1984.

찾아보기

ㄱ

가래류 109, 220
가문비나무속
　글라우카가문비 149
　검은가문비 30, 33, 37, 147
가시박 338, 339
가시칠엽수 129
가지속
　감자 329
　목배풍등 184, 246, 391, 393
갈퀴덩굴속
　키르카에잔스갈퀴 203
　가는네잎갈퀴 202
강섬 131, 138, 164, 216, 267
개망초 197, 257, 260
개박하속
　개박하 113, 389, 414, 433
　병꽃풀 338, 340
개발나물 289, 293, 300, 401
개불알풀속
　베로니카개불알풀 188, 220, 297
　좀개불알풀 143, 150
개암나무 68, 70, 72, 82, 85, 88, 110,
　302, 374, 416
개연속

베리에가타개연 88, 109, 118, 123,
　216, 226, 228, 403, 407, 408, 413
　미트로필라개연 39, 403
겨풀 285
고랭이류 406
고비속
　음양고비 129
　미국꿩고비 330
고웡 늪 224, 444
고트루 300, 238
골든 알렉산더 169, 173
골풀속
　캐나다골풀 306, 346
　고수골풀 184, 185, 306, 406
　밀리타리스골풀 346
과꽃 419
광대나물 130
꽹이밥속
　올라케아꽹이밥 179
　선꽹이밥 19, 179, 312, 313
균류 37, 38, 304
그래스핑크 203, 204, 240
그로노비새삼 270, 286
금관화속
　시리아관금관화 253, 254, 255, 388,
　389, 394, 410
　자관백미꽃 244, 245, 263, 273
　워터 밀크위드 292
길레아덴시스포플러 94
까치밥나무류 87, 136
꿩의다리속
　타릭트로이데스꿩의다리 100, 101,
　107, 182
　코르누티꿩의다리 155, 156, 172,
　240, 273, 311, 414

끈끈이주걱 157, 158

ㄴ

나다니엘 호손 13
나리속
　캐나다백합 224
　필라델피아백합 124, 224, 232, 234,
　235, 236, 240
나비나물속 174, 229, 240
난쟁이겨우살이 37
난쟁이아욱 423, 424
냉이 63, 94, 96, 235, 397, 422, 431
노루발속
　상록분홍노루발 55, 194
　엘리프티카노루발 184, 187
노봉백산차 늪 150, 303
느릅나무속
　미국느릅나무 79, 86, 87, 89, 99,
　263, 303, 383
　루브라느릅나무 369

ㄷ

단풍
　참꽃단풍 76, 85, 95, 102, 395, 396
　은단풍 33, 70, 74, 77
　설탕단풍 114, 115, 122, 129, 407,
　408
다알리아 408
달맞이꽃속
　달맞이꽃 212, 214, 231, 308, 347
　페레니스달맞이꽃 331, 401, 404
당근 225
데스모디움 길 308, 440

데코돈 베르티킬라투스 325, 326
도깨비바늘속
　미국가막사리 344, 345, 374
　베키도깨비바늘 374
　좁은잎가막사리 361, 362, 373, 374,
　401
　코나타가막사리 374
　크리산테모이데스도깨비바늘 378,
　396
돼지풀 258, 259, 276, 289, 310, 317,
　329, 347, 366, 431, 432, 436
두루미꽃속
　캐나다두루미꽃 82, 93, 95, 118,
　122, 151, 194, 203, 291, 353
　라케모숨두루미꽃 184, 264, 353,
　354, 394, 411
둥근동의나물 24, 57, 58, 77, 78, 82, 93,
　95, 98, 108, 139
등골나물속
　등골나물 276, 325
　푸르푸레움등골나물 294, 325, 434
　페르폴리아툼등골나물 275
등심붓꽃 205, 232, 286, 333, 386
디오이카쐐기풀 215, 260
때죽생강나무 136, 360

ㄹ

라브루스카포도 184, 335, 363, 364,
　373
라일락 188, 208
레케아 메이저 276
렉시아(렉시아 비르기니카, 메도 뷰티)
　267, 268, 304, 330, 395
루드베키아 226, 227

루브라뽕나무 232, 234, 435
루핀 141, 159, 173, 174, 302
리네아레며느리밥풀꽃 229, 348
리아트리스 298, 364, 433
리펜스호자덩굴 55, 203, 226
린겐스물꽈리아재비 263, 295, 296, 300, 316
린네풀 210, 211

ㅁ

마디풀속
  마디풀 258, 285, 383
  미꾸리낚시 220, 221
  마디풀 397
  버지니아이삭여뀌 383
  마쿨로사여뀌 413
  킬리노데닭의덩굴 383
  펜실바니아여뀌 381, 382
마조람 252
마쿨라타독미나리 176, 177
마편초속
  하스타타마편초 267, 269, 294, 328, 348, 364
  우르티키플리아마편초 240, 348
망초 258
매화노루발속
  마쿨라타매화노루발 399, 400
  움벨라타매화노루발 224, 231, 250
메데올라 비르기니아나 170, 336, 337, 394
메도 그래스 129, 224, 296
메이위드 261, 287, 401, 411
메이플라워 66, 75, 76, 78
메일베리 200, 201, 210, 215, 281, 435

모나르다 피스툴로사 252, 253
목향 252, 364, 365
물냉이 95, 42
물레나물속
  물레나물 357
  캐나다고추나물 311, 313, 321
  엘리프티쿰고추나물 321
  겐티아노이데스고추나물 321, 386
  무틸룸고추나물 321
  서양고추나물 238, 286, 321, 322
물망초
  물망초 246, 249
  개꽃마리 188
물이끼 143, 303, 344
물푸레나무
  펜실바니아물푸레나무 138
  미국물푸레나무 135
미국금방망이
미국기생꽃 132, 182, 183, 194
미국너도밤나무 123, 386
미국밤나무 271
미국부용 276, 310, 311, 312, 317
미국수련 123, 182, 197, 202, 215, 218, 220, 222, 235, 236, 258, 290, 292, 386, 413
미국외풀 237
미국자리공 335, 370, 371, 389, 404, 411
미국피나무 17, 241, 248, 252, 253
미나리아재비류
  미나리아재비 18, 24, 61, 63, 79, 85, 104, 124, 139, 141, 162, 173, 182, 184, 333, 404, 426, 434, 439
  불보우스미나리아재비 194
  애기미나리아재비 125, 139, 140,

194, 205, 297, 411, 423

아쿠아틸리스미나리아재비 193

프라벨라리스미나리아재비 159

파스키쿠라리스미나리아재비 439

필리포르미스미나리아재비 263

미누스우엉 270, 398

미역취속

미역취 116, 242, 252, 255, 276, 281, 296, 331, 341, 350, 360, 374, 384, 396, 404, 406, 411, 417, 423, 426, 431

카에시아미역취 383, 410

쥰케아미역취 300, 303

오도라미역취 200, 310

네모랄리스미역취 329, 366, 414, 420

주름미역취 200

비톨로르미역취 404, 410

그라미니포리아미역취 323

미카니아 스칸덴스 17, 290, 292, 312, 315, 406

민들레

서양민들레 88, 90, 91, 95, 97, 99, 100, 104, 110, 114, 125, 139, 141, 155, 332, 347, 425

드워프 단델리온 139, 141

가을민들레 261, 319, 333, 334, 348, 355, 373, 384, 394, 404, 411, 419, 421, 422

ㅂ

바람꽃속

네모로사바람꽃 107

버지니아바람꽃 217

바토니아 테넬라 281, 282

밤 252, 411

밤나무 270, 405

방가지똥 332

방동사니속

덴타투스방동사니 278

피마토데스방동사니 327, 328, 333

스트리고수스방동사니 333

방울새란속

오피오글로소이데스방울새란 193, 199, 202, 218, 220, 238

베르티킬라타방울새란 384, 385

백두산떡쑥 82, 89, 99, 104, 141, 155, 396

버드나무속

버드나무 39, 46, 67, 68, 70, 71, 74, 75, 76, 80, 83, 85, 86, 88, 93, 98, 102, 104, 110, 116, 121, 122, 139, 178, 212, 263, 285, 290, 293, 294, 315, 401, 419, 432

흰버들 136

로스트라타버드나무 98, 178

디스콜로르버드나무 61

토레이아나버드나무 98, 121, 178

니그라버드나무 290, 406

버지니아깨풀 289

버지니아딸기 97

버지니아물고추나물 267, 296

버지니아범의귀

버지니아범의귀 63, 64, 74, 79, 81, 93, 104, 113, 127, 139

괭이눈 79, 86

펜실바니아범의귀 118, 139

버지니아새우나무 416

버지니아조름나물 131, 132, 136, 145,

146, 178

버지니아풍년화 368, 379, 381, 397, 399, 401, 403, 411, 422, 432

버튼부시 263, 285, 290, 312, 315, 318, 363, 406

벚나무속

  세로티나벚나무 94, 136, 155, 159, 203, 226, 338

  수스쿠에하나에자두 31, 122, 135

  버지니아귀룽나무 155, 178

  복사나무 132, 203

베들레헴 스타 139, 172, 178, 182, 194

벨워트

  세실 벨워트 125, 127

  우불라리아 페르폴리아타 14, 118, 384

보레알리스나도옥잠 170, 171, 323, 330, 336, 396

보레알리스별꽃 139

보플류 273, 285, 296, 300, 328

북방푸른꽃창포 218, 219

분홍바늘꽃 212, 213, 218, 274, 298, 325, 423

불가리스매자나무 16, 149, 169, 376, 389

불란서국화 139, 182, 205, 231

붉나무류

  옻나무 286, 423

  베르닉스옻나무 33, 147, 367, 435

  라디칸스옻나무 33, 389, 390

  대가지붉나무 157, 240, 264, 266

  코팔리나붉나무 396

붉은서나물 298, 299, 374, 384

붉은숫잔대 173, 273, 276, 295, 300, 316, 323, 328, 336, 338

브락테아타새콩 316

블루컬 63, 231, 258, 260, 270, 276, 297, 302, 307, 317, 347, 372, 431, 432, 433, 436, 439

비름속

  미국비름 332

  비름 289

  히포콘드리아쿠스비름 378

비리데박새 117, 153, 183, 191, 117, 153, 183

ㅅ

사과 275, 317, 328, 383

사니쿨라 마릴란디카 184, 187

사사프러스 136, 137

사시나무속

  그란디덴타타포플러 89

  트레물리포르미스포플러 79, 80, 105

  사시나무 67, 86, 88, 105, 405

사이드 플라워링 샌드워트 176

사자귀익모초 208, 209, 215

사초류

  루리다사초 190

  펜실바니아사초 81

산꿩의밥 90, 97, 105

산딸기속

  알레게니엔시스산딸기 184, 188, 276, 279, 328, 332

  오키덴탈리스산딸기 155

  오도라투스산딸기 212, 214

  트리플로루스산딸기 138, 240

산떡쑥 139

산부채 179, 224

산분꽃나무속

덴타툼분꽃나무 273
아케리폴리움분꽃나무 184, 189, 190, 196
카시노이데스분꽃나무 33
렌타고분꽃나무 338
산앵도나무속
산앵도나무 88, 218, 344, 353
월귤 139
삼 338
서양배나무 118, 134, 364
서양꿀풀 194, 195, 215, 246, 319, 401
서양톱풀 246, 338, 411, 422, 423, 425, 427
서양팽나무 232
석잠풀
아스페라석잠풀 315, 331
히스피다석잠풀 292, 331
설탕당근 169
섬머 세이버리 252
세잎황련 55, 118, 119
소귀나무속
갈래소귀나무 62, 89, 90, 432
펜실바니아소귀나무 161
소나무속
스트로브잣나무 180, 208, 250, 394, 418
리기다소나무 162, 176, 180, 246, 415
소리쟁이속
애기수영 118, 149, 170, 188, 396
소리쟁이 235
속새속 93
쇠풀속
푸르카투스나도솔새 333
은청바랭이새 333, 335, 406

수궁초속
안드러사에미폴리움수궁초 308
수궁초 229, 246, 279, 356
수레국화류 364
수련 13, 16, 17, 198, 202, 215, 218, 220, 222, 226, 235, 258, 290, 291, 293, 318, 357, 386, 403, 408, 409, 415
수박 333
수정난풀
구상란풀 304, 330, 386, 388, 405
수정난풀 9, 304, 305, 330
쉽싸리류 413
스위트펀 133, 134, 208, 218
스카렛페인티드컵 34, 110, 111, 124, 155, 173, 377, 404
스파에로카르푸스여뀌바늘 296
스피카타숫잔대 397
시다
연필향나무 66, 93
티어이데스편백 173
시스투스
시스투스 173, 178
헬리안테뭄 카나덴스 276, 278
실린드리카모시풀 261
싸리속
싸리 296
비올라세아싸리 291

ㅇ
아갈리니스속
퍼플 제라르디아 281, 341, 360, 361, 370, 396
제라르디아 테누이폴리아 282, 341
아까시나무 80, 189

아레투사속
  아레투사 160, 191, 200, 203, 218, 287
  벌버스 아레투사 153, 157
아로니아 338
아론의 지팡이 276
아르벤스점나도나물 60, 95, 176
아리스티다 333
아메리칸 페니로열 64, 65, 271, 285, 298, 307, 310, 433
아스터
  아스터 19, 147, 252, 293, 296, 331, 341, 344, 350, 375, 383, 396, 404, 417, 419, 423, 431
  스몰아스터 246
  아스터 마크로필루스 293
  아스터 파텐스 308
  세이버리 리브드 아스터 404, 406, 433
  아스터 트레데스칸티 379
  아스터 운둘라투스 411
  아스터 코림보수스 307, 373
아카우레복주머니란 132, 138, 150, 162, 176, 196, 246
아피오스 아메리카나 283, 284
아필론 우니플로룸
앉은부채 15, 57, 59, 61, 66, 76, 88, 90, 290, 302, 319, 396, 417, 418, 419, 436
애기똥풀 61, 70, 73, 129, 138
양버즘나무 161, 379, 380
양지꽃류
  양지꽃 122, 139, 157, 180, 396
  캐나다양지꽃 78, 81, 113, 114
  노베기카양지꽃 191, 343, 404

아르겐테아양지꽃 124, 401, 406, 422
양치식물
  양치식물 117, 129, 183, 191, 218, 281, 285, 328, 436
  팔마툼실고사리 34, 39, 40, 281, 310, 316, 426, 427
엉겅퀴속
  엉겅퀴 63, 205, 360, 364, 369, 415
  아르벤스엉겅퀴 255
  무티쿰엉겅퀴 360
  푸밀룸엉겅퀴 312, 346, 360, 413
  불가레엉겅퀴 265, 360
에델바이스 21
연영초
  연영초 264, 319, 320
  세르눔연영초 129, 132, 136, 150
  운둘라툼연영초 43, 384
옐로 아이드 그래스 194, 246, 248
오리나무류
  오리나무 58, 67, 68, 70, 71, 72, 73, 78, 191, 294, 419, 432, 434, 435
  루고사오리나무 83, 84
  미국낙상홍 435
오피시날레섬꽃마리 316
옵투사바늘골 345
옵투시폴리움왜떡쑥 231, 289, 341
용담류
  용담 384
  클라우사용담 359, 381, 390
  크리니타수염용담 357, 377, 379, 396, 397, 403, 404, 407, 409, 417
우니플로라초종용 191, 192
우단담배풀 63, 73, 316, 383, 413, 424
우라우르시딸기나무 122

우산이끼 173

워터페니워트 328, 329

원지속

　원지류 291

　크루시아타애기풀 375

　버티실라타애기풀 321

　파우키폴리아애기풀 125, 132, 136, 151

　상구이네아애기풀 281

원추리 238, 239

유럽나도냉이 138, 142, 165

유럽장대 147, 148, 414, 420, 422, 423

이끼 25, 37, 38, 72, 157, 274, 395

이집트 수련 222

인동애기병꽃 182, 184, 205, 207

인디고 203, 270

인플라타숫잔대 321, 324

ㅈ

자작나무류

　자작나무 80, 208

　단자작나무 58, 112, 113, 416

　백자작나무 112, 113

　백자작나무 112, 113, 208

　루테아자작나무 104, 113, 134, 135, 416

자주꿩의비름 280

자주사라세니아 55, 180, 181, 395, 425

장대나물속

　캐나다장대 303

　드루몬디장대 439

장미

　카롤리나장미 94, 155, 193, 194, 197, 199, 200, 205, 206, 210, 218,

222, 223, 240, 255, 267, 270, 292, 318, 367, 368, 414, 418, 419, 420

　니티다장미 191, 198, 203

　에그란테리아장미 422

장지석남속

　진퍼리꽃나무 102, 103, 143, 144, 193, 344, 395, 436

　애기석남 143, 144, 145, 242, 244, 436

저지티 229

전나무속

　발삼전나무 114

　니그라전나무 30

접시꽃 315

제라늄 마큘라툼 152, 317

제비꽃류

　제비꽃 20, 93, 95, 104, 157, 193, 360, 373, 386, 425

　쿠쿨라타제비꽃 128, 138, 319

　오바타제비꽃 82, 97, 114, 138

　펜실바니아제비꽃 16, 129

　푸베스켄스제비꽃 174

조류 264, 384

조밥나물속

　파니쿨라툼조밥나물 325, 326

　스카브룸조밥나물 261, 397

　베노숨조밥나물 194, 397

조팝나무속

　큰잎조팝나무 223, 246, 281, 287

　털조팝나무 246, 287

존스워트 229, 296, 297, 331, 434

지의류 32, 37, 38, 39, 50, 423

진달래속

　캐나다철쭉 129, 132, 133, 134, 150

　노봉백산차 37, 150, 163, 193, 303,

436, 438

프리노필룸철쭉 34, 163, 164, 165, ·170

습지철쭉 166, 215, 279, 435

ㅊ

참나무속

참나무 75, 79, 83, 109, 150, 208, 250, 255, 305, 335, 376, 420

미국흰참나무 109, 138, 141, 150, 384, 396

습지흰참나무 210

진홍참나무 17, 18, 145, 415, 418, 420, 422

이리시폴리아참나무 78, 124, 131, 163, 255

루브라참나무 124, 263

베루티나참나무 124, 145

참좁쌀풀속

털좁쌀풀 246, 247

란케오라타좁쌀풀 263, 296

스트릭타좁쌀풀 232, 233

네잎좁쌀풀 193, 208, 263, 285, 296

창질경이 341

채진목속 68, 82, 104, 178

초롱꽃

비너스도라지 159, 208, 210

아파리노이데스초롱꽃 296, 297

층층나무속

미국층층나무 281, 283, 287

라케모사흰말채 205, 215

노랑말채 273

루고사층층나무 184, 205

풀산딸나무 355

꽃산딸나무 152

치커리 116, 242, 243

ㅋ

카롤리아나장구채 143, 160

카펜시스봉선화 312, 401

칼라무스석창포 82, 180

칼라민트 230, 244

칼미아속

좁은잎칼미아 191, 193, 208, 242, 364

칼미아 39, 184, 189, 205, 206, 218

칼미아 폴리폴리아 143, 437

캐나다갈쿠리 308

캐나다금낭화 404

캐나다딱총나무 223, 232, 273

캐나다매말톱꽃 63, 100, 110, 113, 127, 128, 133, 165, 216

캐나다박하 102, 231, 276, 277, 296, 300, 310, 415

캐나다송이풀 118, 120, 125

캐나다주목 66, 386

캐나다채진목 108

케르누아타래난초 357, 358, 379, 401

코르다타어리연꽃 232, 238, 290

코만드라움벨라타 194, 195

콩다닥냉이 235, 236

큰고추풀류 292, 296

큰땅빈대 291, 292, 357

큰메꽃 200, 218, 238, 255, 256

큰잎부들 68, 69

큰자라송이풀 283, 287, 288

키네레아가래나무 129, 153, 154

ㄹ

털이슬속
  쥐털이슬 285
  말털이슬 250, 251
털향유 315
토끼풀속
  토끼풀 116, 196, 197, 215, 224, 317
  붉은토끼풀 149, 172, 194, 196, 205, 212, 231, 397, 422
  아그라리움토끼풀 139, 153
  흰전동싸리 180, 182, 194, 212, 215, 231, 238, 239
통발속
  통발 184, 291, 293
  인플라타통발 271, 272, 287, 291, 350, 353
  푸르푸레아통발 291, 293, 294, 353
  코르누타통발 263
튤립 66
트리필룸천남성 136, 250, 264, 320, 360, 394

ㅍ

파스향나무 55, 319, 320, 333, 388, 405
파키포다노루삼 175
파피라케아 113
퍼플 그래스 310
퍼플 베르노니아 328, 343
페니쿨라리아나도송이풀 330, 350
폰테데리아 코르다타 216, 226, 250, 264, 292
푸밀라물통이 332
푸베스켄스둥글레 131, 138
푸베스켄스사철란 60, 323, 336
푸베스켄스새둥지란 319

프리비알레택사 260, 263
플랫톱 골든로드 324

ㅎ

해란초속
  캐나다해란초 133, 173, 397, 404, 410, 411, 420, 422
  좁은잎해란초 24, 401, 402
해바라기속
  해바라기 296, 303, 315, 356, 364
  데카페탈루스해바라기 341, 342
  디바리카투스해바라기 276, 303, 308, 310, 356
해오라비난초류
  필브리아타잠자리난초 182, 189, 196, 198, 200
  프시코데스잠자리난초 287, 288, 295
  블레파리글로이데스잠자리난초 303
향기풀 125
향매화오리 279, 319, 347, 379
허클베리 153, 188, 218, 224, 242, 338, 344, 404
헤르바케아청미래덩굴 191, 192, 212, 344, 432
헤어벨 386, 387
호우스토니아 카에루레나 92, 95, 104, 106, 157, 275, 297, 404
홀스위드 348, 349
황새냉이 82, 383
흑삼릉
  미국흑삼릉 216, 273, 274
  라모숨흑삼릉 216
흰겨이삭 242, 267, 286

흰독말풀 391, 392
흰명아주 411, 412
흰왕씀배 391, 401
히스트릭스갯보리 369
히코리나무 396

월든을 만든 모든 순간의 기록들
소로의 야생화 일기

초판 1쇄 발행 2017년 7월 10일 **초판 3쇄 발행** 2022년 12월 27일

지은이 헨리 데이비드 소로
엮은이 제프 위스너
그림 배리 모저
옮긴이 김잔디
펴낸이 이승현

출판2 본부장 박태근
MD독자 팀장 최연진
디자인 김준영

펴낸곳 ㈜위즈덤하우스 **출판등록** 2000년 5월 23일 제13-1071호
주소 서울특별시 마포구 양화로 19 합정오피스빌딩 17층
전화 02) 2179-5600 **홈페이지** www.wisdomhouse.co.kr

ISBN 978-89-6086-357-6 03810

* 이 책의 전부 또는 일부 내용을 재사용하려면 반드시 사전에 저작권자와
  ㈜위즈덤하우스의 동의를 받아야 합니다.
* 인쇄·제작 및 유통상의 파본 도서는 구입하신 서점에서 바꿔드립니다.
* 책값은 뒤표지에 있습니다.